梅崎春生研究

戦争・偽者・戦後社会

高木伸幸
Nobuyuki Takagi

和泉書院

目次

第三章　梅崎春生における「偽」

第四章　梅崎春生が描く戦後社会

凡例

・梅崎春生の作品引用は、新潮社版『梅崎春生全集』全七巻（昭和四十一年十月〜四十二年十一月）を基本とし、同全集未収録の第一創作集『桜島』「あとがき」は同創作集（昭和二十二年十二月、大地書房）、「寒い日のこと」は短編集『侵入者』（昭和三十二年四月、角川書店）、「不思議な男」は昭和三十二年十月『オール讀物』に拠った。「砂時計」は全集収録作であるが、考察の目的から昭和二十九年八月〜三十年七月『群像』連載の初出稿に拠った。

・引用文中、一部を除き旧字体は新字体に改め、仮名遣いは原文通りとした。「ママ」は用字等原文の誤りを、／は改行を示す。傍点は私に付した。

・梅崎春生の作品本文には、精神病に対する偏見など、今日の人権意識から見れば不適切な表現も用いられているが、本書では当時の歴史的・文化的背景を踏まえつつ、作品をより正確に分析・考察していく目的において、引用は原文通りとした。

序

梅崎春生は中編小説「桜島」（昭和二十一年九月『素直』）を発表して戦後の文壇に登場して以来、長編小説「幻化」（昭和四十年六、八月『新潮』）を遺して五十歳で早逝するに至るまで、途中、心身の不調による入院などを挟みながらも、第一線の作家として活躍を続けた。決して多作とは言えない作家生活であったが、梅崎春生の作品は同時代の読者、批評家から絶えず注目を集め、文学賞も少なからず受賞している。[1] 近年では、「桜島」「幻化」など代表作が講談社文芸文庫に相次いで収録されている上に、[2] 沖積舎から『梅崎春生作品集』全三巻も刊行された。[3] 梅崎春生の文学は、今日においてなお、読み継がれ、特異な輝きを放っていると言えよう。

しかし梅崎春生の文学を取り上げた研究は、作家の死から五十年経過しているにも拘わらず、十分な進展を見せているとは必ずしも言えない。梅崎春生がこれまでどのように論じられてきたのか概観してみよう。

周知のごとく、梅崎春生は、自身の従軍体験を素材にした「桜島」で文壇デビューを果たし、その直後から、いわゆる「戦後派」、中でも「第一次戦後派」と評された。「戦後派」とは、大まかに言えば、戦争体験を土台にして戦後登場した作家たちを指し、[4] 特に「第一次戦後派」は、「その人が作家として立つのに兵士の経験が決定的であったこと」を定義の一つに数えている。[5] つまり梅崎はデビュー作であり、代表作ともなった「桜島」により、読者や批評家から戦争小説の作者として迎えられた。だからこそ「戦後派」と見做されたのである。

しかし昭和二十年代末に至ると、「戦後派」に続いて文壇に登場してきた、いわゆる「第三の新人」の兄貴分とも目されるようになった。[6] 梅崎が彼らと親しい関係にあった上に、二十年代半ばより梅崎文学の新たな系列として現れた、いわゆる「市井もの」――例えば中編小説「ボロ家の春秋」（昭和二十九年八月『新潮』）――が、私小説的かつ日常的と言われた「第三の新人」の作風と一見似通っていたためである。

「戦後派」か、「第三の新人」の兄貴分か。梅崎春生を戦後文学史の中で位置づける、これら二つの異なる評価は、昭和三十年代以降、梅崎の作家的資質や創作姿勢を論じた、大きく二つに分かれた見解へ受け継がれていると言えよう。一つは梅崎春生を戦争批判など、社会的な関心を持ち続けた作家と捉える見解であり、いま一つは非社会的で、自己の内面を見詰める私小説作家と捉える見解である。

まず本格的な梅崎研究の嚆矢となった古林尚「梅崎春生論」（佐古純一郎・三好行雄編『戦後作家論』昭和三十三年五月、誠信書房）は、非社会的・私小説的作家と捉えた考察の代表と言える。梅崎にとって、「戦争」は「単に小説的主人公の心象を装飾する、外的風物」であり、「小説の重心は、いつでも心象そのものの描写に置かれていた」と指摘する。梅崎春生は「戦後派作家らしからぬ戦後の作家」だと論ずるのである。

次いで本多秋五は、梅崎春生をあくまで「戦後派」として、いわば社会的姿勢を内に秘めた作家と見做している。梅崎には「戦後派（第一次戦後派）らしくない、といわれる」側面があることに触れつつも、メーデー事件のルポルタージュ「私はみた」（昭和二十七年七月『世界』）やエッセイ「天皇制について」（昭和二十八年八月『新潮』）を例に挙げ、梅崎は「国家権力に対して本能的嫌悪をいだいている」と指摘する。「そこに梅崎春生の戦後派的な特色が」あり、「彼もまた戦後派以外の何者でもない」と論ずるのである。[7]

梅崎春生を考察した単行本は、これまで以下の三冊が出ている。[8] 中井正義『梅崎春生論』[9]（昭和四十四年七月、虎見書房）、和田勉『梅崎春生の文学』（昭和六十一年十一月、桜楓社）、戸塚麻子『戦後派作家　梅崎春生』（平成二十一年七月、論創社）である。

　これらのうち、中井と和田の著書は、ともに私小説的な要素を梅崎作品から読み取っており、基本的には古林論に連なる考察と言える。しかしこれら二冊は、戦争体験など「戦後派」的要素を一応肯定し、私小説離れと言うべき傾向も、梅崎から見出していることに注意したい(10)。

　一方、最も新しい戸塚麻子の著書は、そのタイトルに見るように、梅崎春生を「戦後派作家」として再認識し、社会的な創作姿勢を積極的に追究している。「梅崎を、時代と格闘し、社会を捉えようとし、人間や生や死を探求した作家として考え」た、本格的論考である。

　かくのごとく梅崎春生の研究は、社会的か、非社会的（私小説的）か、大まかに二つの見解に分かれ、その二つの間で揺れ、定着を見ないまま今日に至っている。

　本書は、これら主要な先行論を踏まえた上で、梅崎春生を終生、社会的な関心を抱き続けた作家として捉え、ことにその社会諷刺の方法を追究していく。従って本書は、戸塚らの考察と同じ方向にある。

　しかし戸塚麻子は、梅崎の社会的関心について、戦争（従軍）体験の影響を重視し、それ以前の作である短編小説「風宴」（昭和十四年八月『早稲田文学』）に社会的な姿勢は希薄だと論じている。また戸塚は、梅崎の社会諷刺について、「ある特定の事実や事件」のみを想定させるものでなく、「抽象化の作業を経」て、「文学そのものの自律性」を保った表現だとも考察している。

　対して本書では、戦前習作期の作品から、しばしば論じられてきた「風宴」でなく、これまであまり取り上げられていない短編小説「微生」（昭和十六年六月『炎』）に注目することで、梅崎春生の社会的な創作姿勢は従軍体験以前から、戦時下において既に存していたことを明らかにする。「微生」が梅崎春生の社会諷刺の原点であり、しかも梅崎が、やはり終生好んで表した「偽」（「贋」）のモチーフの出発点でもあることを解明する。

　また梅崎春生における社会諷刺は、確かに自律した文学表現と言い得るが、その表現を小説発表時において捉え直すと、特定の事件や事実が明らかに背景に存し、それらを読者に明確に想起させようとしていたのが見えてくる。よって本書では、新聞資料等も参照しつつ、梅崎春生の小説を同時代の社会状況と対比させ、その社会諷刺の内実をより具体的かつ実証的な形で論じていく。

梅崎春生の文壇デビュー作「桜島」は、戦争小説であり、同時に作者自身の体験を素材にした小説である。後者に注目すれば、私小説的作品と言い得る。後年の長編小説「狂い凧」（昭和三十八年一月〜五月『群像』）や「幻化」にも同様のことが言える。梅崎には、そうした意味での私小説的作品がいくつか存し、また二十年代半ば以降は、いわゆる「市井もの」を書き始めた故、梅崎を非社会的な私小説作家と見做す見解も肯ける部分がないわけではない。しかし自身の経験を小説の素材に用いることは、作家なら誰でも少なからず行っており、ことさら梅崎だけに強調すべき特色とは言えまい。しかも梅崎の場合、例えば「桜島」では、吉良兵曹長を造形する[11]など、自身の体験を素材にした小説においても、フィクショナルな要素を多分に加えている。自然主義作家のごとき、いわゆる私小説と比較すれば、それらはフィクションが勝った小説にさえ見えよう。

実は恵津夫人が、梅崎春生の創作について、次のように書いている。

　梅崎は作品を書くにあたって、自分がじかに見てきたことよりも人の話の方が書きいいと言ったことがある。聞いた話の方が空想が自由にはたらくらしい。（中略）随筆も彼はでっちあげた。

（「幻化の人」、初出昭和四十二年三月『新潮』、『幻化の人・梅崎春生』〈昭和五十年八月、東邦出版社〉収録）

梅崎は主人公「私」を作者であるかのように描く、いわゆる私小説作家では決してない。事実に基づく場合でも、そこからフィクショナルな世界を創作していく、むしろ虚構性の高い作家と言うべきである。先に触れた中井正義、和田勉の著作において、私小説性が指摘されながら、同時に私小説離れの傾向も論じられていたのは、この梅崎の虚構性に触れていたと言えよう。そしてその梅崎春生の虚構性は、同時代の社会への関心と結びつき、事実や事件をフィクショナルな世界の中で皮肉っていく、すなわち社会諷刺として活かされているのである。

「桜島」を初めとする戦争小説から、「ボロ家の春秋」などいわゆる「市井もの」へ、作風は変化し、梅崎文学から〈戦争〉は影を潜めたかに見える。しかし、それは作品の表面上に過ぎない。その奥底まで踏み込めば、「市井もの」においても、作者の社会諷刺の姿勢が貫かれ、戦争批判のモチーフが、様々な形で変奏されているのである。また「幻化」など、晩年の小説では、人間の精神世界を表現しているが、そこにおいても同時代の社会問題がやはり密接に関わっている。

戦前の習作「微生」から遺作「幻化」まで、同時代の日本社会を背景に据えながら、そのモチーフを分析し、梅崎春生における社会への関心、社会諷刺の方法を明らかにする。

注

（1）梅崎春生は「ボロ家の春秋」により第三十二回直木賞、「砂時計」（昭和二十九年八月～三十年七月『新潮』）により第二回新潮賞、「狂い凧」により芸術選奨文部大臣賞、「幻化」により第十九回毎日出版文化賞を得た。

（2）講談社文芸文庫より『桜島・日の果て・幻化』（平成元年六月）、『ボロ家の春秋』（平成十二年一月）、『狂い凧』（平成二十五年十月）、『悪酒の時代／猫のことなど 梅崎春生随筆集』（平成二十七年十一月）の四冊が出ている。

（3）同作品集は、第一巻が平成十五年十二月、第二巻が十六年七月、第三巻が十六年十一月に刊行された。

（4）三好行雄は「『戦後文学』の輪郭―戦後派ノオト・ⅠからⅤまで―」（佐古純一郎・三好行雄編『戦後作家論』昭和三十三年五月、誠信書房）の中で、「戦後文学（戦後派）」の「最も見やすい表徴が、文学の内面にきざまれた戦争の刻印にあった」と記し、野間宏、椎名麟三、梅崎春生、武田泰淳、中村真一郎らを「戦後派」として挙げながら、

「いずれも戦争と敗戦の歴史体験に発想の根をすえている」と論じている。

（5）　本多秋五『物語戦後文学史』（昭和四十一年三月、新潮社）

（6）　例えば本多秋五は、「その後、彼（注、梅崎春生）はいつの間にか、第一次戦後派の一人というよりは『第三の新人』の兄貴分に近い方へ歩き出していた。そこから、梅崎春生は本質的に戦後派でない、彼は戦後派とみられたためにトクをした、いや、損をした、といった取り沙汰がきかれるようになった」と書いている（『物語戦後文学史』）。

（7）　『物語戦後文学史』および「梅崎春生小論」（初出『日本現代文学全集98椎名麟三・梅崎春生集』〈昭和四十年三月、講談社〉、『戦後文学の作家と作品』〈昭和四十六年十二月、冬樹社〉収録）。

（8）　他作家の考察も併せた単行本として、柳澤通博『梅崎春生—ユーモアと「幻」—』（平成二十三年五月、木鶏書房）がある。同書は梅崎の小説に「『酔眼』の世界」を指摘し、「梅崎の願望や認識がすべて『幻』」であったと論ずる。「梅崎ほど私小説とは遠い作家はいないし、彼ほど自在に自己を語った作家も少ない」と記し、梅崎は「社会拒否」を「前提」としつつも「不毛な孤立から社会を回復」しようとした作家とも捉えている。「大岡昇平論」「瓦礫の中の幻影—戦後文学をめぐって—」「喪われた『花』のありか—志賀直哉的思考をめぐって—」の三本を併録。

（9）　改訂増補版『梅崎春生—「桜島」から「幻化」への道程—』は、昭和六十一年六月、沖積舎より刊行。

（10）　中井正義は同書の中で、梅崎春生を「私小説の系譜をひきながら、たえずそこから脱出しようと」した作家だと捉え、「一貫して、戦争をふかく経験した人間、戦争に翻弄されて来た人間——の姿勢を持し」ていたとも指摘している。和田勉は同書の中で、梅崎春生について、「戦後派的な実存的な観念と、日本の伝統的な私小説の表現とを止揚した文学として積極的に評価」している。

（11）　梅崎春生は、小説「桜島」の創作について、自身の軍隊経験と併せて次のように書いている。「桜島にいたのは、敗戦の年の七月上旬から八月十六日までで、階級は海軍二等兵曹、通信科勤務である。復員後（中略）十二月に『桜島』を書き上げた。（中略）／この作品は場所や風景だけがほんとで、出て来る人物は虚構である。ただ一人、桜島転勤の途中で出合う谷中尉にはモデルがあるが、吉良兵曹長も見張りの兵隊も耳のない妓も、皆私がつくった。」（「八年振りに訪ねる—桜島—」昭和三十七年十月、初出誌未詳。引用は新潮社版『梅崎春生全集第七巻』〈昭和四十二年十一月〉に拠る）。

第一章　梅崎春生文学の出発

「微生」論
――「偽」のモチーフ、国家批判と「紀元二千六百年」――

はじめに

梅崎春生の「微生」（昭和十六年六月『炎』）は、作者が戦前に発表した短編小説七作の中の一つである。[1] しかし、同じく戦前の短編である「風宴」（昭和十四年八月『早稲田文学』）が、講談社文芸文庫にも収録され、[2] 今日なお多くの読者に親しまれているのに比べ、「微生」は顧みられる機会に必ずしも恵まれていない。先行研究においても、「微生」を正面から取り上げた論文は今のところ皆無に等しく、和田勉が『梅崎春生の文学』（昭和六十一年十一月、桜楓社）の中で、「私小説リアリズムに近い」短編小説の一つとして取り上げ、「会社勤めの人間関係のどうしようもない空虚感を描いており、その背景には陰鬱な重苦しい時代の雰囲気もある」と言及したくらいである。[3]

このような「微生」であるが、実は梅崎の第一創作集『桜島』（昭和二十二年十二月、大地書房）には、戦前に発表した小説の中から唯一収録されていた。[4] その「あとがき」を見ると、梅崎は次のように記している。

「微生」は昭昭《ママ》十六年の春に書いた。太平洋戦争に入る半年前で、その頃の自分の暗く重い気分を、一面的ながら描いたといふ点で、私はこれに幾分の愛着を感じてゐる。

昭和十五年三月に東京帝国大学を卒業した梅崎春生は、同年六月四日から友人霜多（旧姓島袋）正次の手引きで東京市教育局の雇員となり、(5)その勤め人の立場で最初に執筆したのが、この「微生」であった。そしてその小説が『炎』に初掲載された際には、「此の一篇を島袋正次に」との献辞がタイトルに添えられ、(6)自らを勤め先へ導いた相手に向けて書かれた体裁が取られていた。つまり右の「あとがき」にも匂わされているように、「微生」は梅崎が自身の勤務経験を材料に、当時の心境を反映させながら創り上げた小説と言える。だからこそ、作者にとっては「愛着を感じ」る一作なのであろう。筆者の見解としても、「微生」はその出来、不出来は別にして、習作期の梅崎の内面とモチーフを理解する上で決して看過できない小説である。

従って先に挙げた和田勉の指摘は、このような「微生」の特色を大まかに捉えたものとして評価できよう。筆者のモチーフ分析も方向自体はこれに重なっている。しかし本論では、むしろ「微生」の背景に見える〈陰鬱な時代の雰囲気〉に踏み込むことで、小説の奥に隠された梅崎の内面にも迫ってみたい。

結論を少し記せば、梅崎文学に繰り返し登場する「偽《にせ》」（あるいは「贋」）のモチーフ(7)が、如何にして形成されたか、いわばその原点を探る上で、「微生」は重要な一作と見做すことができる。会社勤めの人間関係の中に「偽者」を描きつつ、当時は日中戦争下にあった日本の国家体制から「偽」の空気を鋭く感じ取った梅崎が、自らの時代認識を行間深く嵌め込んだ小説、それが「微生」だと言えよう。以下に考察を進めたい。

一　「偽」のモチーフ

「微生」の主人公である「私」は、「学校を出て、今の会社に勤め出してから、もう一年近くなるのだが、働いて給料を貰うという生活にようやく倦怠を覚え始め」ている。「私」は毎朝「顔を見たくもない同僚や上司の顔を見、言いたくもないあいさつや会話を交さねばならぬことを考え」ると、「欝欝」とした気分にさせられるのである。勤め先の「商事会社の秘書課」では、「私」の隣席に仕事の要領が悪くて皆から馬鹿にされる「猫山老人」がおり、「私」はその猫山が一日中「卑屈な態度」で過ごすのを間近にして、「同情という気持よりももっと烈しい、憤怒に近い感情」を抱かせられている。また会社の「創立記念日」で行う催しを決める会議が開かれた際には、皆が「何か底意を蔵してふるまう」あまりに「収拾がつかなくなってしまう」状況で、自らも含めた「陰欝な会議室」の有様から、「私」は「自分が惨めにさせられる思い」に陥らされたりもする。「私」はそのような毎日の勤め人生活の中で、動物園の動物たちの姿を想像し、次のような感慨に耽る。

樹々の茂みを縫うて、それぞれの大きさの檻に、南極でとれた熊や、アフリカにいた獅子や、妙な形をした猿や、得体も知れない姿の鳥類が、みんな違った表情をしてうずくまっている。生れてまだ一度も動物園に行ったことの無い私の頭の中で、そうした鳥獣の姿体は、恐しい程切なく私を打った。（中略）逃げ出したくても、鉄の棒や金網が張ってあるから、仕方なく終日ぼんやりすわっているが、それでも諦め切れずに、人が見ていないと、こっそり鉄の棒を噛ってみたりするそうではないか。夜になって人がいなくなると、動物達は一せいに悲しい声を立てて鳴き立てるそうじゃないか。偽者ばかりがうろうろしている此の世界の中で。あの鳥や獣たちだけが、真実の姿をしているのではないか。（中略）／毎日の、憂欝な気持を、堆積してどうにもならない此の気持を、此の荒々しい獣が一挙に晴らしては呉れないか。微塵の嘘もない、かけ引きもない、ありのままの生れたままの烈しいものに張った獣たちが、私の創痍をいやして呉れるかも知れない。

右に見られる「偽者」の一語は、現在確認される限り、梅崎春生の作品の中で最も早く用いられたものである。(8)

いわば「偽」のモチーフの出発点がここに認められる。一読して明らかなように、この一節ではその「偽者」の対象として、「陰欝な会議室」を構成する人々が想起されている。

例えば主任の草場は、「課長を追い出して自分が後釜にすわろうと考えて」いる。その草場と対立する意見を出す半田は「会社の利益」より「国家の利益」に沿うべきだとの理由を挙げながら、実際は草場への「いやがらせ」で発言している。ここにいる人たちは、皆「自分のことだけ」を考え、しかし如何にも、もっともらしい口を利き、「底意を蔵してふるまう」人物ばかりだと言える。

つまり梅崎は、「ありのまま」の姿である動物園の鳥獣たちに比して、半田や草場らは「嘘」や「かけ引き」に満ち、それ故に「偽者」だと言いたいのである。そしてこの「陰欝な会議室」における「偽者」たちには、彼らとは一見、対照的である「私」と猫山も含まれていることに注意しなければならない。

皆から馬鹿にされる猫山は、「相手の機嫌をそこねると、それが自分がここを追い出される素因になりはしないかとびくびくし」、「一日中人の意をむかえるために」「全身をあげて待機している」。「私」はそのような猫山に同情を超えた「憤怒」を感じ、自分の心境を重ね、猫山と同じ「卑屈」な内面を抱えた人物と言える。「私」も猫山も、「悲しい声を立てて鳴き立てる」ことをしないが故に、それは「ありのまま」でなく、「偽者」だと作者は言いたいのである。

以上をまとめれば、他者に対して、自分を押し通すにしても、自己を抑制させるにしても、本心を隠した偽りの行動によって生きる人間たちこそが、「微生」における「偽者」だとひとまず定義できよう。

次いで先の引用にいま一度目を向けると、鳥獣たちとの対比で「偽者」に言及する部分といささか矛盾するようではあるが、「私」が自身の内面を動物たちに重ねている気配もあることに気づかされる。この「私」の心境は、「私」が毎朝、通勤途中で病院に飼われている実験用の犬と出会い、「暗い聯想を伴」いつつ、自己に対する「嫌悪」を感じさせられていることに連なるものと言えよう。病院の実験犬も、動物園の動物も、自由な行動を奪われ、ある種の束縛の中に生きている点で共通している。会社勤めをする中で「欝欝」とした毎日を過ごす「私」は、「卑屈」な猫山に自らの内面を見出していたのと同様に、このような犬や動物たちにも自分の姿を彷彿させられていたのである。

さらにこのことと関連して、「微生」には登場人物の多くを動物に擬して表す傾向が見られることも見逃せない。まず何より、「私」の隣席の老人の姓が「猫山」であるし、「私」と秘書課の同期生で、しかし現在は猫山を「人間の屑」だと決めつけてくる人物には「鳥巣」という姓が与えられている。また草場については、その風貌が「猿のように老獪」で、「動物的な感じ」がすると記されているのである。ちなみに「私」の姓は「木山」であり、動物に擬されてはいないものの、これも「草場」と併せれば、自然のイメージが託されていると言えなくもない。

要するに梅崎は、会社勤めによって束縛された人間たちを、動物園の動物同然だと捉えているのである。あるいは逆に、社会全体について、人間という動物を会社という檻に閉じ込める動物園として捉えていると言ってもよい。この梅崎の人間観は、先の偽者観と矛盾するかのようであるが、しかし、たとえ同じ動物であっても、鳥獣たちは「ありのまま」であるのに対し、「偽者」の人間たちは本心を隠して生きているところが異なると言いたいのであろう。言い換えれば、人間は嘘をつく〈偽の動物〉とでもなろうか。

だとすれば、「猫山」という姓の表すところも明らかと言えよう。猫は元来、虎と同じ科に属する肉食獣であるのに、いつしか人間の愛玩用に飼われるようになった、これまた一種の〈偽の動物〉である。ひたすら「人の意をむかえ」ようとする「偽者」の老人の内面が、その姓によっても表されているのである。

ここで物語の終盤に目を向けると、猫山の手配した会社の「創立記念日」用の「饅頭」が誤って早く配達され、しかも例年猫山の担当する社長祝辞の草稿作りが、ささいな擦れ違いから「私」に廻されてしまう場面がある。その際に猫山が、饅頭の配達員を「けだものがないているよう」な声でなじり、「私」にも「獣がほえるよう」な声をぶつけ、ののしっていることに注意したい。この時、猫山は「気持を無理に押えつけたよう」だとも記されているが、むしろ、いつもは胸の裡に仕舞われていた本心を思わず露呈させてしまったと捉えるべきである。不本意にも仕事が失敗し、奪われ、ぎりぎりの立場に追い込まれたことで、飼猫のごとき猫山も、「ありのまま」の姿を垣間見せ、少しだけ〈真者〉に近づいたことを、その獣のごとき声が暗示していると言えよう。そしてこのことは、直後に「私」が饅頭を支社へ配達すると見せかけ「遁走」を決意し、動物園の虎の檻を目指して走り出すことからも裏付けられる。「私」は猫山の姿から、自分も「ありのまま」に生きるべきことを悟らされ、自らのあるべき姿を確認するために動物園の虎のもとへ向かったと解釈できるのである。「私」が檻に辿り着き、虎の姿に見入るところで物語の幕も閉じられる。

このラスト・シーンに際して、「巷には、大風がぼうぼうと吹」き、空には雲が実験用の「犬の首」のごとく「奇怪な形によじれ」、「その牙のあたりから、稲妻がきらきらと光った」との情景描写が為されている。また「私」が檻に辿り着いて目にした虎は意外や「物憂げ」で「薄汚な」く、途中で目に入った他の動物たちも「薄汚れ」て、「痩せ衰え」ていた。つまり「私」は会社勤めから「遁走」を決意したものの、前途には難多きことが予想され、「私」が求めてきた動物たちも「欝欝」として、自分の内面を彷彿させる姿であったのである。動物園のごとき社会の中で、人間たちが「偽者」にならざるをえない、その梅崎のモチーフが、この最終場面によって改めて確認できる。加えて、ここでさらに注意すべきなのは、「私」に見入られる虎が「物憂げ」でありつつも、「雲行き早い空」に向かって「耳を立てて、牙を噛み、嵐のように烈しい姿勢」を取っていることである。この虎の姿は、先の獣のごとき猫山の姿にイメージが重なる。当時、社会人一年生であった梅崎は、自らが「偽者」であることを感じながらも、欝欝とした毎日を強いる社会にもっと烈しく立ち向かいたい思いを抱いていたことが、ここから窺われよう。いわば「偽者」から脱却すべき作者の決意が読み取れるのである。

しかし物語は「私」が「虎のその姿に見入っ」たまま終わり、その先は記されていない。「偽者」から脱却を図りつつも、如何にすれば〈真者〉として生きられるのか、具体的な方策を当時の梅崎が持ち合わせていなかったことを示す結末とも言える。そしてこの最後の場面は行間から、梅崎の隠されたモチーフが読み取れるようであるが、そのことを記す前に、「微生」に描かれた時代背景について検証したい。

二　日中戦争下の日本社会

「微生」の物語の現在は、梅崎が小説を執筆した昭和十六年春とほぼ同じと考えてよい。この小説には、その時代の雰囲気を感じさせる表現が、本文の至る所に散見される。

例えば、猫山は自分の子供について、「おかげさまで一番下の餓鬼もようやく小学校——いや国民学校に入りまして、毎日通っておるでございます」と語っており、会議室の場面には、半田が「国民服のポケットから手巾を出して額を拭」いたと記されている。「国民学校令」は昭和十六年三月に、「大日本国民服令」は十五年十一月にそれぞれ公布され、ともに梅崎の「微生」執筆と近い時期に、戦時下の国民統制の一環として現れた法令であった。梅崎が同時代の空気を反映した出来事にすかさず反応し、作中に取り入れたことが、これら何気ない語句に示されている。

また鳥巣が「此の会社に入ってすぐの頃」に「猫山さんから招待され」、厚さ「一寸五分位はあ」る「硯箱位の大きさの豚カツ」を出されたという、いささか薄気味悪く、今日から見るとわかりにくいエピソードがある。これも時代背景を踏まえて読めば解釈できる。昭和十六年三月に農林省より「鯨肉を除く鳥獣肉一切の肉なし日実施の通牒」が出されており、当時「肉屋の店頭には牛肉が従来の3分の1程度、豚肉はほとんどなしといった実状で」、肉類は「庶民には手の届かない貴重品であった」[9]。つまりこの場面では、一庶民に過ぎない猫山がかなり無理して後輩の機嫌を取っているのであり、梅崎はひたすら「人の意をむかえ」ようとする猫山の内面を、当時の食糧事情と重ねつつ描いたのである。

さらに会議室でまとまりのない議論が繰り広げられる中、半田らが「革新派」と呼ばれ、その中の一人は「旧体制をたたきなおす」との発言をしている。これは言うまでもなく、昭和十五年七月に二度目の首相に就任した近衛文麿を中心に、当時の政界にいわゆる「新体制運動」が展開され、「新体制」とか「旧体制」とか言うのが巷間で流行していたことの表れであろう。梅崎が流行語にも敏感であったことが確かめられるとともに、その意図があったか否かは別にして、同時代の政治運動に対する作者の見解が表れているようでもある。近衛文麿の新党結成運動に始まった「新体制運動」は、各政治勢力の思惑が絡み合い、調整が不首尾に終わった故に、近衛らの当初の意図から大きく逸れて、全勢力を丸抱えにした大政翼賛会の結成へと進んでいった[10]。「革新派」やら「旧体制」やらで、収拾のつかぬ「微生」の会議室の有様は、まとまりを欠いた「新体制運動」を彷彿させ、梅崎の諷刺を多少なりとも感じさせることは確かである。

以上のごとく、「微生」には、同時代の雰囲気を捉えた表現が多く認められる。それらの中でも、次に挙げるのは、「偽」のモチーフと併せて表現された、注目すべき一節である。会社の「創立記念日」の催しを決める会議が収拾つかぬまま終わった後、「全社員が中庭にあつまって、レコードにあわせて国民体操をやる」場面である。ここで「私」は「日も射さぬ、すみっこのトタンのといに青苔の生えたような中庭で体操するよりはまし」との考えから、「レコードをかける役目」を担当しており、その「私」の視点によって、蓄音器のある三階から「中庭を眺めおろした」風景が次のように描かれている。

（前略）人の群で雑然とした中庭は、暗くて、どこに猫山がいるのか半田がいるのか鳥巣がいるのかわからなかった。（中略）／手を屈伸し、足を曲げる。毎日見なれた風景ではあったけれど、私はそれを見るたびに妙な錯覚にとらえられた。窓ぎわから見おろすと、上から見るせいか、頭ばかりが巨大に見えて、その下に細った胴と短い足が、音楽に合せてもだえるように律動した。（中略）課長や草場やその他の人々もその中に交っているにはちがいなかった。窓から見おろす私の眼からは、それらはまるで奇怪な虫けらのあつまりのように見えた。

「陰欝な会議室」の面々を含めた社員たちが「国民体操」をする様子について、「奇怪な虫けら」のようだと記している。作者は「偽者」と見做す人々に「虫けら」という小動物の比喩を用いつつ、その上に「奇怪な」という形容動詞を加えているのである。しかも「奇怪な虫けら」のごとき理由の一つとして、「頭ばかりが巨大に見え」ることを挙げている。つまり人間も所詮は動物の一種でありながら、他の動物に比べて「頭ばかり」が発達した故に「嘘」や「かけ引き」を覚えるようになった。だからこそ人間は、ただの「虫けら」でなく、「奇怪な虫けら」であり、いわば〈偽の動物〉だと捉える梅崎の人間観、偽者観が、やや不気味な形で表されているのである。

さらに「私」の眼に人々が「奇怪な虫けら」として映る直接の理由は、「国民体操をやる」ことにあり、「国民体操」それ自体をも「私」は否定的に捉えていることに注目したい。この「国民体操」とは、昭和十四年に厚生省によって作られた「大日本国民体操」を指すものと思われる。同体操は昭和三年にＮＨＫ放送で始まった、いわゆるラジオ体操の第三体操としても採用され、伴奏曲はビクターレコードより発売されていた。(11) この「大日本国民体操」を含めたラジオ体操は、国民の精神的な団結力を高め、また「体位向上」にもつながるとして、昭和十二年八月の閣議決定による国民精神総動員運動においても奨励され[12]、梅崎が「微生」を執筆した時点では、政府の主導によって全国各地に広まり、盛んに行われていた。

日中戦争下の当時、いわば国策として奨められていた「国民体操」が、「微生」では主人公「私」の眼を通して「奇怪な」ものとして描かれていることに注意されたい。現代から振り返れば、国家によるマインドコントロールをも意図した戦前のラジオ体操は、確かに「奇怪」とも言えようが、戦時下の当時においてそのように捉えていたところに、梅崎の感性の鋭さが確かめられよう。そしてこのいわば同時代の国家体制に対する鋭い感性にこそ、梅崎の「偽」のモチーフの一つの原点があるのではないだろうか。実は、そのことを裏付けるのが、会議室の議題に上っている、会社の「創立記念日」である。

三　会社の「創立記念日」と日本国「紀元二千六百年」

そもそも梅崎は何を意図して、「陰欝な会議室」の議題に、会社の「創立記念日」を選んだのであろうか。商事会社の秘書課の会議であるなら、もう少しそれらしい議題で描いてもよさそうなものである。梅崎がわざわざそのように設定したのは、もちろん、それ相応の理由があったからに違いない。

この考察にあたって、梅崎が「微生」を著す貴重な材料となった東京市教育局への勤務を始めてから、すなわち昭和十五年六月四日より、実際に「微生」を執筆した十六年春までの間に、いわば日本国の「創立記念日」に関わる歴史的な出来事があり、梅崎の勤務先もそれと深く関わっていたことを見逃してはならない。

つまり昭和十五年は神武天皇の即位から二六〇〇年、日本国の「紀元二千六百年」にあたるとして、全国各地で記念式典、行事が行われていたことである。中でも東京市役所は記念行事の一環として、「紀元二千六百年記念東亜教育大会」を帝国教育会と共同で主催し、同年七月八日から五日間に亘って実施していたのである。[13]六月四日から同市役所教育局の雇員となった梅崎は、社会人として最初に与えられた仕事の一つが、一ヶ月後に開催の迫ったその教育大会の準備であったと推察できよう。ちなみに「東京都の教育に関係した役所」を舞台にした私小説風の短編「一時期」（昭和二十三年九月『文芸首都』）を見ると、「僕がそこであたえられていた仕事」は「東亜の諸国」に「頒布」するための「『東京都の教育』という写真のパンフレットを製作することであった」と記されている。[14]東アジア各国の教育者を招聘した「東亜教育大会」において、梅崎はそのような仕事を担当していたのかもしれない。「一時期」では、その写真パンフの仕事が「教育における大東京の威容を誇示しようとする」「意図」で為されており、「僕」は「どのみち役人が思いつくのはこの程度のこと」で、「教育関係の役人の主だった連中は、どういうものか、極めて頭の悪い連中ばかり」だとの否定的な感想を述べている。いずれにしても、社会人一年生として迎えた「紀元二千六百年」は、梅崎の心に何らかの刻印を残し、その影響下で「微生」が執筆されたと見てよかろう。

「微生」の「陰欝な会議室」の本文を少し詳しく検証したい。例えば議論が収拾つかぬままあった「創立記念日」の催しは、ようやく十日前になって、「今回は朝のうち」に「祝典を挙行し」、その後「体位向上のための運動会をやる」ことが課長によって発表される。これは昭和十五年十一月十三日に「紀元二千六百年東京市奉祝会」が明治神宮外苑競技場で開催され、内容は午前九時より「奉祝式典」を挙行した後に、午前十時から夕刻まで「市民の一大体育祭典」を行っていたことと無関係ではあるまい。その「奉祝式典」では、「六万余の参列者」の中に東京市の「市区職員四千名」が含まれていたとのことで、梅崎も参加していた可能性がある。またその「市民の一大体育祭典」においては、東京市の「各区代表者」による陸上競技等と併せて、「小学校女教員」や「小学校男教員」による「集団体操」が組み込まれていた。[15]そして梅崎がより直接に関わったであろう「紀元二千六百年記念東亜教育大会」でも、大会三日目の七月十日に「歓迎体育大会」が行われ、そこにおいては「東京市小学校児童（淀橋区）」

による「大日本国民体操」を始め、各種集団体操がプログラムの中心として組み込まれていた。(16) 先に記したごとく、「微生」では社員たちが「国民体操をやる」風景を「奇怪な虫けらのあつまりのよう」だと形容している。その表現の奥にはこれら記念行事に際して、梅崎が実際に目にした集団体操に対する感慨が隠されているとも言えそうである。

作中の会議について、さらに具体的に記せば次のようである。会社の「創立記念日」の催しについて、半田が大声で「昨年と同じようにお祭り騒ぎをやる心算ですか?」と発言し、以下のごとき案を出している。

「ぼくは何時もから此の会社にも道場をつくらねばならんと思っていましたが、何でも今度敷地が選定されたそうじゃないですか」（中略）「だから其処に行って、土を運んだり石を片付けたりして働けば、それだけ早く道場も建って、ぼくらは週に二日はそこに行って水をかぶるようにする」（中略）「週に二日位は禊《みそぎ》をやって心神を浄めないことには、我々若者の手によって東亜再建の大事業はとても完遂できないですよ」

この発言に対して、半田側の一人は「旧体制をたたきなおすためにも修錬道場は必要さ」と言い、先にも触れた流行語を含んだ賛成意見を出す。一方、半田と対立する人々は「去年は昼酒飲んで大浮かれに浮かれた癖に、今年は道場つくれなどと良く言えたものだね」と反論。加えて昨年の「創立記念日」に「社員の体位向上を考えて」「多摩川に行った」ことに言及し、その時、半田が「酔っぱらって多摩川に落ちた」ことを批判する。「あれは禊をやったのか」とか「いっそのこと全社員で多摩川べりに行って、洋服のまま水に飛び込むという趣向にしたらどうだい」などと嫌味な意見を言うことで、「だんだん会議のもようは険悪になって」いく。

対して、実際の日本国「紀元二千六百年」を改めて確認すると、昭和十五年十一月十日に宮城外苑で政府主催による「紀元二千六百年祝賀式典」が挙行され、この日から五日間に亘って全国各地で「山車、提灯行列、旗行列」が繰り広げられ、「昼酒」も許されたことが目に留まる。しかも東京市においては、「時局下国民体位向上の緊要なるに鑑み」て「紀元二千六百年記念市民体力増強施設事業」を計画し、「軍事訓練、心身訓練及集団訓練ニ関スル指導者養成並青少年国防能力ノ増進」を目的とした「市民錬成道場」の建設が決定されていたことを見逃してはなるまい。

このように見比べると、作中の「創立記念日」に関わる議論を描くにあたって、実際の「紀元二千六百年」を記念する行事等が材料に用いられているのは、もはや明らかであろう。それらは断片的でバラバラに使われている感があり、時間の関係など事実と照合しない部分もある。歴史的な出来事を連想させる形には必ずしも仕上げられていない。しかしその議論の模様が、馬鹿馬鹿しいくらい大人気なく、まとまりを欠いて描かれているところには、人々の「偽者」ぶりを強調する意図と併せて、材料となった「紀元二千六百年」に対する梅崎の批判的な見解を読み取ることができる。中でも「昼酒」と「道場」建設との矛盾を突いた発言などには、梅崎の揶揄と皮肉が表れていると言えないだろうか。

ここで事実関係を一つ補えば、作中の会議で「多摩川」が話題に上るのは、「市民錬成道場」の建設予定地が、南部に多摩川の流れる「府下西府村」に計画されていたことと関係する可能性が高い。梅崎は道場建設に関連して、その地まで出向いたことがあったかもしれない。そして「多摩川」での半田の失態を「禊」と絡めて批判し、からかう発言には、「市民錬成道場」で市民の「心身訓練」のためにおそらく予定されていた〈禊の行〉に対する梅崎の嘲笑を含んだ批判が、やはり表されているように見える。実際、梅崎は戦後に発表したエッセイ「日本的空白について」（昭和二十三年三月『改造文芸』）で、次のように書いている。

この戦争中、東京都庁[20]の小役人を私はやっていたことがある。そこでどんな仕事をやっていたかというと、東京都の小学校の教員を道場に引きつれて行き、ミソギをさせたりフリタマの行というのをやらせたり、つまり錬成講習と称する行事の、もっぱら雑務に当っていたのである。（中略）実際に何度も見てきたことだから、此の種の行事の無意味さを私は誰よりもよく知っていた。教員にこんな錬成をやろうと思いついたのは、教育局長であった皆川治広という男だが、この男の頭のおろかさもさることながら、その命によって引っぱり出される教員諸子の迷惑はいかばかりかと、私は思いをいたすことしばしばであった。

梅崎が教育局に勤めていたのは昭和十九年三月までであるから[21]、右に記された梅崎の仕事が「微生」の創作期間と重なっているかどうかはわからない。しかし、ここで名前の上がっている皆川治広は、東京市教育局長として、「東亜教育大会」[22]においても各種委員会の主任や委員を務め、大会当日には「初等教育部会」の「議長」を担当していた人物である。従って、「微生」を書いた当時の作者が、右で「頭のおろかさ」を批判した人物の下で働き[23]、これと同じような疑問を抱かせられていた可能性は高く、そうした梅崎の思いが「微生」に隠されていることを間接的に裏付ける文章とは言えよう。梅崎は同じ文章の中で、「あの当時の官民が、ミソギとかヤマトバタラキ（注、集団体操の一種[24]）とか、たわけた事にうつつを抜かしていたことは、言いようもなく莫迦らしい話だ」とも書いている。

このように「微生」の行間から、同時代のいわば国家体制に対する梅崎の批判が読み取れる中で、その中心にある「紀元二千六百年」とは、当時の日本にとって、また梅崎にとって、一体如何なる意味を持つ出来事であったのだろうか。

言うまでもなく、「紀元二千六百年」とは、『日本書紀』の神武天皇の即位から数えた、非科学的な紀年である。

それが全国規模で祝されたのは、当時「東亜新秩序の建設」を掲げていた日本政府が「国体ノ精華」と「国威ノ昂揚」を内外に誇示するとともに、神武天皇の詔「八紘一宇」を根拠に自らの大陸侵出を正当化する狙いがあったからに他ならない[25]。しかも、そのような「紀元二千六百年」を記念する行事の一つであった「東亜教育大会」は、「東亜新秩序建設ニ対スル教育的協力」と「日満華教育者ノ親和連繫強化」を目的に掲げ[26]、日本政府が満州国と中華民国の教育者を多数招いて開催した、侵略者のエゴに満ちたイベントであった。

外では大陸侵略を図り、内では国民統制を進めていた当時の日本にあって、「紀元二千六百年」こそ、まさに国家の欺瞞を象徴する出来事であったと言わざるをえない。梅崎春生は東京市役所の、それも教育局という、国家の統制を直接に被る職場において、しかも社会人一年生の立場で、その「紀元二千六百年」を経験した。そのことに重要な意味があろう。国家や社会の欺瞞に対する鋭い感性が養われ、梅崎が終生描き続けた「偽」のモチーフが培われたことを確実に窺わせるのである。

誤解を避けるために断っておくが、「微生」に梅崎の国家批判が、明確に描き込まれていると言いたいのでは決してない。戦時下の当時は言論統制下にあって、国家に対してあからさまな批判をすること自体が不可能であった。「微生」はあくまで会社勤めをする人間たちを「偽者」として表した小説であり、梅崎の主な意図もそこに存すると言うべきであろう。

しかし、社会全体を人間が閉じ込められた動物園のごとく捉える梅崎のモチーフは、そのまま戦時下の国民統制を図る国家への批判として置き換えることも可能である。そしてそのようなイメージを踏まえて「陰欝な会議室」を捉え直せば、「国家の利益」と言いつつ、自己のために振舞う半田や草場らは、欺瞞に満ちた国家の為政者を、「欝欝」とした毎日を過ごす「私」や猫山らは、国家に不平を言えぬ国民の姿を、それぞれ象徴していると言うことができる。梅崎の鋭い感性は、意図せぬまま、そこまで表現していたと言っても決して過言ではあるまい。

他にも、例えば物語の終盤、「私」は動物園の虎の檻へ向かう途中で交番に立ち寄り、会社から持ってきた「創立記念日」の「饅頭」を巡査に渡している。その際の「私」の台詞「これを、困っている人にあげて下さい」には、「紀元二千六百年」などという欺瞞に満ちた祝賀行事をするよりも、困っている国民を救う国家であって欲しいとの梅崎の願いが隠顕される。そして何より、「雲行き早い空」に「烈しい姿勢」で立ち向かう虎の姿を「私」が見入ったまま終わる物語の最後は、先述のごとく「偽者」から脱却したい梅崎の決意を表しつつ、同時に戦時色を強め、国民を統制していく国家の欺瞞に対して、強く立ち向かいたい、しかし具体的な行動には移せなかった梅崎の姿勢を表していると言えよう。「微生」はこの結末によって、梅崎の国家批判をあくまで行間に潜めた小説であることを自ら象徴するかのようである。

このような「微生」の発表から約六年後、従軍体験と終戦を挟んで、梅崎は「贋の季節」（昭和二十二年十一月『日本小説』）を書く。客の不入りのために解散の危機に瀕した曲馬団を舞台に、自尊心を胡麻化して生きる「偽者」たちを正面から描いた短編小説である（第三章第一節「『贋の季節』とは何か――『偽者』たちによる戦争――」参照）。その物語の冒頭で語り手兼主人公の「私」は、集客のために芸無し猿の「お爺さん」に洋服を着せて舞台に立たせる提案をし、次のように語っている。

（前略）人間を他の動物から画然と区別する一線などというものは、各自がてんでに思い込んだ妄想に過ぎなくて、人類の祖先は猿猴類だというが、それは数百万年も前のことだと皆安心している。案外二千六百年もさかのぼれば身体の端に尻尾をつけていたかも知れないのだ。

この「私」の独白は、人間が、ことに皇紀「二千六百年」を自称する日本人が、猿同然の「偽者」であることを皮肉り、「微生」の行間に潜められていた梅崎の国家批判を、より具体的に表している。「紀元二千六百年」という国家の欺瞞から捉えた梅崎の「偽」のモチーフが、戦後の解放を迎えて、ようやく結実し始めたのである。この「贋の季節」の一節によって、梅崎の「偽」のモチーフの原点が「微生」にあることも、逆に裏付けられていると言えよう。

おわりに

梅崎春生と言えば、自らの従軍体験をモデルにした「桜島」（昭和二十一年九月『素直』）で文壇デビューを果たしたことから、戦争に強い影響を受けた〈戦後派〉(27)と見做されがちである。それは確かにその通りであるが、梅崎の場合、応召されたのは昭和十九年六月のことで、それから終戦までの約一年二ケ月間を、戦地で戦う必要のない暗号特技兵として、全て国内九州の基地で過ごしていた。同じ〈戦後派〉でも、例えば国外の戦地に派遣された武田泰淳や大岡昇平、特攻隊員であった島尾敏雄らと比べると、従軍体験それ自体の影響を梅崎から、どこまで（どのように）読み取るべきか、再考する必要もあろう。

以上の考察のごとく、梅崎は軍隊生活以前に、東京市教育局に勤め、「紀元二千六百年」に関わるなど、戦時下の国家の欺瞞を、身を持って感じる立場にあった。「偽」のモチーフ形成においては、むしろそこに出発点があると言うべきだろう。そのことをさりげなく表し、裏付ける小説「微生」は、梅崎文学の一つの原点を明かす、重要な一作だと見做せるのである。

注

（1）現在確認される戦前の小説はいずれも短編で、「明日」（昭和九年二月『ロベリスク』）「喪失」（昭和九年五月『ロベリスク』）「地図」（昭和十一年六月『寄港地』）「風宴」（昭和十四年八月『早稲田文学』）「微生」「不動」（昭和十八年六月『東京市職員文芸部雑誌』）「防波堤」（昭和十七年発行月未詳「産報文芸生産人」）の七作。これらのうち、初めの二作は新潮社版『梅崎春生全集第七巻』（昭和四十二年十一月）に、「地図」以下の四作は同全集第二巻（昭和四十一年十二月）に収録されている。また「防波堤」は当初、丹尾鷹一の筆名で発表され、戦後になって「魚の餌」（昭和二十八年十月『改造』）「突堤にて」（昭和二十九年八月『文学界』）に分割し再発表されたもので、戦後二作の方が同全集第六巻（昭和四十二年五月）に収められている。

（2）講談社文芸文庫『桜島・日の果て・幻化』（平成元年六月）に収録。

（3）第二章第六節「短編小説」

（4）第一創作集『桜島』は、「桜島」（昭和二十一年九月『素直』）「崖」（昭和二十二年二、三月合併『近代文学』）「贋の季節」（昭和二十二年十一月『日本小説』）「微生」の四作を収録。

（5）和田勉『梅崎春生の文学』（昭和六十一年十一月、桜楓社）「梅崎春生年譜」に拠る。

（6）新潮社版『梅崎春生全集第二巻』「解題・校訂」に拠る。

（7）例えば武田友寿は「梅崎春生・『幻化』―贋の季節への挽歌―」（『戦後文学の道程』昭和五十五年五月、北洋社）の中で、梅崎は「『贋』なるものの告発」を「好んで追求した」作家だと指摘している。

（8）「微生」以前に発表された「明日」「喪失」「地図」「風宴」の小説四作と、同じく「微生」以前の作である詩十編（『梅崎春生全集第七巻』収録）には、「偽者」「偽物」「贋物」「偽」「贋」等は用いられていない。

（9）昭和史研究会編『昭和史事典』（昭和五十九年三月、講談社）に拠る。

（10）木坂順一郎「大政翼賛会の成立」（『岩波講座・日本歴史20・近代7』昭和五十一年七月）、伊藤隆『近衛新体制―大政翼賛会への道―』（昭和五十八年十一月、中公新書）に拠る。

（11）『ラヂオ体操の全《すべて》―ラヂオ体操七十五年の歩み―』（平成十五年十一月、キングレコード）に拠る。なお厚生省発行の『大日本国民体操解説』（金子魁一、発行年月不明）には次のように記されている。「昭和十四年六月厚生省当局は茲に鑑みる所あつて、我が国民に適当した体操を制定して先づ体力の向上と国民精神の作興を図らんとしたのである。即ち、陸軍、海軍、文部、厚生の各省の当局者及民間体操界の権威者を集めて制定委員とし、三ケ月に亘つて研究協議の結果、大日本国民体操、大日本青年体操、大日本女子青年体操の三聯の体操を制定したのである」。

(12) 森武麿は『日本の歴史⑳アジア・太平洋戦争』（平成五年一月、集英社）第四章3「国家総動員」で、「ラジオ体操」は「国民の戦争への精神的動員をめざすもの」で、「軍国を生き抜く体力の養成として奨励された」と記している。

(13) 以下に記す、東京市関連での「紀元二千六百年」の考察は、『東京市紀元二千六百年奉祝記念事業志』（昭和十六年三月、東京市役所）、『紀元二千六百年記念東亜教育大会誌』（昭和十六年三月、東京市役所）の二冊に拠っている。

(14) 昭和十八年七月一日「東京都制」施行による東京市の廃止に伴い、東京市職員は都職員に改められた。この小説が何時頃を表すか定かではないが、職場の名称としては、都制以後に拠っている。

(15)『東京市紀元二千六百年奉祝記念事業志』第二篇第二章「紀元二千六百年東京市奉祝会の開催」七十二頁〜八十五頁

(16)『東京市紀元二千六百年奉祝記念事業志』第四篇第四章「紀元二千六百年記念東亜教育大会」二九四頁〜三六八頁

(17)『東京市紀元二千六百年奉祝記念事業志』第一篇第一章第二節「紀元二千六百年祝典と国家的奉祝記念事業」（三頁〜五頁）および『昭和史全記録』（平成元年三月、毎日新聞社）に拠る。

(18) 昭和十五年十二月十一日の東京市議会で議決され、「市民錬成道場」および各種運動施設を十五年度から三ケ年かけて建設する計画であった（『東京市紀元二千六百年奉祝記念事業志』第五篇「紀元二千六百年記念市民体力増強施設事業」四一一頁〜四二四頁）。

(19) 注（18）に同じ。なお「西府村」は現在の府中市の一部に該当する。

(20) 注（14）参照。

(21) 新潮社版『梅崎春生全集第七巻』「年譜」参照。

(22) 注（16）に同じ。

(23) 梅崎春生は教育局の中でも教育研究所に所属し、直接の上司はその研究所長であった。しかし、実名を上げて批判した皆川治広には、教育局を統括する局長として、強い反発を感じていたことが推察される。

(24) 高橋秀美によると、「ヤマトバタラキ」とは「東京帝国大学法学博士・筧克彦」によって「大正時代に作成されたもの」で、「満蒙開拓青少年義勇軍や、日本体操学校などで行われていた」とのことである（『素晴らしきラジオ体操』平成十四年九月、小学館文庫）。

(25) 『東京市紀元二千六百年奉祝記念事業志』第一篇第一章第一節「紀元二千六百年の意義」（一頁〜三頁）には、次のように記されている。「今や欧州の天地を望むに、盟邦独伊両国蹶起して、世界新秩序建設に戦火を交へつ、ある時、皇国日本は、満洲事変以来東亜に於ける指導国として、東洋永遠の平和確立の為、亜細亜民族の運命を開拓すべく、聖鉾を大陸に進めてより四年、新東亜建設の大旆をかかげて邁進してゐる。これ実に神武天皇八紘一宇の皇謨を恢弘紹述するものであると謂うべきである。／謹而　今上陛下紀元二千六百年の紀元の佳節に賜はりたる詔書を拝するに／『今ヤ非常ノ世局ニ際シ斯ノ紀元ノ佳節ニ当ル爾臣民宜シク思ヲ神武天皇ノ創業ニ騁セ　皇威ノ宏遠ニシテ　皇漠《ママ》ノ雄深ナルヲ念ヒ和衷戮力益国体ノ精華ヲ発揮シ以テ時艱ノ克服ヲ致シ以テ国威ノ昂揚ニ勗メ祖宗ノ神霊ニ対ヘンコトヲ期スベシ』／と宣はせられ現下国民の向ふべき道を明示し給ふたのである」。

(26) 『紀元二千六百年記念東亜教育大会誌』大会篇第三「紀元二千六百年東亜教育大会要綱」十一頁〜十三頁

(27) 昭和十七年一月にも対馬重砲隊に召集されたが、肺疾患との診断により即日帰郷になっている。新潮社版『梅崎春生全集第七巻』「年譜」参照。

第二章　梅崎春生における戦争

第一節　「桜島」論

――戦争批判と自然美――

はじめに

梅崎春生の「桜島」（昭和二十一年九月『素直』）は、そのタイトルに明らかなように、鹿児島を舞台にした昭和文学の名作である。作者自身の経験も反映させた主人公「私」（村上兵曹）が、昭和二十年七月初、坊津基地から桜島基地へ転勤し、その地で確実に訪れるであろう死と向かい合い、葛藤し、やがて八月十五日を迎える様を描いている。発表後、たちまち注目を集めたこの小説によって、梅崎春生は戦後の文壇に新進作家として登場し、批評家や読者から、いわゆる「戦後派」、中でも「第一次戦後派」として迎えられた。

「第一次戦後派」とは、その定義を簡潔に説明するのは困難であるが、条件の一つとして「その人が作家として立つのに兵士の経験が決定的であったこと(1)」が挙げられる。つまり「桜島」は作者の軍隊生活を素材にした、「第一次戦後派」的な戦争小説として評価されたのであった。

しかし「桜島」は戦争小説であっても、その評価の良し悪しとは別に、必ずしも鋭い戦争批判の文学として読まれてきたのではなかった。

例えば、本多秋五は『物語戦後文学史』（昭和四十一年三月、新潮社）の中で、「『桜島』の静謐な世界をささえているのは、この否応ない死にせまられた人の眼である。そこに映じたものを定着させるにふさわしい緊張した文体である」と評価しつつも、「『桜島』は、割り切っていえば、なに一つ戦争と意志的に抗争しなかった人の敗戦体験記である」と記した。そしてその理由として、「桜島」の主人公像について、「無量の思いがありながら、彼にあってはそれが一度も思想の形をとらない。内と外との『風景』に託されるだけである」ことを指摘し、「そのことが、われわれにとってこの作品が文句なしに美しくみえる理由」だとも書いている。

和田勉の「『桜島』論」（『梅崎春生の文学』〈昭和六十一年十一月、桜楓社〉第二章第一節）も、この本多秋五の見解とほぼ同じ方向にある。「『桜島』は戦争文学の先駆として戦後文学を代表するものであり、梅崎の戦争小説の中でも屈指の作品であろう」と評価しながら、「『桜島』は、個人的な視点から戦時下を真摯に生きる人間の内面を掘り下げており、反戦・厭戦を読者に呼びかけ、社会を啓蒙しようとする意図はほとんどな」く、「心象風景に重点を当てた作品」だと論じているのである。

確かに「桜島」において、主人公の「私」が「戦争と意志的に抗争」したと言い得る具体的な行動は認めがたく、そのような「私」の内面を映す風景描写はあまりに美しすぎる。同時代の他作家の戦争小説と比較した場合、例えば大岡昇平の「俘虜記」（昭和二十三年二月『文学界』初出[2]）や「野火」（昭和二十三年十二月『文体』初出[3]）のごとく、戦地の切迫した死の恐怖を「桜島」に見ることはできず、また野間宏の「真空地帯」（昭和二十六年一月『人間』初出[4]）のような、政治的、思想的な側面による軍隊批判も、この小説から読み取ることはできない。そのような意味において、「桜島」が正面から反戦を訴える小説だと言い難いのは、その通りである。

しかし、梅崎春生が「桜島」の筆を執った意図の中に、戦争批判が全く含まれていなかったと考えるのも、また不適切であるまいか。梅崎の戦争あるいは軍隊に対する批判的な見解は、主人公「私」の内面描写を通して明らかに伝わってくる。戦争の真っ只中を生きる主人公として、「私」の生き方そのものが、戦争批判の意味を持たされていると言ってもよい。そのような「私」の人物造形が、「反戦・厭戦」と言い得るか否かは、各自の主観に委ねるべき問題であって、ここで問う必要はない。むしろ、戦争批判が「私」の生きる姿勢として貫かれているからこそ、「私」の心境を映し出した風景も、とりわけ美しく見えることに注意したい。「私」の心象である風景の美しさは、戦争のアンチ・テーゼとして置かれているのである。

「桜島」に記された戦争（軍隊）批判を確かめた上で、風景描写が何を表しているのか明らかにしてみたい。

一　「私」の生きる姿勢――戦争への無言の抵抗――

桜島基地に送られた「私」は、丘の頂上にある見張所で、見張役の兵隊と出会う。兵隊は「四十を越したか越さない位の、背の低い男」であった。考察の始めとして、その際の二人の会話に目を向けてみたい。「私」と「男」は次のような言葉を交わしている。


（注、「男」）「兵曹は応召ですか」

（注、「私」）「補充兵だよ」

「下士候補の？」

「そう。受けたくなかったけれど」

「兵隊でいるよりはいいでしょう」


ここで「男」の質問に対する「私」の答えは、梅崎春生自身の経験に基づいている。補充兵として応召された梅崎は、学校出である故に「予備学生の志願を勧められた」が、「兵隊でいた方が気楽」と思い、断った。しかしそ

の後、兵隊生活の辛さに「たまりかねて下士官志願」し、「海軍二等兵曹」となったのであった。(5)

一方、「男」は、「私」との会話の中で、自分は「去年」の「六月一日の応召」で、「佐世保海兵団」に入れられたと話している。実は、これも梅崎自身の経験に重なっている。(6)

つまり、七月初に坊津から桜島へ転勤した「私」の設定に作者自身を反映させているのに加えて、この場面で梅崎は、自らの軍隊経験を「私」と「男」に分けて記しているのである。(7)

もっとも、「兵曹」という階級の点でも梅崎を彷彿させる「私」に対して、「男」は、当時三十歳だった作者より十歳程度年上に設定された、しかも兵隊である。従って、「男」は作者のみでなく、作者が軍隊内で出会った人物のイメージなども投影されているようだ。そのように考えると、「私」の場合も、単純に梅崎自身をモデルにしているとは言えない。しかし、そうしたことを踏まえつつも、「私」と「男」の会話の中に、梅崎自身の経験が反映され、いわば作者の軍隊観が記されていると見るのは適切である。

例えば、「私」は次のように語っている。

「志願兵。志願兵上りの下士官や兵曹長。こいつらがてんで同情がないから」

この言葉に対して、「男はうなずい」て、「そして、低い、沈欝な調子」で次のように話す。

「私は海軍に入って初めて、情緒というものを持たない人間を見つけて、ほんとに驚きましたよ。情緒、というものを持たない。彼等は、自分では人間だと思っている。人間ではないですね。何か、人間が内部に持っていなくてはならないもの、それが海軍生活をしているうち、すっかり退化してしまって、蟻かなにか、そんな意志もない情緒もない動物みたいになっているのですよ」

「志願兵上りの下士官や兵曹長」とは、自ら進んで戦争に参加した職業軍人たちであり、彼らに対して「情緒もない動物みたい」だと批判している。梅崎春生は習作期の「微生」（昭和十六年六月『炎』）以来、「偽者」と見做した人間を動物に喩えて表す傾向があり、ここにもそれが認められる。さらに注意すべきなのは、この小説において「情緒もない動物みたい」な、いわば「偽者」として批判されているのは、彼ら職業軍人だけでないことである。[8]

志願兵上りの兵曹長の一人である吉良が「通信科の兵隊を集めての故もない制裁」を行う場面を見てみよう。長時間に渡る制裁がようやく終わって「大儀そうに立ち上」がる兵達の「表情」が「皆一様」に「単純」で、「考える力を喪失した、言わば動物園の檻のけもののよう」だと形容されているのである。加えて、転勤先の桜島基地へ向かう「私」が「半ば廃墟」となった鹿児島市を通って、「波止場で船を待っている」場面にも注目したい。「無表情な群集を眺めていた」「私」の感慨が次のように記されている。

昨夜の情緒が、妙に執拗に私の身体に尾を引いているように思われた。何か甘いその感じが、逆に作用して、波止場にいる無感動な人々の表情に対する嫌悪をそそった。
（馬みたいに表情を失っている）
　私は激しく舌打ちをした。

前日、坊津基地を発った「私」は、途中の「或る小さな町」で片耳のない妓と一夜を過ごす。その「昨夜の情緒」と対比するかのように、「無表情な群集」を「馬みたい」だと形容し、「嫌悪」しているのである。

つまり、職業軍人たちと同様に、彼らに制裁される兵達も、また軍人以外の民衆も、みな「情緒」を失った動物のごとき存在として表されている。

職業軍人の場合は、海軍生活の中で「油粕をしめ上げるようにしぼり上げられて」「情緒」を失っていく。同じ見張所の場面で、「男」がそのように言い添えている。

対して兵達や民衆の場合、前者は職業軍人たちから無意味な制裁を繰り返し続けられる中で、後者の場合、度重なる戦災によって町が「廃墟」となっていく中で、みな「情緒」を失わざるを得なかったと見做せるだろう。

積極的に戦争に加担した職業軍人も、自らの意志とは無関係に戦争に巻き込まれた応召兵や民衆も、みな「情緒」を失っている。加害者からも、被害者からも、みな一様に人間らしさを奪ってしまうのが戦争だと、梅崎春生は言おうとしているかのようである。

ここで主要な脇役の一人、吉良兵曹長について言及したい。職業軍人たちが「情緒もない動物みたい」だという「男」の言葉を聞いた際、「私」は、やはり職業軍人である吉良については「全然違った別の型の人間だ」と考える。そして吉良について次のように思う。吉良は「志願兵の頃から、精神棒などで痛めつけられてい」く中で、「胸に悲しい復讐の気持を、自ら意識せずに育て」「それを自我にまで拡げて行った」ものの、「兵曹長となり、一応の余裕が出来」ると、「育てて来た復讐の牙は、実は虚しいものに擬せられてあったことに気付」き、「牙を、自分自身に突き刺すより仕方がなかった」人物だと捉えるのである。しかも、吉良による制裁が行われる場面では、「額から、脂汗がしたたり落ちる」兵達を、「大声出して怒鳴りつけ」る彼の姿が、「私」の目に次のように映っている。

乏しい光線の中で、吉良兵曹長の顔は、思わずぎょっとする位、青ざめて見えた。非常な苦痛を押しこらえているような不思議な表情が、彼の顔を歪めているようであった。

この後、制裁の場を立ち去る吉良について、「淋しそうに見えた」とも記されている。こうした吉良の姿は、制裁にあたって、吉良自身も心の内では兵達と同じ苦痛に喘いでいることを示す。吉良は制裁を行う虚しさに気づき、兵達の苦しみを実感できながらも、「自我」の問題としてやめることができず、いわば自分への「復讐」として続けているのであろう。つまり吉良兵曹長は、「男」の言う〈情緒を失った人間〉ではなく、より一歩踏み込んだ「私」の視点から、〈情緒を表したくとも表せない人間〉として描かれているのである。

だとすれば、先述の兵達と民衆の表情についても、少し訂正する必要があろう。例えば、「桜島」と同様に、鹿児島での軍隊生活に材を取った梅崎の短編「生活」（昭和二十四年一月『個性』）を見ると、応召された老兵たちは「息子ほどの年頃の兵長にようしゃなく尻を打たれたり」する中で、「総じて無表情になる」が、それは「流体がおのずと抵抗のすくない流線型をとる」ような、軍隊で生き抜くための「擬体」であり、「贋の表情」だと記されている。これも踏まえると、兵達や民衆は決して「情緒」を失っているのでなく、辛い戦時下を少しでも楽にやり過ごすために、「情緒」を胸の裡に隠して、あえて動物のごとき無表情を浮かべていると言うべきであろう。とは言え、いずれにしても、戦争が人々から人間らしさを奪ってしまうことに全く変わりはない。

次に検討すべき問題として、「私」が見張所の「男」と、特攻隊員から、ともに抱かせられた「嫌悪」の情について記したい。

「私」が見張所で「男」と再び顔を合わせる場面において、「私」は「男」の顔が「光線の加減か土色」で「ひどく大儀そう」に見える。「私」は「何か漠然とした不安」を感じさせられる中、「男」は「滅亡の美しさ」、「廃墟」の美しさを語り、さらに双眼鏡で目撃した百姓家での爺さんの自殺未遂事件について説明する。その際、「私」は、「男」に対して理由のわからぬ「嫌悪」を抱かせられたのである。

また「私」は、「坊津基地にいた時」に見かけた「二十歳前後」の「特攻隊員」たちの姿を回想している。その時、彼らは「茶店風の家」で「酒をの」み、「何か猥雑な調子で流行歌を甲高い声で歌っていた」。「皆、皮膚のざらざらした」「荒んだ表情」に見え、「私」は「嫌悪すべき体臭」を感じさせられたことを思い出しているのである。後に「男」がグラマンの機銃掃射によって命を落とした際、「私」は「（注、「男」が）滅亡の美しさを説いたのも、此処で死ななければならぬことを自分に納得させる方途」であったと気づく。

特攻隊員に対しては、その姿から「欣然と死に赴くということが、必ずしも透明な心情や環境で行われることでない」のを確認し、「私」は「美しく生きよう、死ぬ時は悔ない死に方をしよう」との決意を抱くに至った。

つまり、「男」も、特攻隊員も、本心では受け入れ難い死を受け入れ、無理にでも納得しようとしていた。「男」は「土色」に、特攻隊員は「荒ん」で見える表情が、自らの心に嘘を吐く不健全さを表している。「私」はそのような死への不健全な向かい方に「嫌悪」を抱かせられたのである。作者が「男」と特攻隊員を批判しているようにも見えるが、決してそうではなく、彼らに不健全な死を強いる戦争を批判しているのである。

物語の中盤を見ると、「私」は、次のように葛藤している。

　何故私が、小学校の地理では習ったけれども、訪れる用事があろうとも思えなかった此の南の島にやって来て、そして此処で滅亡しなければならないのか。この事が私に合点が行かなかったのだ。合点が行かなかったというより、納得しようと思わなかったのだ。納得出来るわけのものでなかった。

また物語の終盤では、酒の席で、「私」は一人、次のような感慨に耽っている。

はっきりと言えば、死ぬことは、いやだ。しかし、どの道死ななければならぬなら、私は、納得して死にたいのだ。――このまま此の島で、此処にいる虫のような男達と一緒に、捨てられた猫のように死んでいく、それではあまりにも惨めではないか。

この直後、「私」は吉良兵曹長に向かって、「私も死ぬなら、死ぬ時だけでも美しく死のうと思います」とも言っている。

右のごとく「私」は、自らの死を納得し難く思い続けている。しかも「虫」や「猫」など動物による比喩を用いて、「情緒」を失ったまま死ぬ惨めさをも暗示している。「私」は特攻隊員の姿から「美しく生きよう」と考え、また右のごとく「美しく死のう」との決意も抱いているが、つまり「私」は〈情緒を持って人間らしく生き、納得して人間らしく死ぬ〉ことを念じていたと言えよう。

人間らしさをその生においても、死においても奪ってしまうもの、それが「桜島」に表された梅崎の戦争観である。そうした戦争の中で、「私」は人間らしくあり続けようとし、その生きる姿勢で戦争に無言の抵抗を試みていた人物として描かれているのである。

二　「情緒」「感傷」と自然美――人間性の回復――

戦争の中で、「私」がどのように生きているのか、具体的に見てみたい。

例えば、物語の終わり近くで、「私」は「遺書」を書こうとする。しかし、いざ卓に就いて便箋を広げると、「書くことが、何も思い浮かば」ず、「次第に腹が立って来」て、結局「それを破り捨てた」。

遺書を書くとは、自分の中で、死を受け入れる作業と言える。「私」が遺書を書けないのは、ただ気持ちの整理がつかないからでなく、死を納得できず、受け入れ難いものと捉えているからに他ならない。腹立ちと便箋の破棄という形で、理不尽な死を強いる戦争への「私」のささやかな抵抗が表れている。

また「私」は、この時、遺書を書けない自分が遺書を書こうとしたことについて、「言葉以前の悲しみを、私は誰かに知って貰いたかったのだ」と自己分析した上で、次のようにも考えている。

（このことが、感傷の業と呼ばれようとも、その間だけでも救われるならそれでいいではないか）

この「私」の考察は、物語の半ばに見られる「私」の考察と併せて注目される。自らが「不当に取扱われているという反撥」を感じた「私」が、片耳のない妓との一夜を思い遣りながら、やはり「不当な目にあいつづけて」きた妓の身の上話を想起して次のように考えているのである。

（此の感傷によりかかり、そして気持を周囲から孤立させる、此の方法以外に、私の此のいら立ちをなだめる手があろうか？）

「私」にとって「感傷」とは、そこに身を浸し、自らを救ってくれるものであるようだ。このことは、坊津から桜島へ向かう途中で「私」が出会った人物、谷中尉の言葉と対照的と言える。谷は「美しく死ぬ、美しく死にたい、これは感傷に過ぎんね」と言い、「私」の願う〈美しい死〉と一緒に「感傷」を切り捨てているのである。「私」は谷中尉に対して、「美しく死ぬ」ことにやはり否定的な吉良兵曹長とともに、二人の「胸」には「虚無」が「深い傷をえぐっているに過ぎぬ」のだと捉えている。

すなわち、「私」の「感傷」とは、谷や吉良の心のあり方の対極としてあり、先に見た「情緒」とほぼ同義で用いられていると言えよう。「私」が片耳のない妓との一夜を「昨夜の情緒」と言い、妓の身の上話を想起する際には「此の感傷によりかか」るという言い方をしているのを見ても、二つの語が近い意味であることは確認できる。

さらに「私」のこのような「感傷」(「情緒」)は、自然の風景と併せて表現される傾向のあることにも注意しなければならない。

物語の冒頭を見ると、「私」は坊津基地から桜島基地へ転勤の命を受け、「美しい港」を見下ろしながら、峠に置かれた基地隊を発つ。その際に「私」は風景が「おそろしいほど新鮮」で「活き活きしている」ことに「目を見張」り、「訣別という感傷」を感じながら、「此の思いだけが真実」であろうと考えている。

物語の半ばにおいては、大島見張所から「敵船団三千隻見ユ」との作戦特別緊急電報が届く。「各部隊に対する命令電波が、日本中に錯綜し」、桜島基地内も騒然となる。しかし、それは夜光虫の誤認で、「私」は「すべては茶番に過ぎない」と感ずる。そして想像による「大船団に見まがう夜光虫の大群の光景」とともに、「私」の次のような感慨が記される。

暗い海の、果てから果てまでキラキラと光りながら、帯のようにくねり、そしてゆるやかに移動して行く紫色の微光を思い浮べたとき、私は心がすがすがしく洗われるのを感じた。先刻の気持の反動と判っていながらも、私は此の感傷に甘く身をひたしていた。

前者の「感傷」は、戦争による死を間近に思う中で、坊津の自然に美しさを見出しており、後者の「感傷」は、敵船団の影に怯える人々（特に軍の上官たち）への不快感から救われたいが故に、夜光虫が光る海の光景を求めている。「私」の「感傷」は、戦時下における心の癒しとして、自然の風景を求めていると言えよう。「私」が見張所から見渡した風景を記した次の場面では、「感傷」「情緒」の文字は見られないものの、「私」の心が自然をどのように捉えているか、より具体的に表されている。

積乱雲が立っていた。白金色に輝きながら、数百丈の高さに奔騰する、重量ある柱であった。その下に、鹿児島西郊の鹿児島航空隊の敷地が見え、こわれた格納庫や赤く焼けた鉄柱が小さく見えた。黒く焼け焦れた市街が、東にずっと続いていた。市街をめぐる山々は美しく、鮮かな緑に燃え、谷山方面は白く砂塵がかかり、赤土の切立地がぼんやりとかすんでいた。自然だけが、美しかった。人間が造ったものの廃墟は、いじけて醜かった。

この直後に「私」は「男」から、「廃墟というものは、実に美しい」と聞かされる。その発言が不健全で「私」に「嫌悪」を抱かせたことは既に見た通りである。また「私」は右の風景に魅かれる理由について、「あの健康な展望が、私の心をまぎらして呉れるかもしれない」との言い方で明かしている。

つまり、自然の風景は美しく、健康であることが強調され、「人間が造ったものの廃墟」すなわち戦争による廃墟の醜さと対比する形で置かれているのである。戦争が人々から健全な人間らしさを奪っていく中で、「情緒」「感傷」を失わず、人間らしくあり続けようとする「私」の心が、自然の美しい風景として映し出されているとも言えよう。

そのように考えると、この小説の最終場面において、終戦を知った「私」の目に映る桜島の風景が、とりわけ重要な象徴性を持って見えてくる。しかし、その考察の前に、終戦を知らされる直前、直後の時間に、「私」の目に映った吉良兵曹長の姿について触れておく必要がある。

八月十五日の夕方、「私」と吉良は、雑音ばかりの玉音放送の内容を理解できぬまま、基地の居住壕で向き合って腰掛ける。その際、敵の上陸を予想する吉良は、「兇暴な光が充ちあふれた」「眼」で、「訓練はいらん。体当りで行くんだ」とか、「敵が上陸して来たら、此の軍刀で（中略）卑怯未練な奴をひとりひとり切って廻る」などと主張し、いかにも非人間的な雰囲気で「私」に語りかけてきた。

しかし、そのような緊迫した空気を、一人の兵隊の声が打ち破る。玉音放送は「戦争が、終ったという御詔勅」だと、兵隊から二人へ報告が為されたのである。

その言葉によって、「私」は「興奮」と「解明出来ぬほどの複雑な思念」に襲われている。だが、ここで注目すべきなのは、吉良の姿に「私」以上に大きな変化が認められることである。終戦を知らされた吉良は、「軍刀を抜き放」ち、「憑かれた者のように」しばらく「刀身に見入っ」ており、その姿に限れば以前と大差ないようにも見える。しかし、兵隊の報告の直後、「（注、吉良の）やせた頰のあたりに、私は、明かに涙の玉が流れ落ちるのをはっきり見た」と記されているのである。しかも、終戦の電信を確かめるために、ともに暗号室へ行くことを「私」に促す吉良の言葉が「沈痛な声」であったことにも注意されたい。次に挙げるこの小説の最終場面は、この吉良の「涙」と「沈痛」さを踏まえて考える必要がある。

壕を出ると、夕焼が明るく海に映っていた。道は色褪せかけた黄昏を貫いていた。吉良兵曹長が先に立った。崖の上に、落日に染められた桜島岳があった。私が歩くに従って、樹々に見え隠れした、赤と青との濃淡に染められた山肌は、天上の美しさであった。石塊道を、吉良兵曹長に遅れまいと急ぎながら、突然瞼を焼くような熱い涙が、私の眼から流れ出た。拭いても拭いても、それはとめどなくしたたり落ちた。風景が涙の中で、歪みながら分裂した。私は歯を食いしばり、こみあげて来る嗚咽を押えながら歩いた。頭の中に色んなものが入り乱れて、何が何だかはっきり判らなかった。悲しいのか、それも判らなかった。ただ涙だけが、次から次へ、瞼にあふれた。掌で顔をおおい、私はよろめきながら、坂道を一歩一歩下って行った。

「私」は「熱い涙」を「とめどなく」流しつつ歩いている。その「私」の前を、「吉良兵曹長が先に立っ」て、「私」が「遅れまいと急」がねばならぬくらいの速足で歩いている。これは、既に涙を流していた吉良が、「私」と同様に「嗚咽」に襲われ、「熱い涙」を流している自分を「私」に見られまいとしていたからに違いない。美しい夕焼に染まった桜島岳を背景に、「私」も、吉良も、「感傷」を溢れんばかりに発露させた最終場面である。

吉良の涙は、戦争に積極的に加担してきた職業軍人として、自らの過ちを正しく認識させられたことによろう。吉良は既に意識下においては、日本の敗戦が確実であることを感じていたであろうが、自我の問題として、認めるのは困難であった。それが終戦の事実によって明るみに出され、これまで胸の裡にひた隠しにしていた「感傷」（「情緒」）を思わず露呈させてしまったのである。

一方、「私」の涙は、長谷川泉に代表される死からの「解放」説[9]と、近年戸塚麻子が指摘した「新たな混乱[10]」説とがある。戸塚の分析は「桜島」における「イロニー」の問題に着眼した点において、興味深い示唆があるが、この最終場面に限って言えば、長谷川説のごとく、「解放」と捉えるのが自然と言えよう。確かにこの場面で、「私」は「悲しいのか、それも判らなかった」と記されるように、「混乱」した状態にある。しかし、ここで「私」の目に映る桜島岳は「天上の美しさ」に輝いているのであるから、たとえ「混乱」はあっても、「私」の心から肯定的な感情を読み取るべきではないか。桜島岳が、翌日の晴天を告知する「夕焼」に照り映えていることを考慮に入れれば、「混乱」の中にも「私」が死から「解放」され、やがて前向きに歩み始めるであろうことを表しているとも解釈できる。ちなみに「私」が転勤先の桜島に到着した場面に目を向ければ、「空は晴れ上って、朱を流したような夕焼」になり、「私の心もほっと明るくなるような感じであった。」と記されている。このことからも、桜島での夕焼が、「私」の心に正の方向で作用する機能を持つことは確かめられよう。すなわち、戦争の最中においても、人間らしさを貫き続けてきた「私」は、突然の終戦を迎えて戸惑いつつも、理不尽な死から「解放」されたことによって自らの正しさを実感し、やがて人間らしい生を獲得していく。その「私」の内面と未来像が、ここに暗示されているのである。

以上のごとく、終戦が訪れたことによって、「私」はもちろんであるが、吉良の場合も、「私」とは対照的な形によって、「情緒」「感傷」を横溢させ、「熱い涙」を流している。戦争の終結により、人間性の回復がもたらされたことを、桜島岳の自然美に象徴させて表した最終場面と言えよう。

おわりに

このように「桜島」は、梅崎春生の戦争批判を、主人公「私」の生きる姿勢によって表しつつも、その内面を自然の風景に映し出すことで、いかにも美しく仕上げられた小説である。

従って、戦争を材料に取り上げた小説としては、生々しい戦場の迫力や深い思想性を欠き、戦争批判の文学とは認めがたいという意見もあながち否定できない。

しかし、その一方で、美感ある表現によって、幅広い読者層を獲得し、今日なお読み継がれるロング・セラーになり得たことも確かである。またその美しさは、作者の戦争批判に支えられることで、緊張感ある、文学的な表現へと高められている。

すなわち「桜島」は、戦争批判と表現美の均衡によって成り立っており、言うならば、適度な大衆性を含みつつ、すぐれた文学性をも保持し得た一作と見做せるのである。

最後に、このような「桜島」は、梅崎春生文学の代表作の一つであっても、実はこの作家にとって異色とも言える作品であることに触れておきたい。

その後の梅崎春生は、戦後の日本を描くにあたって、「桜島」の最終場面に記した人間性の回復でなく、社会の荒廃を主に表している。例えば「贋の季節」（昭和二十二年十一月『日本小説』）「蜆」（昭和二十二年十二月『文学会議』）等の短編においては、「桜島」では批判的に捉えていた人間の動物性をむしろ強調し、「偽者」たる人間の醜さを暴こうとしているのである。しかも、後に梅崎自身がエッセイ「未見の風景」（昭和三十三年四月『群像』）で「現在の私の小説には、あまり風景は出て来ない」と書いてもいるように、自然美に託した象徴表現は、その後の小説にはほとんど見られず、ユーモアまたは皮肉を込めた諷刺的な表現が多用されていく。

平野謙は、「桜島」が発表されて間もない頃、「文芸時評」（昭和二十一年十月二日『東京新聞』）で、「（注、「桜島」の）描写に一種の文学的象眼が感ぜられ」ることを指摘していた。つまり、「桜島」をある種の〈作り物〉の小説と見做したのであるが、その後の梅崎文学と比較した時、この小説の作風がやや異なることは、そうした意見の正しさを示しているように思えなくもない。実際、文壇デビュー作として、梅崎春生自身も幾分背伸びして書いたであろうこの小説には、作り物めいた気配が存することも確かである。

しかし、「桜島」の異色さは、決してただなる「文学的象眼」でなく、むしろ素材となった桜島基地での作者の経験が、それだけ強烈であったからだと見るべきだろう。例えば、「桜島」では「私」の批判の対象であった人間の「偽者」ぶりが、その後の作品の中で正面から追求されていることは、桜島基地の経験を通して、そのモチーフが作者の内に深く定着したことを逆に裏付けているのではないか。また「桜島」に表された自然美は、死に直面していた梅崎の心に、その地の風景が、ひときわ格別な印象をもって刻み込まれたからに他なるまい。実は梅崎春生は、遺作「幻化」（昭和四十年六、八月『新潮』）で、鹿児島での軍隊生活の思い出を再び取り上げるにあたって、坊津、吹上浜の美しい風景を描いている。鹿児島の自然は実際、梅崎の目にそれだけ美しく映ったのであろう。

美感と緊迫感を併せ持った「桜島」の作風は、梅崎春生が鹿児島において、軍隊生活という特異な経験をし、文学的な感性を練磨した結果であることも見逃してはならない。

注

（1）本多秋五『物語戦後文学史』（昭和四十一年三月、新潮社）

（2）その後は『中央公論』『作品』『改造文芸』『別冊文芸春秋』『改造』『文芸春秋』『人間』『芸術』等に、昭和二十六年一月まで断続的に掲載。二十七年十二月、合本『俘虜記』として創元社より刊行。

（3）その後は昭和二十四年七月『文体』、昭和二十六年一月〜八月『展望』に掲載。二十七年二月、単行本として創元社より刊行。

（4）初出は「真空ゾーン」の題名で昭和二十六年一、二月『人間』に掲載。二十七年二月、単行本『真空地帯』を河出書房より刊行。

（5）エッセイ「わが兵歴」（昭和三十八年八月『群像』）

（6）注（5）に同じ。

（7）梅崎春生は坊津基地にて転勤命令の電報を受け取り、昭和二十年七月十一日、桜島基地に入隊。同基地で終戦を迎えた（エッセイ「終戦のころ」、昭和二十五年八月『世界』）。

（8）第一章「『微生』論—『偽』のモチーフ、国家批判と『紀元二千六百年』—」、第三章第一節「『贋の季節』とは何か—『偽者』たちによる戦争—」を参照されたい。

（9）長谷川泉は「梅崎春生『桜島』」（初出昭和二十三年五月『文化人』、『近代名作鑑賞』〈昭和三十三年六月、至文堂〉収録）で、主人公の「村上兵曹」は「複雑なヒューマニズムの陰翳を刻まれた自我主張として死に対する」人物であり、最終場面においては「自我が初めて正当に扱われる解放の予感を色濃く染め出している」と論じている。

(10)　戸塚麻子は「梅崎春生『桜島』―戦争体験とイロニーの発現―」〈初出平成九年七月『日本文学誌要』第五十六号、『戦後派作家　梅崎春生』〈平成二十一年七月、論創社〉収録〉で、「『桜島』では、常に『一つの体系』が構築されかかったとたん、それを逸らす」「イローニッシュなまなざし」があると指摘する。そして最終場面での「終戦」は、その直前に得た「あわてず、落着いて、死ぬ迄は生きて行こう」という「私」の決意を「すべて無駄」にし、「新たな混乱を『私』に押し付ける」「非常に強いイロニー」だと論じている。

第二節　「眼鏡の話」論
――『きけわだつみのこえ』を一方に置いて――

はじめに

梅崎春生の「眼鏡の話」（昭和三十年十二月『文芸春秋』）は、戦時中海軍の応召兵であった「私」が、間もなく終戦という時期に自分の眼鏡を割ってしまい、それも一つの原因となって、学徒出身の士官たちに乱暴に扱われ、惨めな心境にさせられた思い出を語った短編小説である。

この「眼鏡の話」について、平野謙は「小説案内」（昭和三十年十一月二十三日『毎日新聞』）で、同じ梅崎の作である「寒い日のこと」（昭和三十年十二月『世界』）と併せて取り上げ、「作品の仕上げは綿密」と評価した。また窪田啓作は「私の今月の問題作五選」（昭和三十一年一月『文学界』）で「眼鏡の話」を取り上げ、「軍隊のこと、暴力のこと、就中学徒兵のエゴイズムの問題を踏まへてゐる」「巧い短編」だと記した。さらに小田切秀雄は、窪田と同じ「私の今月の問題作五選」で、「眼鏡の話」について次のように書いている。

学生が将校になるとともにその知識人的な内面性まで見る見る軍隊化してゆく実例をわたしは多く見た。そうならねばしのぎにくい機構ではあつたが、あまりにもみじめに内面性までそれにうちひしがれ、いつか将校服の肩で風を切るようになつた例はすくなくなかつたのである。『眼鏡の話』はこういう現実に一端から触れていた。

これら同時代評に見るように、「眼鏡の話」は「学徒兵のエゴイズム」、中でも学生が「軍隊化し」、「将校服の肩で風を切るようになつた例」を主要モチーフに表す。そして「綿密」に「仕上げ」られた「巧い短編」と確かに言い得る一作である。しかし同時代評の高さにも拘わらず、本格的な考察の機会には、これまで全くと言っていいくらい恵まれていない(1)。「眼鏡の話」が「巧い短編」たる所以はどこにあるのか、梅崎春生がこの小説で学徒兵の問題をなぜ取り上げたのか、具体的に踏み込んだ考察をする必要があろう。

結論を少し記せば、「眼鏡の話」は、学徒兵に関わる発表当時の社会風潮に対して異論を提示している。そしてそのようなモチーフをさりげなく、しかし説得力をもって読者に伝える表現力、構成力を持つ点において「巧みな短編」と言える。以下に考察を進めたい。

一　〈眼鏡の話〉から〈学校出の人間の話〉へ

他人と喧嘩する時、もしその男が眼鏡をかけているなら、先ずそいつの眼鏡をたたき落せ。中学生の頃、私はそう先輩から教えられた。

「眼鏡の話」は、このような眼鏡にまつわるエピソードから始まる。続けて「私」は、眼鏡をなくせば動作に自信がなくなること、眼鏡を壊した時の憂欝な心境、そして終戦間近の「昭和二十年七月某日」、軍隊の同僚との酒盛で「愛用の眼鏡を割ってしまった」思い出を語り、この小説の導入部と為す。

ここまでに四百字詰原稿用紙で約十枚半。全体でも約二十五枚の短編であるから、分量だけ見れば、やや長すぎる導入とも取れる。しかし、この構成は、もちろん、梅崎が読み手に与える効果を配慮した結果である。書き出しから眼鏡に関わるエピソードが少しずつ重ねられていくことで、以下に記す物語の本題へと、読者は気づかぬうちに、巧みに導かれるのである。

眼鏡を割ってしまった翌日、「私」は転勤先の谷山基地へ向かい、途中小さな町で出会った三人の海軍士官に敬礼を怠ってしまう。眼鏡をかけられなかった故の失敗である。しかし少尉である彼らは「私」を許さない。「私」はその中の一人、「ヘチマ」顔の士官から厳しい制裁を加えられる。

応召以来ずいぶん殴られたが、街中で殴られるのはこれが初めてである。町の人々が立ち止って、私が殴られるのを眺めている。三人とも私より五つ六つ歳下で、もちろん学徒出陣で出てきた予備士官たちだ。皆が見ている前で殴る立場になっているのが得意らしく、ヘチマは調子をつけてたのしそうに、右から左から私を殴りつける。この野郎！　と思うのだが、反抗するわけには行かない。唇の内側が切れたらしく、口腔内がべっとりとしてきた。眼界がくらくらとなる。

戦時中の軍隊において、上官から部下へ、暴力による制裁は日常茶飯事、ごくありふれた出来事であった。しかし五、六歳も年上の「私」を、しかも街中で「得意」になって殴りつけるヘチマの行為は、もはや部下への指導ではない。自らが士官という特権的な立場にあることを誇示するのが目的であり、その地位に酔いしれた行動に他ならない。

ヘチマら三人は、士官は士官でも、「学徒出陣で出てきた予備士官」(2)に設定されている。窪田啓作や小田切秀雄によって指摘された「眼鏡の話」のモチーフは、早くもこの場面に明快に表されている。しかし、いま少し物語を辿って、彼らの言動を確かめてみよう。

学徒士官たち三人は、同じ谷山方面へ向かう「私」にトラック探しを命令する。「私」が苦労してトラックを見つけてくれれば、「運転手にあいさつもせず」その荷台へ乗り込む。トラック台上では、ウイスキーを「がぶ飲み」し、夜十二時近くにトラックが故障し停車すると、今度は「私」に宿屋探しを命じる。ようやく見つかった元宿屋が宿泊に難色を示せば、お内儀に次のように「がなり立て」るのである。

俺たちは国のために身を捨てて働いている。銃後のお前たちが安心して暮せるのは、俺たちのためでないか。その俺たちの宿泊を謝絶するとは何ごとか！

結局三人は、お内儀を「つきとばすように」、布団で寝ている子供は「またぎ越えて」、部屋の奥まで上がり込んでしまう。物語の主軸となる「私」の回想もここで終わる。

この過程で三人の学徒士官たちが「私」にかける台詞、例えば「今から十五分以内に、トラックを一台探し出して、ここに連れてこい」とか「貴様ちょっと降りて、そこらに宿屋があるかどうか、探してこい！」等は、軍隊の下級者たる「私」を「人間だと思っていない」彼らの心の裡を表している。加えて、元宿屋のお内儀に対する右の言葉は、民間人に向けたものであるだけに、彼らの内面の醜悪さをより明白に露呈していると言えよう。街中で「私」を殴りつける場面と同様、この学徒士官の台詞には、自らを特権階級にある者と捉え、その立場を存分に行使しようとする思い上がりが露骨に表れている。窪田啓作は「学徒兵のエゴイズム」を指摘しているが、具体的に言えば、戦時中、軍隊の内外で、学徒士官たちが権力を濫用していたこと、それがこの小説に託した梅崎春生のモチーフである。

このように「眼鏡の話」には、辛口と言うべきモチーフが、決して抽象的でなく、かなり具体的な形で表されている。それだけに、この小説は書き方を誤れば、批判の姿勢ばかりが勝りすぎた単純な小説にとどまる危うさも孕んでいた。しかし梅崎春生は、先述のごとく本題の前にやや長めの導入部を設置した上に、表現面、構成面等にもさらに工夫を凝らすことで、その危険を巧みに回避している。

トラック台に乗る「私」と学徒士官三人を描いた場面に目を向けてみたい。

「私」はそこで学徒士官の一人が都合してきた鶏を持たされる。その鶏が「私」に抱えられている様子を表した次の文章に注意されたい。

鶏は脚をそろえてくくられ、恐怖でぼったりとふくらんでいた。飛んで逃げるだけの気力はなさそうだったが、命令通りに私は抱いていた。抱かれた鶏は半眼のまま、私の膝に濁った色のゆるい糞を垂れた。

この時「私」は、右の玉が割れた「半欠け眼鏡」をかけ、まさに「半眼」の状態にあった。体調においても、「夜目が利かない」鳥目に罹っていた。学徒士官たちの横暴な振舞に恐怖心を抱き、逃げる気力さえ失った、そのような「私」の惨めな心境が、鶏の姿に重ねて映し出されているのである。鶏が膝に垂れる「濁った色のゆるい糞」は、「私」の惨めさ、不快感の暗喩でもあろう。

対して学徒士官たちは、トラック台上で「ウィスキーの廻し飲み」を始める。この酒盛は、それだけで学徒士官たちの傍若無人ぶりを表すに十分と言えようが、実は物語導入部の一場面と対比して捉える必要がある。この日の前日「私」も参加した出来事として、いま一つの酒盛が描かれているからである。

「私」は前日まで通信自動車の暗号員として配置されていた。だが、転勤の命が下されたため、通信自動車の面々が送別会を開いてくれたのであった。「私」が眼鏡を割ったのも、その宴会で酒代わりに飲んだ燃料用アルコールに泥酔したためである。そして、この「私」を送別する酒盛において重要なのは、その中心者として「四十年配の応召の兵長」が登場していることである。

トラック台上で酒盛をする三人は、既に明らかなように学徒士官、つまり旧制の大学、専門学校等の出身者であり、そのいわば特権として、一定期間の訓練を経て士官の地位に就くことができた者たちであった(3)。一方、「応召の兵長」は、その年齢と地位から判断して、高等教育を修めている可能性は低い。小学校か高等小学校の卒業にとどまる人物かと見られる。

「私」が二日間で体験、目撃した二つの酒盛は、その内容においても、人物構成の上でも、「私」の目に極めて対照的に映った出来事として描かれているのである。そして、このことを踏まえると、次に挙げるこの小説末尾に作者が表したところも、明確に捉えることができよう。

> 今ふり返ってみても、たとえば農村出身の兵士の持つエゴイズムよりも、インテリのエゴイズム、いや、インテリというより学校出、学校教育を受けた者のエゴイズム、権威へのよりかかり方や利用のしかた、その方がずっと厭らしく、あさましい感じがしている。私も学校出であったから、なおのことやり切れなく感じられるのかも知れない。

窪田評に見る「学徒兵のエゴイズム」は、右の文中から捉えた評言と言える。加えて、その「学校出、学校教育を受けた者のエゴイズム」が、「農村出身の兵士の持つエゴイズム」と対比されていることに留意したい。

「農村出身の兵士」とは、この場合、「応召の兵長」のごとき、大学等の出身者でない者、〈非学校出〉を指していよう。その〈非学校出〉の代表と言うべき「応召の兵長」は、燃料用アルコールで酒宴を開くところを見ても、軍隊内の規律に忠実な人物では決してない。通信自動車の運転手という役職に際しては、「敵さんが上陸してきたら、腕によりをかけて逃げるよ。決してあんたたちに犬死にはさせないよ」などと口にしたりもする。そうした言動は、軍人の模範とは程遠く、なるほど彼にも「エゴイズム」の持主と言い得る側面がある。しかし、〈非学校出〉である彼の場合、酒盛の目的にしても、運転手としての発言を見ても、そのエゴには仲間に対する心配りが含まれており、あくまで温かな人間味が感じられる。対して、「学校出」の代表である学徒士官三人の場合、トラック台上にて、戦時下の庶民にはおよそ手の入らぬ「ウィスキー」を「がぶ飲み」しながら、同席する「私」の心を逆撫でするごとく、自分たちだけでその場を勝手に楽しんでいるのである。

つまり「応召の兵長」と学徒士官三人を対比させることによって、同じエゴでも、後者の方が「権威へのよりかかり方や利用のしかた」において、「厭らしく、あさましい」ことが強調されている。梅崎春生は学徒士官たちが「学校出」である故に持ち得た特権を振りかざしていること、その〈権力濫用〉こそが、〈非学校出〉には見られない、彼ら特有のエゴイズムだと主張しているのである。エゴや権力の濫用を、単純に士官、軍人の問題としてとどめずに、「学校出」と絡めて表したところに、この小説のモチーフの独自性を認めることができよう。

なお語り手は「暗号員」である上に「私も学校出」と言っているが、これは作者自身の経験に重なる。梅崎春生は東京帝国大学卒であり、昭和十九年六月に召集された海軍では「予備学生志願を忌避して兵隊で過ごすうち、暗号術講習をうけ、暗号特技兵とな」った。さらに「兵隊のつらさが身にしみたので、下士官教育をうけ」、翌年五月、二等兵曹に就いたのであった。(4) 多くの学徒出身者が就任した予備士官こそ目指さなかったものの、結局は下士官という形で梅崎も「学校出」の特権を享受していたと言える。二等兵曹となった梅崎が、横暴な振舞をしたかどうか定かでないが、いずれにしろ、軍隊で大多数を占める〈非学校出〉の兵隊たちに対して、やましい気持ちはあったのだろう。すなわち、作者自身と同様に「学校出」に設定された「私」が、作者の代弁者たる顔を見せながら、〈学校出批判〉にいわば自戒の意味を持たせている。その結果、批判は一方的になることを免れ、客観的で説得力ある見解として表されるのである。さらに補足すれば、「眼鏡の話」の「私」が梅崎同様、二等兵曹であったか否か、本文中にはあえて記されていない。学徒士官たちに殴られ、こき使われる「私」を描くには、階級を明かさず、兵隊と思わせる方が効果的だからである。

さて、ここに来て、この小説のタイトル「眼鏡の話」が、当初とは異なる象徴性を持って見えてきたと言えよう。一般的に眼鏡をかける人物は〈インテリ〉あるいは〈学問を修めた人〉としてイメージされる。〈眼鏡〉はそれ自体で、「学校出」を想起させる象徴的な小道具と言える。(5) 文字通り〈眼鏡の話〉として語り始められたこの小説は、物語が進行していく中で、タイトルは象徴性的なそれへと変化し、〈学校出の人間の話〉として結末を迎えるのである。そして、このタイトルの表すところの変化に従って、学徒士官を批判する「眼鏡の話」のモチーフは、知らず知らずのうちに読者の前へ提出されている。それ故、読者は過剰な批判を受け取らず、さりげない、自然な感触をもってこの小説を読み終えることができるのである。作者の綿密な計算が認められよう。

以上より、「眼鏡の話」は、「学校出」による〈権力濫用〉を主要モチーフとしながら、導入やタイトル、人物構成等に工夫を凝らした「巧い短編」だと、ひとまず言うことができるのである。

二―(1)「学校出」への不信

次に梅崎春生がなぜ「眼鏡の話」を著したのか、執筆の意図をその背景に目配りしながら検討してみたい。

例えば梅崎春生はエッセイ「世代の傷痕」（昭和二十二年八月『新文芸』）の中で、次のように書いている。

私は一年余の短い期間を応召兵として軍隊に暮した。私と一緒に入った連中には大学の教授もいたし工場の技師もいたし、実直な銀行員もいたし温良な牧師もいた。そして私は、飢に堪えかねて教授が残飯をぬすむのも見たし、員数を揃えるために洗濯物を牧師が泥棒した話も聞いた。娑婆のあり方では、そのようなものを否定することによって自分の生活を築いて来た之等の人々が、此の荒くれた世界で、自分の持つ悪の可能性を頭の中でなく行動でもって確認したということ、私が最も関心するのは此の点である。

梅崎春生は昭和二十二年の時点で、「大学の教授」や「工場の技師」など、いわゆるインテリ層、「学校出」の人々に対して、右のような見解を記していた。高等教育を受け、知性の持主であるべきはずの人々が、軍隊内で「泥棒」等の悪行を働く、もろい側面があったことを告発しているのである。〈学校出批判〉という点において、後の「眼鏡の話」に通底するところが認められよう。

さらに梅崎春生は短編小説「埋葬」（昭和二十三年一月『早稲田文学』）の中で、次のように書いていた。

私は学校出の人間をほとんど信用しない。軍隊での経験が私にそれを教えたからだ。／応召の学校出ばかりをあつめて、暗号の講習をやり、そして暗号員として配置する。こんなことを海軍が考えて、私も入隊すぐそれに入れられた。（中略）そのせいで私は学校出のいやらしさを徹底的に見聞した。（中略）そして学校出のいやらしさというのは、つまり私のいやらしさに外ならなかった。（中略）／そして私たちがだんだん日数を経て、古い兵隊になるにしたがって、わかい兵隊に威張りたがったり殴りたがったりするのも、必ず学校出だった。（中略）／ふつうの志願や徴募の兵の冷たさは、なにか摩滅したものの冷たさであったが、学校出に共通したものは卑小なエゴイズムからくる冷たさであった。

右は「埋葬」という小説のごく一節に過ぎない。しかし、ここに限っては、「眼鏡の話」を彷彿させ、そのモチーフの源泉が認められると言っても過言ではあるまい。

「学校出」の一人として、「暗号の講習」を受け、「暗号員として配置」されたとあるように、「埋葬」の「私」には、「眼鏡の話」の語り手と同様、梅崎自身の経験が反映されている。加えて、「埋葬」の「私」は、引用部以外のところで、「応召前は東京都庁やある軍需会社などに勤めていた」と言い、やはり梅崎自身に重なる職歴を語っている。(6) そして「小役人や会社員からの類推」で「学校出」の兵隊の横暴を「不思議だとは余り考え」ず、「軍隊における その見聞」は「私」の「学校出」に対する認識を「確認」させたに「すぎなかった」とも述べている。「世代の傷痕」に記した経験も含めて、梅崎春生は軍隊内で知性、知識の脆弱さを痛感し、かねてから抱いていた「学校出」に対する不信感を確信に近いまで強めたと解釈できるのである。

従って「眼鏡の話」は、昭和二十二、三年頃から温めていたモチーフを表出させた小説と言える。しかし「埋葬」では一節にとどめたモチーフを、七、八年の間を置いた昭和三十年の時点で改めて取り上げ、一編の小説へと拡大させたのはなぜだろうか。

二―（2）　学徒兵への異論

「眼鏡の話」の物語末尾に、いま一度目を向けてみたい。先の引用部の直前に次のような文章が見られる。

学徒兵についても、戦後いろいろの談義もあり、たいへんなギセイ者のように受取られているが、もちろんギセイ者にはちがいないが、ああいう環境に放り込まれて、人間のもっとも悪質な部分を露呈したものも、相当にいた筈だと思う。私の体験からでもそれははっきり言える。

学徒兵に関する戦後の「談義」、ことに「ギセイ者のように受取」るあり方とは何か。この文章は、そのような戦後社会の風潮に対して、梅崎春生が異論を提示すべく、「眼鏡の話」の筆を執ったことを明らかにしている。それと言うのも、「埋葬」から「眼鏡の話」に至る約七年十ケ月の間に、学徒兵に関わる重要な出来事が存在していたからである。昭和二十四年十月、東大協同組合出版部（後の東京大学出版会）より、日本戦没学生手記編集委員会編『きけわだつみのこえ　日本戦没学生の手記』（以下『きけわだつみのこえ』）が刊行され、大きな反響を呼び、以来同書が社会的にも少なからぬ影響を及ぼしていたことである。

東大協同組合出版部は、既に昭和二十二年十二月、東大戦没学生手記編集委員会編『はるかなる山河に　東大戦没学生の手記』（以下『はるかなる山河に』）を刊行し、七万部の売り上げを記録していた。(7)同出版部は東京大学の戦没学生に限らず、さらに全国からさまざまな旧制大学、専門学校の戦没学生手記を募集し、新たな遺稿集を出版した。『きけわだつみのこえ』である。『はるかなる山河に』が三十九名の遺稿を収め、全二四八頁であったのに対し、『きけわだつみのこえ』は七十五名の手記を収録し、総頁数は三三八。より大型の一冊に仕上げられたこの遺稿集は、その内容においても、両親への感謝と先立つ不孝へのお詫び、日本の軍国主義と〈聖戦〉への知的な懐疑心など、戦没学生の悲痛な思いの数々を収めていた。(8)『きけわだつみのこえ』は発売後直ちに注目を集め、昭和二十五年のベストセラーの一つとして、二十数万部の売り上げを記録した。(9)しかも同書は一時的な流行に収まらず、長期

間多くの読者を獲得し続け、その影響が社会に広く波及していく結果となったのである。(10)

まず昭和二十五年四月、『きけわだつみのこえ』の出版を記念して、戦没学生の遺族、友人、関係者と学生を中心に組織される「日本戦没学生記念会」（通称「わだつみ会」）が設立された。同会は戦没学生に関する諸事業を行うとともに、反戦平和を広く呼びかける平和団体として生まれた。

次いで同書をモデルにした映画「きけ、わだつみの声」（監督・関川秀雄、脚本・船橋和郎、東横映画）が昭和二十五年六月十五日より全国一斉公開された。この映画は一千万人もの観客を動員し、単行本『きけわだつみのこえ』の読者層も、ますます拡大された。

さらに昭和二十七年二月には東京大学出版会より、『きけわだつみのこえ』の「三・六普及版」（新書版）が刊行されている上に、翌二十八年には戦没学生の記念碑「わだつみ像」が立命館大学に設置され、十二月八日に同大学で行われた建立除幕式には、全国から大学生、高校生など約三千人が参集している。

『きけわだつみのこえ』が、これほどまでに多くの人々から注目を集めたのは、言うまでもなく、反戦平和を希求する戦後の多くの日本人にとって歓迎すべき一冊であったからに他ならない。

終戦直後より日本の国内はＧＨＱの占領政策もあって、民主化と非軍事化が推し進められ、国民の間に戦争と軍国主義への嫌悪感が滲透した。しかし昭和二十年代半ば頃から、これもＧＨＱの指令の下、国家は再軍備の方向へ進み始めた。国民はこれに対してはむしろ反発、反戦の気運がさらに高められる結果となった。こうした状況の中で出版された『きけわだつみのこえ』は、戦争の残酷さを知らしめ、過ちを二度と繰り返してはならぬことを確認させる書物として、多くの人々から愛読されたのであった。「わだつみ像」が建立された昭和二十年代末の時点に至ると、同書はバイブルのごとき一冊として、国民から受け入れられていたと言うことができる。そして『きけわだつみのこえ』が、当時の人々から、そのように迎えられた結果として、戦没学生、つまり学徒兵たちは、戦争の

「ギセイ者」と見做され、反戦の気運を象徴する存在として、社会的に認知されることとなったのである。

梅崎春生の「眼鏡の話」は、このような社会状況の下で執筆された。この時代にあっては、『きけわだつみのこえ』ならびに同書が社会に及ぼした影響に対して、異なる見解を示した小説だったのである。

誤解のないように断っておくが、梅崎春生は『きけわだつみのこえ』自体を決して否定していないし、反戦平和を唱える同書の愛読者を批判しているのでもない。戦没学生が「ギセイ者」であることについて、梅崎は基本的に賛成であったし、反戦平和思想に対しては、もちろん賛同の意を持っていた。

梅崎が強調したいのは、学徒兵をいたずらに美化してはならないこと、言い換えれば、『きけわだつみのこえ』からは見えない、学徒兵たちの異なる一面にも目を向けなければならないことである。すなわち戦争、軍隊の中に「放り込まれて、人間のもっとも悪質な部分を露呈した」学徒兵も「相当いた」という、いま一つの真実も注視すべきだと主張しているのである。

実際、学徒兵の姿として、「眼鏡の話」に描かれたような現実が存在したことは、梅崎春生以外にも、評論家や研究者など、専門家サイドからも指摘されている。例えば『きけわだつみのこえ』から約一年後、同じ東大協同組合出版部から刊行された『日本の軍隊』(11)の中で、比較文化研究者の飯塚浩二は、学徒兵について次のように記している。

　それならいわゆる学校出、教育レヴェルは低くなかったはずの連中はどうか。「幹部候補生の間は一生懸命やるが、将校になると、とたんに威張りちらす。」「小さなことだが、当番の使い方にしても板につかないくせに高圧的に臨むんじゃないかという気がする。」（中略）この類いの批評は、遺憾ながら（中略）かなり多く聞かされる。（中略）一部の幹部候補生たちにおいて、インテリとかなんとか謳わせながら、自分の手柄でもないのに一枚格が上がると、とたんに人使いの荒いところで自分の優越感を満足させたがる傾向が目立ったというのでは、徒弟奉公や渡世人社会の兄哥分の横暴となんら選ぶところがないことになる。

小田切秀雄による『きけわだつみのこえ』初版の「解説」（「『日本戦没学生の手記』に附して」）にも興味深い文章が認められる。小田切はこの「解説」の中で、同書の編集顧問の立場から、『きけわだつみのこえ』が反戦、厭戦を呼びかける一冊であることを強調しつつも、「かれら（注、戦没学生）に苦悩ばかりがあつたわけではない」こと、「本書にはほんのわずか露頭しているばかりだが、将校服を着て肩で風を切り、そのような態度をもつて兵隊に対した側面もあつた」ことを短いながらも付け加えているのである。この小田切の指摘は、本論の冒頭で言及した小田切自身の「眼鏡の話」評と重なり、大いに注目される。[12]

同じく編集顧問の一人であった渡辺一夫が『きけわだつみのこえ』初版の「感想」（序文）の中で、少しだけ明かしていた事実にも触れておきたい。『きけわだつみのこえ』に掲載されている遺稿は、集められた原本そのままの姿ではないことである。募集に応じてきた三〇九人の戦没学生手記に対して、編集部は、軍国主義的な内容を除いていく方針を採り、その結果、絞り込まれた七十五人の遺稿についても、やはり軍国主義的な表現を削除した上で、『きけわだつみのこえ』に掲載していたのである。[13][14]こうした同書の編集方針はＧＨＱの検閲を意識した故であろうが、その結果として『きけわだつみのこえ』から見えるのは、学徒兵の現実の一面に過ぎないことを強調しておきたい。

しかし一部の人々によるこのような指摘にも拘わらず、「眼鏡の話」が発表された昭和三十年当時、作中に見るごとき学徒兵の現実、負の側面が直視されることは、一般の人々の間ではもちろん、文学の場においても皆無に等しかった。『きけわだつみのこえ』の影響を受けた学徒兵美化の風潮が社会には色濃かったからである。昭和四十年代以降、論壇には『きけわだつみのこえ』自体の評価を見直す意見も現れるが[15]、「眼鏡の話」とは視点が異なっている。従って、「眼鏡の話」のモチーフは、軍隊内の見逃されがちな現実を表現した点において先駆的であり、もっと評価されて然るべきであろう。

かくて梅崎春生の「眼鏡の話」は、学徒兵を美化する社会風潮に対して異論を提出した側面を持つ。そのモチーフを通して、「学校出」の兵士の現実をもっと多面的に、負の評価をも含めて捉えていくべきことを、戦後十年目の日本社会へ向けて主張している。自己の戦争体験を素材にした「桜島」（昭和二十一年九月『素直』）で文壇に登場した梅崎春生であるが、「眼鏡の話」では、同時代の社会状況へ鋭い目配りを持って、軍隊批判を語っていたのである。

おわりに

梅崎春生の「眼鏡の話」は、文字通り〈眼鏡の話〉として始まりつつも、〈学校出の人間の話〉へと自然な語り口によって移行していく、「巧みな短編」と言える。『きけわだつみのこえ』の影響による学徒兵の美化へ、そのモチーフは異論を示し、作者の軍隊批判を表していた。「眼鏡の話」は、梅崎春生の小説作成技術の巧みさと戦争、社会を捉える洞察力の鋭さが表れた重要な一作と見做せるのである。

注

（1）「私の今月の問題作五選」には、浅見淵の評も掲載されている。浅見は「眼鏡の話」と「寒い日のこと」両作について、「対社会的不快感を生理の世界で具象化し、そこから実感をもたらしている」と論ずる。他には真鍋元之が光人社版『梅崎春生　兵隊名作選第一巻』（昭和五十三年十一月）「解説」で、「眼鏡の話」を「軍隊のなか」で「体験した特異な出来ごとを描いたもの」に分類し、和田勉も『梅崎春生の文学』（昭和六十一年十一月、桜楓社）第二章第六節「短編小説」の中で、ほぼ真鍋の見解に準じた分類をしている。

（2）昭和十八年十月、理工系等を除く中等学校以上の在学生に対する徴集延期制が廃止され、同年十二月、約十万人の学生が陸海軍に入営した。ヘチマら三名は、この「学徒出陣」で徴集された設定になっている。また「予備士官」とあるが、ここでは旧制の大学、専門学校等の出身者に与えられた制度として、海軍予備学生（陸軍における特別甲種幹部候補生、特別操縦見習士官に相当）を志願し、一定期間の訓練を経て士官に就任した者を指す。学徒出陣で徴集された学生の多くはこの予備士官に任官していた（以上、秦郁彦編『日本陸海軍綜合事典』（平成三年十月、東京大学出版会）参照）。なお、本論では「学徒兵」「学徒士官」と便宜上称しているが、これらは学徒出陣で徴集された者のみでなく、梅崎春生自身がそうであったように、大学等の既卒者で徴集された者も含めて用いている。

（3）注（2）参照。

（4）新潮社版『梅崎春生全集第七巻』（昭和四十二年十一月）「年譜」参照。なお、梅崎の短編小説「演習旅行」（昭和三十六年三月『世界』）には、通信自動車に配置された「二等兵曹」の「私」が「即席の下士訓練（学校出だけにほどこされた）を経た下士官」「暗号兵曹」だと記されている。

（5）浅見淵は注（1）前出の文章の中で、次のようにも書いている。「それ（注、「若い将校たち」による主人公への「不当な虐待」）が精神を逆撫でするような、インテリ的陰険さを潜めているだけに、壊れた眼鏡が象徴している醜悪さに通じるものがある」。この浅見の見解は、これ以上詳しい説明が無く、論旨を的確には押さえ難いが、本論で指摘した〈眼鏡〉のイメージと関わる部分がある。参考までに記した。

（6）梅崎春生は大学卒業後、東京市（後の東京都）教育局に三年半勤務し、次いで応召前の三ケ月間、東京芝浦電気通信工業支社に在籍した。注（4）「年譜」参照。

（7）塩澤実信『定本ベストセラー昭和史』（平成十四年七月、展望社）に拠る。

（8）例えば『きけわだつみのこえ』の冒頭には、上原良司という戦没学生が記した、以下のような「遺書」が掲載されている。

生を享けてより二十数年何一つ不自由なく育てられた私は幸福でした。温き御両親の愛の下、良き兄妹の勉励に依り、私は楽しい日を送る事ができました。（中略）それが何の御恩返しもせぬ中に先立つ事は心苦しくてなりません。（中略）／私は明確にいへば自由主義に憧れてゐました。（中略）それは現在日本が全体主義的な気分に包まれてゐるからです。併し、真に大きな眼を開き、人間の本性を考へた時、自由主義こそ合理的になる主義だと思ひます。／（中略）人間の本性に合つた自然な主義を持つた国の勝戦は火を見るより明かであると思ひます。／私の理想は空しく敗れました。人間にとつて一国の興亡は実に重大な事でありますが、宇宙全体から考へた時は実に些細な事です。（後略）

（9）注（7）に同じ。

（10）『きけわだつみのこえ』の影響に関する以下の記述は、保阪正康『「きけわだつみのこえ」の戦後史』（平成十一年十一月、文芸春秋社）に拠る。

（11）昭和二十五年十二月刊。引用は岩波現代文庫『日本の軍隊』（平成十五年八月）に拠る。

（12）『きけわだつみのこえ』編集顧問は、渡辺一夫、真下信一、桜井恒次、小田切秀雄の四名。

（13）渡辺一夫による『きけわだつみのこえ』初版の「感想」（序文）には、次のような文章がある。「初め、僕は、かなり過激な日本精神主義的な、或る時には戦争謳歌にも近いやうな若干の短文までをも、全部採録するのが『公正』であると主張したのであつたが、出版部の方々は、必ずしも僕の意見には賛同の意を表されなかつた。現下の社会情勢その他に、少しでも悪い影響を与へるやうなことがあつてはならぬといふのが、その理由であつた。僕もそれは尤もだと思つた」。つまり、「過激な日本精神主義」や「戦争謳歌」を思わせる文章は、編集段階で削除されていたのである。保阪正康『「きけわだつみのこえ」の戦後史』は、この『きけわだつみのこえ』初版の編集過程について詳述している。同書によると、例えば注（8）に引用した上原良司の「遺書」の場合、「私の理想は空しく敗れました」の前に「日本を昔日の大英帝国の如くせんとする」との一節が、後にも「この上はただ、日本の自由、独立のため、喜んで、命を捧げます」との一節が、本来それぞれ存在し、それらが編集段階で削除されていたとのことである。なお岩波文庫『新版きけわだつみのこえ』（平成七年十二月）は、初版を「抜本的に改訂」し、「遺稿のもとのままの内容と姿とを可能な限り復原したもの」である。初版と新版を比較することによっても、編集段階における削除を確認することができる。ただし、同じ保阪正康の著書で、この新版はテキスト・クリティークの粗雑さを指摘されているが、本論の主旨と外れるため、そこには触れない。

(14) 白鷗遺族会編『雲ながるる果てに　戦没飛行予備学生の手記』〈昭和二十七年六月、日本出版共同株式会社〉は、海軍飛行予備学生出身者、つまり海軍航空隊学徒士官の遺稿を収め、『きけわだつみのこえ』が「一つの時代の風潮におもねるが如き一面からのみの戦争観、人生観のみを画」いているとの見解に立って編集された。よって軍国主義を肯定するような表現も敢えて掲載、戦没学生の「ありの儘の姿」、「真実の叫び」を伝えようとする一冊である〈白鷗遺族会理事長・杉暁夫「発刊の言葉」〈『雲ながるる果てに』〉参照〉。「眼鏡の話」末尾に記された「学徒兵について」「戦後いろいろの談義」があるとの表現は、この『雲ながるる果てに』と『きけわだつみのこえ』の編集方針、学徒兵像の相違を意識した気配もある。また『雲ながるる果てに』は、『きけわだつみのこえ』と編集方針が異なるものの、戦没学生を戦争の「ギセイ者」として表す点では同じであった。学徒兵美化の風潮は、同書の影響もある程度含んでいたと推察される。「眼鏡の話」において梅崎春生が提示した〈学徒兵への異論〉は、広くは『雲ながるる果てに』にも向けられていると言えよう。以上、補足として記した。

(15) 例えば星野芳郎は「『きけわだつみのこえ』について」〈初出昭和四十一年一月二日『朝日ジャーナル』、『星野芳郎著作集第八巻人間論』〈昭和五十四年七月、勁草書房〉収録〉を発表。「旧制専門学校や旧制大学などで学問や思想を学んだはずの学徒が、自分なりの学問も思想も形成することができず」「思考を自ら捨てさっ」た状態となり、しかも「憎みもしないのに敵をこしらえ、その強敵とたたかって生命を落さなければならなかった」こと、悲劇の本質はそこに存在し、『きけわだつみのこえ』は、そのような「戦没学生のイメージ」が「最も出にくい本」だと指摘した。また昭和四十四年五月二十日、立命館大学内の「わだつみ像」が学生により破壊される事件が起った。その破壊に関わった学生の一人、鮎原輪は「死者たちの復権（わだつみ像破壊者の思想）」〈昭和四十五年二月八日『朝日ジャーナル』〉を書き、「実に、わたしたちはむしろ倫理的とも言っていい要因でもって『わだつみ像』を空白の戦後に立つ虚像として、あるいは戦後の生者たちの傲岸が死者たちに押売った免罪符だと判断するがゆえに計画し、そして破壊したのである」と主張した。この破壊を受けて、星野芳郎は新たに「わだつみ像の破壊の意味」〈初出昭和四十七年四月十日『立命館学園新聞』、『星野芳郎著作集第八巻人間論』収録〉を発表。『きけわだつみのこえ』は「反戦の意識はほとんどあらわれていない」文集であり、「そういう心情の象徴である『わだつみの像』であるから、たてても、たてなくても、どうというほどのものではなかったはず」「わだつみの像は、破壊されるべくして破壊された」と記した。さらに近年、立花隆が『きけわだつみのこえ』初版の編集段階における削除について、「これはもう歴史の改竄と言ってよい」と批判している（原題「私の東大論」〈平成十年二月～十七年八月『文芸春秋』〉、単行本『天皇と東大―大日本帝国の生と死―』〈平成十七年十二月、文芸春秋社〉）。

第三節　「狂い凧」論
――「戦争」「家父長制」そして「天皇制」――

はじめに

梅崎春生の長編小説「狂い凧」[1]は、『群像』昭和三十八年一月号から五月号にかけて連載された。芸術選奨文部大臣賞を受賞するなど、梅崎の作品の中でも高い評価が与えられている。例えば武田泰淳は書評「梅崎春生著『狂ひ凧』」（昭和三十八年十月四日『週刊朝日』）の中で、「家族小説、戦争小説としても傑作」だと評している。[2]「狂い凧」には福次郎を父に持つ矢木栄介・城介の双子の兄弟が登場し、伯父幸太郎と彼らとの関わりも描かれている。「家族小説」と言うに相応しい物語である。近年、戸塚麻子も、〈家族〉が「狂い凧」の「最も重要なモチーフ」だと指摘している[3]（『戦後派作家　梅崎春生』平成二十一年七月、論創社）。また「狂い凧」には、矢木城介の戦地における自殺が記されているのを見れば、「戦争小説」という言い方も成り立つ。「狂い凧」のモチーフを大きな枠組みで捉えれば、確かに「家族小説」「戦争小説」と言うことができよう。

しかし「家族小説」「戦争小説」として、「狂い凧」にどのような内容が記され、如何なる表現が試みられているのか、その内実について、これまで具体的かつ適切な考察が為されてきたとは決して言えない。特に「家族小説」および「戦争小説」という、それぞれの側面が、作品の中で如何にして繋がりを持ち、呼応し合っているのか、その点については全く論じられていない。本論は「家族」と「戦争」に注目しながら、「狂い凧」のモチーフをより深く捉え直そうとするものである。

結論を少し記せば、「狂い凧」には、「家族」と言うよりも、「家族」に関わる戦前日本の国家イデオロギーの問題が扱われている。「戦争」もその問題と強く結びつくことで、梅崎春生の批判を込めながら表されている。以下に考察を進めたい。

一　矢木家の設定

トラックに弾き飛ばされ、凧のように舞い上がったバス停留所の標識柱が、通りがかりの若い女性の背中に直撃する。「狂い凧」の物語は、その事件を「私」が目撃する場面から始まる。「私」は物語の現在における視点人物と言うべき存在で、背中を痛めて病臥中の大学講師の友人矢木栄介を「私」が訪ね、二人が会話する形で物語は進行する。次第に栄介の回想が多く挿入され、栄介の弟城介が戦地で自殺するに至る顚末を中心に、栄介、城介の家庭、つまり矢木家の過去が明らかにされていく。その回想には多く伯父幸太郎が登場し、また物語の現在においても、幸太郎は栄介と関わる存在として描かれている。栄介は矢木家の過去を語る際には視点人物となり、物語の現在でも、幸太郎が現れる場面については、「私」でなく、栄介の視点で表されている。小説全体を通しての主人公は、矢木栄介と見ることができよう。

右のごとき「狂い凧」において、栄介の回想の中で描かれる矢木家については、作者が育った梅崎家を土台としながら、そこにフィクションを加える形で表されている(4)。例えば梅崎春生の生家が九州福岡市にあったように、矢木家の回想も九州が舞台になっている。また春生が梅崎家の次男で東京帝国大学に進学したように、栄介は矢木家の次男であり、やはり東京の大学に進学している。従って基本的には栄介像が作者自身の反映と見られる。しかし梅崎家は男ばかりの六人兄弟であったのに対し、矢木家は男四人、女一人の兄妹で、しかも長男竜介は病で早世し、かつ次男栄介、三男城介は双子という梅崎家と異なる設定になっている。さらに栄介の大学在学中に父福次郎が脳出血から病の床に就き他界するのは、春生の父健吉郎における同様の事実に基づく。ただし春生の父はもともと陸軍軍人であるが、栄介の父は当初県庁役人として描かれている。

こうした矢木家の設定の中から、特に次の二点に考察を向けたい。城介が戦地で自殺するに至る顚末、そして栄介らの伯父幸太郎の人物像である。以降の考察で記すように、前者がほぼ事実に準じているのに対して、後者については、作者による創作が取り分け多く加えられているからである。

つまり「狂い凧」の物語の中で、〈城介の死〉と幸太郎像は、それぞれ事実と創作の比重において両極に位置している。また〈城介の死〉は「戦争」と、幸太郎像は「家族」と、ともに密接に関わるところがあろう。「狂い凧」のモチーフを読み解く鍵が、これら二つに隠されていると言えそうである。

二―（1）　城介の死

城介は中学の級友三人と入ったうどん屋で食い逃げ事件を起こす。城介は自ら退学を申し出るが、「視学や世間態に気がねばかりしている」校長は、城介を「事件以前の日付け」で退学させようとする。級友三人の父親は「裁判官」「電鉄重役」「医師」という社会的地位を利用し、「事件のもみ消し」を図る。結局、当時県庁役人を追われ「小会社の庶務係に勤めてい」た父親を持つ城介のみが退学という「一番悪いクジを引いた」。城介は幸太郎の勧めに従い東京の葬儀屋へ奉公に出、やがて陸軍から召集され、大陸に渡る。従軍中の過酷な環境から喘息の発作を起こした城介は、衛生兵の立場を利用し、鎮咳剤としてパビナールを乱用、中毒となる。城介の薬品不正使用は発覚するが、「進級のことばかり考えている陰性な性格」の上官中田少佐は、「部隊の中から中毒者が出た」ことを隠すためか、城介の「強制入院を撤回」する。城介は内地帰還の一週間前、薬を飲み自殺した。

「狂い凧」の物語の中から、城介の死に至る顛末を掻い摘んで要約すれば、以上の通りである。応召の前までは栄介の回想で、戦地での出来事については、加納と言う城介の戦友の証言によって記されている。

梅崎春生はエッセイ「暴力ぎらい」（昭和三十九年三月『えきすぷれす』）で、「（注、中学在学中に）私の弟忠生は、友だちとうどん屋に入り金が無くて食い逃げし、それが学校に知れて退学になった。それから忠生は東京に奉公に行き、兵隊にとられて蒙古で自殺をした」と記している。[5] つまり城介の死に至る顛末は、細部はともかく、その大筋において、梅崎春生の弟忠生のそれに基づいて記されている。従って「狂い凧」という小説には、間違いなく、弟忠生の死に対する作者の思いが託されていると言えよう。既に戸塚麻子も「梅崎春生の中に、忠生の死を何とか捉えたいという気持ち、それを文学作品の中で表現したいという強い衝動があったのではないかと推測」している。[6] いま少し踏み込んで言えば、梅崎春生の中に、弟忠生の命を奪ったものに対する大きな怒りが存在し、忠生の死を城介の死として表現することによって、弟の死の原因を追及し批判せんとした。「狂い凧」を著した作者の動機と意図について、そのように捉えることができよう。

城介の死の原因を考えるに、言うまでもなく、直接には「戦争」「軍隊」が挙げられる。薬物中毒となり、克服できなかった城介の意志の弱さを難ずることもできなくはないが、軍隊生活が城介を薬物依存に追い込んだのは確かであり、そもそも軍隊へ召集されなければ、全ては起こりえない不幸であった。従って「戦争小説」と評された「狂い凧」は、戦地で弟を喪った作者による〈戦争批判〉〈軍隊批判〉の小説とまず言い換えることができる。例えば先にも触れたように、梅崎春生の父健吉郎はもともと陸軍軍人であったのに対し、矢木栄介の父福次郎は当初県庁役人として描かれている。栄介の視点から〈軍隊批判〉を描く上で、栄介の父が軍人であるのは都合が悪く、栄介をより効果的な立場へ置こうとしたためであろう。

次いでうどん食い逃げ事件以来、節目節目で城介と関わった人間たちが、城介を不幸へ導いた遠因かとも思われる。中学校長、伯父幸太郎、級友三人の父親、そして中田少佐である。このうち伯父幸太郎については後で詳述したい。他の人間たちは、いずれも自らの立場を有利に導くことを優先した点で一致し、その結果、城介の更生や病の治療は置き去りにされた。彼らとの接触がなければ、城介が自殺という最期を迎えることは、あるいは無かったかもしれない。この巡り合わせの不幸とも言える城介の人生の軌跡と、物語冒頭での女性の事件、そして物語末尾で栄介が「不安定に揺れ」「舞い落ちる」凧、いわば〈狂い凧〉を見上げていることを合わせて考えると、この小説は〈戦争批判〉のみならず、偶然の出来事に左右される〈人生の不安定感〉を表した側面も持ち合わせていると言えるかもしれない。例えば栄介が背中を負傷した人物として設定され、その栄介が「どうして人間の背中なんて、あんなに無防備につくってあるんだろうな」「いつ敵が飛びかかって来るか判らない」と語っているのを見ても、背後から不幸に襲われるかもしれぬ人生の不確かさが強調されているのは確かめられる。

ここでモデルとなった忠生の死に関する作者の発言に改めて目を向けると、梅崎は先の引用の後に、「修猷館〈注、春生、忠生が通学した中学校名〉の校則が忠生を自殺に追いやったのである。私はその修猷館を憎んでいる」と記している。自殺の場となった軍隊でなく、むしろ退学させた中学校に弟の死の原因を見出しているのである。

しかし、そのこと以上に注意すべきなのは、同じエッセイの中で、梅崎は自身も通った修猷館中学の「校則」「校風」が「厭」になった理由として、同校で下級生が「鉄拳制裁をうける」のは「軍隊と同じ」であり、その「暴力を呪った」と記していることである。「私の戦争ぎらいはその暴力ぎらいから来ている」とも書いている。梅崎春生は自身が通い、弟を退学させた修猷館中学に「戦争」「軍隊」のイメージを重ね、それ故に厭悪しているのである。忠生の死の原因として中学退学を記す梅崎であるが、その奥にはやはり「戦争」「軍隊」を見出していると言うべきであろう。

「狂い凧」において、うどん食い逃げ事件以来、城介と関わった人々が、どれだけ事実に即しているのか定かでない。しかし、少なくとも中学校長の人物像には、弟を退学させた修猷館中学に対する右のごとき作者の厭悪の気持ちが反映されていると見てよかろう。だとすれば、中学校長以下との関わりによって、城介が死へと導かれていったそのことも、単なる巡り合わせの不運、偶然の不幸と解すべきではあるまい。彼らの背後には、「戦争」「軍隊」が、いま少し正確に言えば、軍隊を抱え、戦争を遂行していた戦前の日本社会が存在しているのである。「戦争小説」と評された「狂い凧」は、城介が戦地で自殺するに至る顚末を表すことによって、戦時下である故の〈生の不安定感〉をタイトルに象徴させた小説、ひとまず、そのように解釈することができよう。

二―（2）　伯父幸太郎

次に「家族小説」としての側面を具体的に読み解くためにも、伯父幸太郎の人物像について考察してみたい。「狂い凧」において、幸太郎は矢木家の次男栄介の伯父であり、栄介の大学までの学資を援助する人物として描かれている。一方、梅崎春生も梅崎家の次男であり、大学までの学資を援助してくれた伯父が確かに存在した。従って春生の学資を援助してくれたこの伯父が幸太郎のモデルに該当する人物と言える。しかし幸太郎像の形成においては、〈学資を援助してくれた伯父〉という部分をモデルから借りているだけで、その多くは作者の創作に拠る。

例えば、幸太郎は栄介の父福次郎の兄、つまり父方の伯父であり、正確な場所は描かれていないが、福岡市とおぼしき福次郎宅の近隣で海産品問屋を営んでいる。対してモデルの伯父は氏名が古賀朝一郎[7]、つまり母方の伯父であり、「台湾花連港」で「幾つかの会社の社長を兼ね」ている人物であった[8]。風貌についても、幸太郎は「ふとって」「つき立ての粟餅に似たふくらみを、首の根っこにぶら下げていた」のに対し、実際の伯父は「顔の長い人物」であった。[9]また「狂い凧」の栄介は、父福次郎の通夜の席で幸太郎と口論したことで、大学卒業を前にして、以後幸太郎から学資の援助を打ち切られている。一方、梅崎春生の場合は、自分の怠けから大学を三年で卒業できなかった故に、自ら「返上して、アルバイト生活に入った」。しかし「卒業論文も書かねばならぬし、とうとう六箇月目に伯父に泣きついて、学資を復活して貰った」[10]のであった。さらに「狂い凧」の幸太郎は物語の現在においても存命中になっているが、モデルの伯父は終戦後台湾から引き上げ病の床に就き、昭和二十二年頃、亡くなっている。[11]もう一点、梅崎春生の妻恵津の証言を挙げれば、モデルの伯父は「あたたかい感じの顔の立派な方という印象をうけ」る人物であり、「梅崎はこの伯父に生涯恩誼を抱きつづけ、感謝していた」とのことである。[12]「狂い凧」に描かれた幸太郎の人柄、幸太郎に対する栄介の感情は、明らかに作者の創作と言える。幸太郎は「狂い凧」の中でも、特に梅崎春生による創作を多く含んだ登場人物と見做せるのである。そして、かくのごとき幸太郎像の中でも、幸太郎をあえて〈父方の伯父〉に設定した創作に注目したい。それと言うのも、幸太郎は矢木栄介の父福次郎の兄となることで、〈矢木本家の家長〉として君臨することになったからである。ここに梅崎春生の重要な創意が認められる。

このことと関連して、幸太郎による栄介への学資援助には、幸太郎の跡継ぎ問題が絡んでいたことにも注意されたい。幸太郎は「子種に恵まれなかった」故に、「栄介城介の双子の中、勉強の出来る子の大学までの学資を出してやろう。そのかわりに自分に子供が生れなかったら、その子を養子として幸太郎のあとを嗣がせたい」と考えた。城介は中学を退学し、結局栄介が援助を受けることになったのである。ただし城介に関わる回想の中で、栄介、城介の兄弟は、実は福次郎の子でなく、本当は幸太郎の子かもしれないことが仄めかされている。いずれにしても、跡継ぎを考えた上での学資援助であり、この設定も作者による創作と見られるのである。

さらに直接幸太郎に関わる設定でないものの、長兄竜介が中学卒業から間もなく、「思想的に赤化した」上に「肺病院」で没した場面にも留意したい。父福次郎は栄介に向って「さあ。これからお前が長男だぞ」「しっかりやらなきゃあ」と言い、「しかし栄介には、自分が長男になった、という実感は全然湧いて来なかった」とも記されているのである。梅崎家の次男春生が兄の死によって長男になった事実はなく、[13]この長兄竜介の早世は明らかな創作と言える。

つまり「狂い凧」の中でも戦前――梅崎家の事実と照らし合わせて、大正末から昭和十九年ごろまでと推定される時代[14]――を舞台とする回想シーンにおいては、大日本帝国憲法（明治二十二年二月公布）、明治民法（後二編「親族・相続」三十一年六月公布）下における「家」と「長男相続」の問題、いわば「家父長制」が社会背景として色濃く存在している。幸太郎は「家父長制」下の戦前社会にあって、「本家の旦那」として登場し、「長男であるが故に父祖の財産をひとり占めにして、そして旦那風を吹かす」人物として描かれているのである。幸太郎は戦前社会における「家父長制」をまさに体現する人物と言うことができる。

一方、小説発表時と同じ昭和三十年代と思われ、東京が舞台となる物語の現在に目を向けると、幸太郎は「独りで上京し」、「十数年」ぶりに栄介の前に現れる。「今頃になって、おれ（注、栄介）にばかりつきまと」い、「金をせびりに来る」人物として描かれるのである。栄介は幸太郎に毎月五千円提供することにしたが、幸太郎はその五千円以外にも堂々と金を借りに来、栄介は「結局借りられてしまう」。

幸太郎は物語の現在まで、跡継ぎのできないままであったらしく、他に身寄りはないようである。そのような老人が、甥である栄介をあてにして訪ねてきたこと自体、決して不自然でない。ただし幸太郎の場合、栄介に「金をいくらいくら貸せ」などと口を利き、相変らず横暴な態度で接している。幸太郎にとって栄介は、甥と言うより、以前養子に予定していた人物であり、あるいは実子かもしれない。それ故幸太郎は、そこから金銭を受け取って当然と捉えているのであろう。戦前社会の隠居した家長が、実子または養子の跡継ぎに対する姿勢とよく似ている。幸太郎は、戦後においてなお「家父長制」を引き摺る人物としても表されているのである。

逆に栄介の場合、幸太郎は伯父である上に、養父になる可能性のあった、かつての学資援助者である。もしかしたら伯父でなく、実の父ではないかとも思われる。自分の立場上、金銭援助は断り難いとも、もちろん感じていたであろう。だが栄介は幸太郎を「相手にし」たくなく、「すでに死んでいなければならぬ人間」とさえ思っている。それでも幸太郎がつきまとってくることで、「養老院に入れたい」とまで考えている。

この栄介の態度には、戦後日本の社会状況、すなわち新憲法（昭和二十一年十一月公布）、新民法（昭和二十二年十二月「親族・相続」全面改正）による「家制度」廃止の影響が認められよう(15)。戦後の新憲法、新民法によって「家制度」が廃止されたことは、老親を扶養する義務が無くなったと多くの人々から解釈されたのである。老親の面倒を家族内で見なくてもよいという考えから、親戚の間を盥回しにされる老人が多く現れた。また老人の面倒は家庭でなく、社会で見るべきだとの意見が強くなる中で、より多くの養老院（老人ホーム）設置が求められた。実際、「狂い凧」の連載が完結した直後の昭和三十八年七月、老人ホーム設置等に関わる条項を含んだ「老人福祉法」が制定されている(16)。

つまり幸太郎を避け、いやいや金を渡し、「養老院に入れたい」と考える栄介の姿は、「家制度」廃止後の老人扶養に対する日本人の態度の一典型を表しているのである。かつて本家の家長として横暴に振舞い、今なおその名残をとどめる幸太郎に対して、新民法下の物語の現在、栄介が憎み、反発するのはある意味当然であって、家父長制の時代に対する戦後日本人の反動的な心情を栄介の姿が代表しているとも言えよう。

ところで、この幸太郎に対する栄介の態度については、栄介の妹の夫・川津が「義兄さんは心のつめたい人なんだ」と批判し、「私」も「冷酷なもんだね」と難じている。これら川津と「私」の台詞を通して、新民法下での老人を巡る社会状況に反発を感ずる守旧派的な人々の意見も梅崎は提示している。幸太郎に対する栄介の態度が、栄介の側に立った一面的な表現にとどまり、作者の主観として受け取られることを避けるため、あえて第三者的な立場から栄介批判を行わせ、表現を客観化していると言えよう。

以上のごとく、「狂い凧」には、幸太郎という矢木本家の家長たる人物を登場させ、栄介、城介との関わりを描いていくことによって、戦前から現在に至る「家制度」「家父長制」の問題が表されていた。「狂い凧」における「家族小説」としての側面は、すなわち「家制度」「家父長制」の表現と言い換えることができる。

三　城介と幸太郎

それでは城介と幸太郎の関係はどのように描かれているのだろうか。

まず中学を退学した城介の奉公先として、東京の葬儀屋を強く勧めたのが幸太郎である。事実を確かめると、梅崎の弟忠生も中学退学後、東京へ奉公に出ている。しかし奉公先は遠縁のO少将によって紹介された金物商であった。(17)つまり梅崎は忠生をモデルに城介の東京行きを描きつつも、奉公先をあえて「葬儀屋」に設定し、しかもそれを幸太郎が勧めるという創作を加えているのである。

梅崎春生は、城介の奉公先として「葬儀屋」を勧める理由について、幸太郎に次のように語らせている。

「東京に奉公に出るんなら、葬儀屋がええ。戦争はこれからもっと拡がるから儲けにはこの商売が一番だ」

そのように語る幸太郎の心境について、さらに栄介の視点から次の如く記している。

あるいは幸太郎は子供の頃、日清戦争で戦死者の葬列が、毎日のように道を通っていて、その印象が強く残っていたのだろう、とも思う。そしてそれが城介の身のふり方に、結びついた。

幸太郎が営む「海産品問屋」に目を向けると、「海産品は軍の需要物」である上に、「戦争のために」幸太郎の店にも「受注や発送が多くなっ」て、幸太郎には「御用商人的落着きが、身のこなしに具わって来ていた」と記されている。幸太郎はまさに戦争によって利益を得た人物であり、その為であろうか、右に見るように、「戦死者」さえも商売上の利益と結び付けて考えているのである。城介が東京の葬儀屋へ奉公に出たのは、本人の承諾があったとは言え、本人の気持ちが優先されたからでは決してない。戦争をいわば「儲け」の手段と捉える、この幸太郎の戦争認識が最大の要因であったことを押さえておきたい。

次なる幸太郎と城介の関わりは、城介の出征に際してである。城介の出征前夜、幸太郎は、「祝出征の宴を幸太郎宅でやりたいから、今夜来て呉れ」との連絡を福次郎宅に届ける。しかし「壮行会は」「うちでかんたんにやります」と城介らは断っている。幸太郎は「壮行会」でなく、あえて「祝出征の宴」という言葉を用い、しかもその宴を本家の自宅で行おうとしているのである。幸太郎はここでも城介本人の気持ちに配慮することなく、城介の出征を矢木家にとって、むしろ祝うべきことと捉えているのである。

さらに城介の死に際しての幸太郎の行動についても見てみたい。

城介が「戦病死」したと言う、実際とは異なるが、ともかく城介が戦地で死去した「公報」が矢木家に届く。すると幸太郎は遺骨が届くよりも早く、自らの筆で「故陸軍衛生曹長矢木城介之霊」と記した木柱を作成し持ってくる。母親は遺骨が戻る前であったから、その掲示を断ったが、実際に遺骨が届くと、幸太郎は直ちに「店の若い者たち」に指示して木柱を立てさせた。加えて「門柱から門柱へ横木を渡し『英霊の家』と書いた板を、それに打ちつけ」させた。幸太郎は城介の「葬式」を出したがる素振りさえ見せ、それについては栄介と母親に拒否されている。つまり幸太郎は、城介の戦地における死をあくまで〈名誉の戦死〉として受け取っている。「英霊の家」などという看板は栄介や母親にとって「いかにもそらぞらし」いものでしかありえないが、そのような身内の心情をやはり汲み取ることなく、幸太郎は城介の戦地での死をむしろ矢木家の名誉と捉え、威信を示す機会として利用しているのである。幸太郎が城介の「葬儀」を出したがったのも、それを盛大に執り行うことで、「本家の威武」と自らの権力を誇示したいと思ったからに違いあるまい。城介の奉公先として幸太郎が「葬儀屋」を勧めた理由の奥底には、幸太郎の葬儀に対するこういった考え方も存していたと言えよう。

このように幸太郎は戦争を「儲け」の手段と捉え、また出征、戦死についても「家」と自身の権力を示す機会と捉えていた。そして城介は中学退学以来、死後に至るまで、そのような幸太郎の戦争認識に振り回される立場にあったと言うことができる。

四―（1）　天皇制下の日本社会

考察のまとめに入る手掛かりとして、今度は「狂い凧」の最終場面を検討してみたい。

「多磨のおん墓に詣りたい」と幸太郎が希望したことで、栄介は大学の教え子に運転を頼み、「私」を同行させ、幸太郎を多磨墓地に連れて行く。多磨墓地には、九州から骨を移した福次郎と母、城介らの墓があった。しかし、いざ多磨墓地に到着してから、幸太郎が希望していた行き先を栄介は「かん違い」していたことに気づく。幸太郎は「多磨の御陵」、つまり「大正天皇陛下のおん墓」に詣りたかったのだ。幸太郎は多磨墓地にある「弟夫婦や甥たちの骨の収まった墓所を見よう」とはしない。車は多磨御陵へ改めて向かう。御陵に至ると、幸太郎は参拝に向かい、「私」と栄介は入口に留まって待つ。そして先にも言及した〈狂い凧〉を見上げる栄介を記して物語は結ばれる。

この最終場面において、幸太郎は「私」の視点から「小柄でしなびていて、眼が不安そうにびくびく動いていた。コブも巨大なものと思っていたのに、首のつけねにちんまりとくっついているだけだ」とも記されている。横暴な〈本家の家長〉として表される幸太郎像が、実は栄介の視点でのみ、つまり栄介の主観に過ぎない可能性を示し、より客観的であろうとする梅崎春生の表現意識が改めて確かめられる。

しかし、ここで重視すべきなのは、やはり幸太郎が城介ら肉親の墓には見向きもせず、「御陵」を参拝しているところであろう。幸太郎は未だに天皇を崇める人物として描かれているのである。戦争を「儲け」の手段と捉え、家長としての権力を行使しながら、「本家」の威信を誇示してきた幸太郎という人物の背後に何が存在するのか、この最終場面に明示されていると言えよう。

戦前の日本社会において「家長」は、幸太郎に限らず、絶対の権限を持っていた。家族は家長の権限の下で一体となり、「家」を永遠に存続させていくことが良しとされていたのである。それは何故か。

昭和十二年五月、文部省の編纂により『国体の本義』が発行された。「狂い凧」の回想シーンにも該当する当時、「国体を明徴にし、国民精神を涵養振作[18]」することを目的に頒布された冊子である。同書を見ると、国民生活における「家」について次のような説明が為されている。

我が国民の生活の基本は（中略）家である。家の生活（中略）の根幹となるものは、親子の立体的関係である。この親子の関係を本として近親相倚り相扶けて一団となり、我が国体に則とつて家長の下に渾然融合したものが、即ち我が国の家である。（中略）我が国は一大家族国家であつて、皇室は臣民の宗家にましまし、国家生活の中心であらせられる。臣民は祖先に対する敬慕の情を以て、宗家たる皇室を崇敬し奉り、天皇は臣民を赤子として愛しみ給ふのである。（中略）我等の祖先は歴代天皇の天業恢弘を翼賛し奉つたのであるから、我等が天皇に忠節の誠を致すことは、即ち祖先の遺風を顕すものであつて、これ、やがて父祖に孝なる所以である。

「我が国は一大家族国家」、すなわち「家」の集合体として成り立っているとの発想であり、天皇と国民の関係を「家」における親子関係になぞらえている。それ故に、父祖に対する孝行は、その先にある天皇に対する忠誠として繋がっているとの考えである。言い換えれば、大日本帝国は、それぞれの「家長」に率いられた「家」の集合体として成り立っており、その家族国家全体の家長として天皇が存在する。「家長」が持つ強力な権限の背後には、天皇が存在していたのである。明治民法下の国民生活において「家」が重視され、家長の権限が強調されていたのは、天皇制による国民支配を強化せんとするためだったのである。

「家父長制」をまさに体現する人物として描かれている幸太郎。実は彼の背後には天皇が存在していた。幸太郎が矢木家の内で強力な権力を持ち得たのは、「家制度」の下で、家長の存在が天皇に擬されていたからに他ならない。この小説において幸太郎は、「家父長制」のみならず、その背後にある天皇の存在をも体現し、いわば天皇制の権化として表されているのである。

そのように考えると、うどん食い逃げ事件以来、城介を死へと導いた遠因とも言うべき人物たち、つまり級友三人の父親、中学校長、中田少佐らが何を表しているのか、いま少し違った角度から見えてこよう。

級友三人の父親は、「裁判官」「電鉄重役」「医師」という社会的地位の高さを利用して、物事を自分に都合の良いように運ばせる権力を笠に着た人間たちである。中学校長と中田少佐は、校長、少佐という自分の地位を守るため、上層部の顔色を窺う一方で、生徒、部下に対しては思いやりを全く欠いており、権力に媚びへつらいながら、自分の権力は行使する人間たちである。以上の彼等五人は、いずれも天皇を頂点とする戦前日本の縦社会を肯定し、権力を志向する人物と言える。幸太郎も含めて、うどん食い逃げ事件以来、城介の前に現れた人間たち、その全てに天皇制下の社会秩序が色濃く反映されているのである。

つまるところ、城介を自殺に導いたものは、天皇制下の日本社会であり、より直接の原因として天皇の名の下に遂行された戦争が存在していた。そして、その〈天皇制〉および〈天皇制下での戦争〉こそが、城介のモデルであり、梅崎春生の弟である忠生を自殺に追いやった原因として、作者の批判の対象に据えられていることは言うまでもない。

四―（2）　エッセイ「天皇制について」

梅崎春生は昭和二十八年八月『新潮』に発表したエッセイ「天皇制について」で、「現代にあって天皇制は過ちであ」り、「早く天皇制のスイッチをひねって止めてしまった方がいい」と記し、天皇が「私は人間であると宣言したのは、ついこの間だったような気がするのに」「半分神様になりかかっている」ことを不安視している。そしてさらに次のように書いている。

（前略）率直に言うと、私は天皇に対する信愛の念を失ってすでに久しい。（略）天皇にとってみれば、この私などは路傍の小石に過ぎまいが、私にとっては、天皇一家からずいぶん損害を受けている。戦争に引っぱり出され、青春を犠牲にし、物心両面の損害をうけている。私などはしかし軽い方かも知れない。生命を失ったり、言語道断の損害を受けた人が沢山ある。

梅崎春生は自らを天皇から「損害を受け」た「犠牲」者と捉え、天皇制が戦前と異なるとは言え、今なお無くならないことに批判的な見解を抱いていた。[19]「家父長制」とその背後にある「天皇制」を体現する幸太郎は、このような梅崎春生の天皇制批判を痛烈に反映した人物像と言える。しかもこのエッセイを踏まえれば、物語の現在において、しつこくつきまとう幸太郎を栄介が避け、養老院に入れたいと考えるその設定は、天皇制が戦後も存続していることを批判的に暗喩し、廃止を訴えていると見ることもできよう。

右のエッセイを書くにあたって、梅崎春生の念頭に想起していたのは、一つには自らの戦争体験[20]であり、いま一つは弟忠生の戦地での自殺であったに違いない。春生も、忠生も、天皇によって「戦争に引っぱり出され、青春を犠牲にし」た。そして忠生こそ、そのために「生命を失」うという、「言語道断の損害を受けた人」に他ならないからである。

おわりに

かくて「狂い凧」には、「家父長制」という「家族」の問題が扱われ、かつ「家父長制」の背後に潜む「天皇制」および天皇制下の「戦争」が描かれていた。弟忠生の命を奪われた怒りによって筆を起こし、自らが育った梅崎家を土台としつつも、多くの創作を加えながら戦前日本の国家イデオロギーを批判的に追及した長編として、「狂い凧」は梅崎春生文学の中でも秀れた一作と言い得るのである。

注

（1）『群像』連載の初出時および初刊本（昭和三十八年九月、講談社）では「狂ひ凧」と表記されているが、新潮社版『梅崎春生全集第六巻』（昭和四十二年五月）では「狂い凧」となっている。本論では引用の底本『梅崎春生全集』に従い、「狂い凧」と記す。

（2）「狂い凧」を「家族小説、戦争小説」と定義するにあたって、武田泰淳は以下のように記している。「『私』の観察した栄介、兄のながめた弟、戦友の報告する戦地での城介、および矢木一族の有様などが、ないまぜになって、小説は次第に複雑な構成となり、社会的なひろがりを増す。／ことに兄弟の伯父にあたる幸太郎は、かなり痛烈に否定されて描かれているが、やはり矢木一族のマイナス性を分けあたえられていて、好ましい」。あくまで「書評」である所為もあって、これ以上詳しい考察を見ることはできない。また幸太郎に「分けあたえられて」いるという「矢木一族のマイナス性」についても、引用部以外を含めて、具体的な説明は為されていない。

（3）戸塚麻子は、「狂い凧」における〈家族〉のモチーフについて、父福次郎、双子の弟城介、伯父幸太郎の三人が「栄介にとって特徴的な意味を持って描かれている」ことに注目し考察を進めている。栄介にとって、福次郎は「肉体的でリアルな死」を、城介は「抽象的で観念的な死」を体現する存在であり、また城介は飲酒を教えるなど、「栄介の『おとな』への変化を促す役割を担わされている」と分析する。一方、「幸太郎は、二人の特徴的な死者に濃厚につらなる生者」であり、「しかし近い将来確実に死ぬであろう人物」として、「観念と現実のどちらをも体現する人物」だと論じている。

（4）以下の梅崎春生および梅崎家に関わる事実確認は、「梅崎春生年譜」（和田勉『梅崎春生の文学』昭和六十一年十一月、桜楓社）に拠る。

（5）梅崎春生はエッセイ「男兄弟」（昭和三十六年十一月『新潮』）にも次のように書いている。「六人兄弟の中、上三人が戦争にかり出され、三男（忠生という名）が戦病死した。今五人生き残って、東京にいる。歩留りとしては、良好の方だ。忠生の戦病死について、当時隊長から手紙があり、急に死んだとあったが、病名は書いてなかった。終戦後その戦友が私を訪ねて来たので、いろいろ事情を聞いた。／それによると忠生の部隊は蒙古にあり、太平洋戦争で香港作戦に転じ、また蒙古に戻って来た。そして内地帰還の令が出た。内地に戻って、召集解除である。よろこびにあふれた出発前夜、忠生は皆の前で白い錠剤をたくさんのみ、寝についた。翌朝見たら、死んでいた。忠生は衛生軍曹だから、薬は自由になる。白い錠剤は、睡眠薬であった。量を間違えたわけでなく、覚悟の自殺である。なぜそんな嬉しい日に、自殺をしたか。その理由を書こうと思ったら、もう紙数が尽きた。これは小説の方に廻そう」。なお終戦後、忠生の戦友から「いろいろ事情を聞いた」のは、「梅崎春生年譜」〈注（4）〉によると、昭和二十五年のことである。

（6）『戦後派作家　梅崎春生』（平成二十一年、論創社）

（7）「梅崎春生年譜」〈注（4）〉に拠る。

（8）梅崎家の長男光生が著した『幽鬼庵雑記』（昭和五十二年七月、永立出版）に拠る。

（9）注（8）に同じ。

（10）梅崎春生のエッセイ「憂鬱な青春」（昭和三十四年十二月『群像』）に拠る。

（11）注（8）に同じ。

（12）梅崎恵津「幻化の人」（初出昭和四十二年三月『新潮』、『幻化の人・梅崎春生』〈昭和五十年八月、東邦出版社〉収録）

（13）『幽鬼庵雑記』を著したことで明らかなように、長兄光生は、梅崎春生が「狂い凧」を執筆した時点においても存命中であった。

（14）「狂い凧」の回想シーンでは、栄介が小学生とおぼしき矢木家の餅つきの場面から、栄介の出征までを描いている。これを梅崎春生自身の年譜にあてはめると、大正末から昭和十九年までの時代と推察できる。

（15）例えば岡本多喜子は『老人福祉法の制定』（平成五年八月、誠信書房）の中で、「敗戦後の民法改正は、長男も含めて、子供が親の面倒を見る必要がなくなったと解釈され（中略）高齢者を不安に陥れた」と記す。また全国老人クラブ連合会編『全老連十五年の歩み』（奥付日付なし）には、戦後の社会風潮を語る文章として、次のような『大阪新聞』日付不明の記事が引用されている。「新憲法は従来の家族制度に大変革をもたらした。親に対する子女の扶養義務についてもいまわしいトラブルが多く、戦後の混乱から自由と放縦を履き違え、一般老人《ママ》を軽視するようになった。誤った個人主義から老人はとかく家庭で邪魔者扱いをうけるようである（後略）」。さらに矢野嶺雄は「老人ホームについて」（昭和二十九年八月『養老事業だより』）で「我国に於ては去る昭和廿六年頃から全国養老事業大会の議題として『有料老人ホーム』設置促進の問題が取りあげられてきた」と記し、その理由として「終戦後、家族制度の変革や、それに伴う各種法令の改訂により」「子供に依存してはならないという社会組織に移りつゝあること」を挙げている。

(16) 厚生省社会局老人福祉法課監修『改訂老人福祉法の解説』（昭和六十二年十一月、中央法規出版）参照。

(17) 注（8）に同じ。

(18) 同書序文に拠る。

(19) 梅崎春生は昭和三十年十二月号『世界』に発表した短編「寒い日のこと」で、「大正天皇の御大喪の日」を取り上げている。あまりにも寒かったその日、大人も、子供も、牛までも「腹を立てて」いた様子を描き、天皇制に対する「怒」りを表した気配がある。こちらも参照されたい。

(20) 梅崎春生は「（注、昭和十九年）六月一日、海軍に召集され、佐世保相之浦海兵団に入団。終戦まで、針尾・指宿・防府・坊津・桜島などの基地に配属され」た（「梅崎春生年譜」〈注（4）〉に拠る）。

第三章　梅崎春生における「偽」

第一節　「贋の季節」とは何か
――「偽者」たちによる戦争――

はじめに

梅崎春生の「贋《にせ》の季節」（昭和二十二年十一月『日本小説』）は、終戦直後の混乱の中、客の不入りから先の興行地を夜逃げし、解散の危機に直面している曲馬団を舞台にした短編小説である。語り手兼主人公の「私」は集客のために、芸のできない猿の「お爺さん」に洋服を着せて舞台に出そうと提案するが、それをめぐって団員たちはいがみ合い、人間関係の歪んでいく様子を描いている。

武田友寿は「梅崎春生・『幻化』――贋の季節への挽歌」（『戦後文学の道程』昭和五十五年五月、北洋社）の中でこの小説を取り上げ、「『贋』なるものの告発」という、梅崎春生が好んで追求した主題が、そこには真正面から扱われていると論じた。「お爺さん」と呼ばれる老猿に洋服を着せて舞台に出すことを考えた「私」の真意は、戦後社会を生きる人々の「偽態を衝く」ことにあり、当時横行していた「『贋の季節』の風潮を告発」しようとした一作だと説いている。

また和田勉は『梅崎春生の文学』（昭和六十一年十一月、桜楓社）第二章第六節「短編小説」の中で、「贋の季節」は「闇市の時代の飢餓を主題とする、戦後派的な、観念的なところのある作品」であり、「戦後の混乱した時代では、ニセモノが横行するということをコミカルにアイロニカルに表現した好短編であ」ると評した。

以上二つの論考は、どちらもこの小説の表面的な部分に関して的確な分析を見せている。従って「贋の季節」の特色を大まかに捉えた考察として評価できよう。しかし両論ともに作者が描いたニセモノとは何であるのか、詳しい考察は必ずしも為されていない。またより踏み込んで解釈すると、〈贋の季節〉とは戦後の社会よりも、むしろ戦時中の日本を表すようにも思われる。

よって本論では、「偽者」とはどのような人物かを分析した上で、〈贋の季節〉の表すところをより具体的に解明したい。以下、少し考察する所以である。

一　偽者

ニセモノ[1]とは何であるか。それを考える一つの手掛かりが曲馬団の団長の台詞の中に認められる。曲馬団の財政の貧窮と関連して、団長は団員たちに次のような説教じみた演説をしている。

> 私が借金したり夜逃げまでして曲馬精神を盛り立てて行こうとしているのに、お前たちは内部から私に煮湯を呑ませるようなことばかりをする。（中略）お前たちは皆目自信をなくしているのだ。自信をやくざなものと掏りかえているんだ。お前たちは皆偽者だ。お前もだ。お前もだ。（団長は一人一人指さしながら）お前達は揃いも揃って、みな糞土の牆だ！

団長は「偽者」と見做した人間たちへ「糞土の牆」と言い放っている。論語を典拠とする「糞土の牆は杇《ぬ》るべからず」から採った語句で、本来は〈くさった土の壁は杇《こて》で塗ることができないこと〉、〈なまけ者には教育する甲斐がないこと〉を意味している。ここでは団長の気持ちを解さず、碌な働きをしない団員たちに向けて、〈どうしようもない役立たず〉と言ったところであろう。この語句は物語の終盤になって再び登場し、象徴的なイメージを形作っている。

しかし右の団長の演説で、それ以上に注目すべきなのは、団長が曲馬団の面々を「偽者」と決めつけた理由である。「皆目自信をなくしている」から、「自信をやくざなものと掏りかえている」からだと言うのである。この団長の発言と併せて、物語の冒頭近くの「私」の独白に目を向ければ、この小説において如何なる人物が「偽者」と見做されているのか明白となろう。「お爺さん」に洋服を着せて舞台に出そうと提案した「私」は、その直後に次のような感想を抱いている。

人間様とは何だろう。冒瀆とはなにか。守るべきそんなぎりぎりの一線を、此の三五郎がまだ保っているのかと思うと、冷たい可笑しさがおのずと湧き上って来るのを感じたが、考えて見ると此処の団長にしても団員の面々にしても、最後のよりどころとしているのは矢張りこんな種類の奇妙な辻褄のあわない自尊心なので、こういう私といえども本当のところでは此の類を洩れないのかも知れない。

三五郎は「お爺さん」の動作を真似て観客の笑いを取っている道化師で、「私」の提案に際しては「人間様に対する冒瀆だ」と主張し反対した。本当は「本物」の「お爺さん」の登場で「偽物」の自分の芸に生彩が失われるのを恐れたのだが、三五郎はその本心を隠してもっともらしい理由を挙げてみせた。その心の在り方について「私」は、「私」自身や団長たちにも通ずるものを感じつつ、「奇妙な辻褄のあわない自尊心」と称したのである。

以上より「自信」や「自尊心」に関する心の持ち様から「偽者」を認定していく梅崎の思想が見えてきたであろ

う。言い換えれば、「奇妙な辻褄のあわない自尊心」という「やくざなもの」を「自信」と「掏りかえている」者たち、自信を失い自分を胡麻化して生きている人間たちこそ、この小説における「偽者」だと言い得るのである。

実際、三五郎に限らず、「大言壮語はするがしんは気が弱い」性格の団長など、登場人物の大多数がそのような「偽者」として描かれていよう。中でも「私」はかつて「立派な曲芸師」だったが、戦争で片腕を失い、復員後は「曲芸も出来ずに雑用夫みたいな形」で再び曲馬団に雇われている人物である。「私」は「生きる」「自信をなくしている」が、しかし曲馬団の仲間たちには「憐れまれたくない」と思い、自分を胡麻化している。つまりこの小説は「私」という一人の「偽者」の視点から、曲馬団の面々ら多くの「偽者」たちを観察し、感想が述べられていく形で成り立っているのである。

ここで同じ作者の他作品を見てみよう。

まず本格的文壇デビュー以前に発表された短編「微生」（昭和十六年六月『炎』）を挙げる。会社勤めに「倦怠を覚え始めた」「私」が登場し、組織の中で卑屈に生きる「私」や同僚に比して動物園の動物たちの姿が想像される。「私」は「偽者ばかりがうろうろしている此の世界の中で。あの鳥や獣たちだけが、真実の姿をしているのではないか」との感慨を抱く。

次いで「贋の季節」に近い時期の小説に目を向けると、例えば「蜆」（昭和二十二年十二月『文学会議』）では、「人から貰う側よりやる方になりたい」と考え、喜びもなく善行に努めようとする人間を「偽者」と称している。また「虹」（昭和二十二年九、十月合併『新文芸』）では、先生の「温情に寄生」して「飜訳の下請け」をやらせてもらっている「私」が、「学問に関係がある仕事」をしていると考え、自分を胡麻化す気持ちについて、「贋の感情」と述べる。さらに「握飯の話」（昭和二十三年一月『花』）においては、人々が他人に食を分つのは「自分に余裕がない訳でもないということを見せたい」という「ある種の自尊心」によると言い、「私」が職場の同僚の老人にふかし芋を与える際にも、「老人が食べてくれるのならこれほど有難いことはないという贋の表情をこしらえて」いる。

このように一覧すると、自分を胡麻化す奇妙な自尊心の持主を梅崎は早くから「偽者」と捉え、戦後に至るとそのモチーフを繰り返し描いているのが確認できる。中でも初期の「微生」では動物との対比で人間の「偽者」ぶりが捉えられており、「偽者」たちの関係の中に猿の「お爺さん」を登場させた梅崎の着想の萌芽が認められる。そして戦後の作品群においては「偽」（「贋」）のモチーフへの関心の高まりが確実に感じられよう。戦争を挟んでその内なるモチーフを深めた梅崎春生は、敗戦後の自信喪失した日本社会を〈贋の季節〉と捉え、その空気を「偽者」たちの歪んだ関係の中に表現しようと試みた。それが小説「贋の季節」であったとまずは解釈できるのである。

二　戦争批判

しかし〈贋の季節〉に託されたものは決してそれだけであるまい。結論から言えば、戦時中の空気までもがそこには表されている気配がある。

何より注意すべきなのは、先にも少し触れたように、「私」が戦争で片腕を失った人物として描かれていることである。しかもその「私」が物語の終盤に至ると「憐れまれたくない」自分の気持を省みつつ、次のような幻を思い浮かべている。

> 憐れみを憎むこととは、しかし何だろう。それを拒むことで私は何を得たのか。そして私が探りあてたと思ったものは鉱石の露床ではなくて、何かどろどろした汚物であったのかも知れないのだ。
> 「糞土の牆だって何だって良いや」と私は呟いた。（中略）その時瞼のうらに突然、延々と重なりつづく黄色の

宏壮な壁の幻が蜃気楼のように浮び上って来た。それは私が大陸で、片腕を失った瞬間に眺めていた城壁にも似ていたが、またもっとなまなましく身に迫る堆積のようでもあった。ある灼熱感が私いっぱいを満たしていた。

ここにおいて「私」は自分の「憐れみを憎む」気持ちから、自らが「糞土の牆」（「偽者」）であると認めている。「どろどろした汚物」とは、自分の心の醜さであろう。「私」が戦地で眺めていたらしい「黄色の宏壮な壁の幻」を思い浮かべているのは、「私」の憐れみを憎む気持ちが戦争で片腕を失った瞬間に始まったからに違いあるまい。「私」が「灼熱感」に満たされているのも、戦地で片腕を失ったその時を想起させた故であろう。さらに「私」はその壁の幻について、「もっとなまなましく身に迫る堆積のよう」だとも言っている。「糞土の牆」を連想させる表現であり、生きる自信を失って以来、「私」の心に堆積してきた何物かを表現していよう。

ちなみに梅崎春生は「微生」で「私」の「毎日の、憂欝な気持」を「堆積してどうにもならない」ものだと表していた。加えて出世作「桜島」（昭和二十一年九月『素直』）では、主人公の戦争に対する思いを次のように記している。

私を此のような破目に追いこんだ何物かに、私は烈しい怒りを感じた。突然するどい哀感が、胸に湧き上った。何もかも、徒労ではないか。此のような虚しい感情を、私は何度積み重ねてはこわして来たのだろう。

「私」の心に堆積した「糞土の牆」のごときものは、右に挙げた「堆積」や「積み重ねてはこわして来た」ものと同質と言える。自分の片腕を奪った相手に対する怒りや、憐れみを拒絶して生きてきたことへの虚しさが、糞土のごとき黄色い壁となって「私」の心に積み重なっているのである。

なお、ここでさらに注意すべきことがある。「私」が片腕を失った場所が、南方の戦地ではなく、あえて大陸に設定されていることである。なぜなら梅崎春生の弟忠生が大陸に応召され、そこで死を迎えていた事実[2]を反映しているからである。

例えば梅崎は「桜島」で自分の思いを主人公に託し、「弟はすでに、蒙古で戦死した。俄かに荒々しいものが、疾風のように私の心を満たした。此のような犠牲をはらって、日本という国が一体何をなしとげたのだろう」と述べている。さらに後年のことではあるが、梅崎は弟の大陸での死を素材に、長編「狂い凧」（昭和三十八年一月～五月『群像』）を書いている。弟をモデルにした矢木城介を登場させ、「黄砂」の舞う中、「城壁」の見える蒙古の砂漠で初年兵教育を受けたことについて、城介の戦友であった加納という人物の回想で語っているのである。しかも初年兵教育の最後の演習では、砂漠の河床道に「人間の腕」が「ごろりと横たわっていた」のを城介に目撃させ[3]、戦地から送られた城介の手紙を通して、そのエピソードを城介の兄栄介（梅崎春生に該当する人物）も知っていたと記しているのである。これと同様の出来事を忠生はおそらく体験し、兄の梅崎春生へ手紙等で伝えていたのであろう。弟の大陸での戦争体験と死が、作者の想像力を通して複雑に再構築され、「贋の季節」における片腕を失った「私」を生み出したのではあるまいか。

だとすればこの小説の根底に梅崎春生の戦争批判が潜んでいる可能性は高い。それを間接的に裏付けるエッセイとして、同じ作者が「贋の季節」とほぼ同時に発表した「ランプの下の感想」（昭和二十二年十一月『新小説』）を挙げたい。そこで梅崎は、日本人が「人間を凝視した世紀すらも持たない」と主張し、「数百の艨艟や数千の戦車やそして数万の竹槍をほこった日本の贋の世紀は没落した」と書いているのである。梅崎春生がこの時点で戦争を「贋の世紀」として、すなわち〈贋の季節〉として捉えていたのは明らかであろう。戦争批判の視点から、この小説を捉え直す必要がある。

三　黄色の城壁

この小説には「潰滅の予感」とか「一種終末的な感じ」といった類いの語句が繰り返し用いられている。これらが解散の危機に瀕した曲馬団の雰囲気を表しているのは言うまでもない。しかし以下にいくつか例示する本文と併せて解釈すると、もう少し重層的な表現と見ることができる。

例えば三五郎はまもなく解散が確実という曲馬団の中で、自分はどうありたいか次のように話す。

俺は一所懸命やってきた。俺は仕事を投げ出さなかった。（中略）仕事を、自分を投げ出さなかったということだけが、俺の心には残るだろう。

この言葉を聞いた「私」は、三五郎が「自分を胡麻化しているに違いない」と感じた上に、「自分を投げ出さなかったということを心に刻」もうという三五郎の考えについて「あまり虫が良すぎる」と思っている。またこれに関連して「私」は曲馬団の現状について次のように感じてもいた。

こんな羽目に落ちてもまだ絶望せず無感覚な営みをつづけて行こうという一座の連中は何と言っていいのだろう。それを思うとすべては朽木に止金をつけるよりもっと果敢ない感が湧き上って来る（後略）。(4)

このような三五郎や曲馬団の人々に対する「私」の感想は、ただ相手を「偽者」と決めつけているのではあるまい。そこには戦時中の、ことに「潰滅の予感」や「一種終末的な感じ」が漂っていた大戦末期の日本の在り方に対する梅崎春生の見解が隠されていよう。敗色が濃厚でありながらひたすら無為な戦いを続け、あたかも仕事を投げ出さなかったことで自分たちの心を胡麻化そうとしていたかのような、軍部を中心とする日本人の「偽者」ぶりが批判されているのである。

もう一つ、大戦末期の日本を彷彿させる設定として、スパッツを着けた身なりの良い老紳士と曲馬団との関係に注目したい。その老紳士は「私」のもとへ、死去した自分の父親に似ているから猿の「お爺さん」を譲ってほしい、と申し出てきた人物である。しかし「私」を除いた曲馬団の連中は、毎日客席に現れる老紳士を不審に思い、夜逃げした先の町から追いかけてきた町長ではないかと思い込む。しかも老紳士と「私」が立ち話するのを見かけた団員たちは、それが曲馬団売り渡しの密談だと勘違いし、「私」に冷たい非難の視線を向けてくる。「私」は自分に対する疑惑の理由が団員たちのあらぬ思い込みにあると気づいた際、次のような気分に襲われている。

何か訳の判らない不安なものがじわじわと私の胸の中に拡がって来た。それは奇妙に浅く底が割れたからくりの奥に、自分等の漠然とした脅えをあの老紳士に仮託していた一座の人々の心情の在り方が、俄に破局的な感じで私を貫いて来たのである。

「私」はこの後「それは誠にいやな予感を伴っていた」とも述べており、ここに言う「破局的な感じ」とは曲馬団の「潰滅の予感」を表している。そしてそれは同時に大戦末期の日本人の多くが抱いていた〈敗戦の予感〉をも表現していよう。曲馬団の人々が老紳士に「漠然とした脅え」を抱いていたことは、自信を喪失した「偽者」たちの心情を示しつつ、敗戦直前の日本国内に漂っていた不安感を象徴しているのである。

「桜島」を見ると、大戦末期の海軍には敵国上陸の噂が流れ、終戦二週間前の昭和二十年八月一日の真夜中には、大島見張所が夜光虫を「敵船団三千隻」と誤認する一場面がある。老紳士を先の町の追手と思い込む曲馬団の人々の心の有様は、同じ作者が「桜島」に記したこのエピソードにまさに重なるのである。しかも解散直前の曲馬団とは対照的に、老紳士は身なりも良く財力の豊かさが強調されている。この点を深読みすれば日本と敵国アメリカの関係を暗示する気配さえあることも付け加えておきたい。

ところでこの物語のそもそもの発端、つまり「私」が芸なし猿の「お爺さん」に洋服を着せて舞台に出そうとしたことの、本当の理由はどこにあったのであろうか。直接の切っ掛けは「猿の猿真似」をする三五郎の芸が「偽物」のため、「お爺さん」の「本物」を見せてやろうと「私」が考えたことにあった。しかし、それはあくまで表面的で、実際は作者の戦争批判に支えられたもう少し深い意味が隠されている。「私」は次のように言う。

私は私に絶望しているのだ。だから私は人間にも絶望しているのだろう。その絶望を確めたい為にも私は「お爺さん」に洋服を着せて舞台に立たせたくて仕様がないのである。

「私」は「私」自身や曲馬団の人々を含めた多くの人間たちが「偽者」であることに絶望していた。洋服を着て舞台に立つ「お爺さん」の姿は、その絶望をより強く実感させるものだと考えていた。つまり「偽者」たちが洋服を着た「お爺さん」と同じかそれ以下の存在であると皆に知らしめ、皮肉ろうとしているのである。「微生」において既に少し表れていたところの、人間より獣の方がむしろ本物という梅崎春生の思想を、ここから改めて読み取ることができる。

他にも「私」は「お爺さん」に洋服を着せる提案をした際、団長が「沐猴にして冠す」という史記の文句を引用したことについて、「(注、団長は) 此の言葉が此の場合持つおそろしい意味など感じている訳はないのだ」と考えている。また「沐猴にして人間服を着用した徒輩の前」で「お爺さん」が「演技をして見せる」ことで「私をふくめたおのおのもが自らの醜く哀しい露床を、戞然と掘りあてることが出来るだろう」と述べている。さらには「人間を他の動物から画然と区別する一線」は各自の「妄想に過ぎ」ず、「案外二千六百年もさかのぼれば身体の端に尻尾をつけていたかも知れないのだ」と語っている。これら「私」の発言は、人間たちが、特に皇紀「二千六百年」と自称する日本人が、洋服を着た猿に過ぎないことを強調し、そして洋服を着た「お爺さん」の姿によって、そのような日本人の「醜く哀しい露床」つまり本性が暴露されることを表している。しかも「お爺さん」に和服でなく、「英国風の高雅な型」の洋服を着せることに注目すれば、日本人を西洋文化の「猿真似」民族、西洋という衣装を身に纏った猿として諷刺しているとも言えよう。

ここに来て想起されるのは、先に検討した「黄色の宏壮な壁」のイメージが物語のクライマックスにおいて再び描かれていることである。仮縫の洋服を着た「お爺さん」が逃げ出し、団員たちや洋服屋、スパッツの老紳士らが一緒に追いかけていく場面の中にそれは登場する。曲馬団売り渡しと勘違いした三五郎から「私」は床に押さえつけられており、その「私」の視点によって次のように描かれている。

　その一瞬の区切られた風景の中で、土手の端を「お爺さん」は茶色の服をまとったまま凄まじい速力で駆けていた。豆粒ほどの上衣の裾が風にはためいていた。その七八間後を色んな人が走っていた。長靴をつけた団長もいたし、細いズボンの老人もいたし、髪をなびかせた服屋もいた。両手を上にあげるような走り方で、皆そろって大豆粒ほどに見えた。頭に血が来ないせいか風景が黄色く色褪せて、古絵のような現実感のうすい背

> 景の中を、小さい人と小さいけものは素晴らしい速度で駆けていた。土手は黄色く色彩を喪い、まるで城壁みたいに凹凸がなかった。もはや幻影に近い黄色の城壁の上をさんさんたる陽光にまみれながら駆け行く群像の影絵は、既に人間やけものの属性を失って、奇怪な悪夢のような人形芝居の一場面であった。ある灼熱が身体から手脚の先に電流のように走った。言いようもない深い烈しい悲哀の念が私の胸を荒々しくこすり上げて、私は充血した顔から頭から、汗とも涙とも知れぬ熱いものをいっぱい吹き出しながら、はずみをつけて三五郎をはねとばすと、左手をあげて転がった三五郎の身体の上に猛然と摑みかかって行った。

「黄色の城壁」の上を「お爺さん」と団長らが走るこの無気味な光景は、直接には「偽者」たちのいがみ合いを表しつつ、大陸での戦争のイメージがその奥から滲み出てこよう。「駆け行く群像の影絵」が「人間やけものの属性を失」った「奇怪な悪夢」に見えるごとく、先の大戦は、けもの同然の日本人、いわば芸なし猿のごとき「偽者」たちが引き起こした「悪夢」であったと批判しているのである。三五郎に組み敷かれた姿勢からその光景を目にした「私」は「ある灼熱」を身体に走らせ、「深い烈しい悲哀の念」を抱いている。かつて片腕を失った時と同様の烈しい痛みが、この瞬間「私」の心に走ったのである。

つまり「黄色の城壁」とは、「偽者」たちの歪んだ人間関係に心を痛め、その中に戦争と同様のおろかさを感じ取った「私」の虚しい思いの堆積に他ならない。

日本の戦争、戦時中が、まさに〈贋の季節〉として、ここに象徴的に表されているのである。

おわりに

梅崎春生は昭和十九年六月一日から二十年八月十五日に終戦を迎えるまで海軍の応召兵として過ごし、自らの従軍体験を素材にした「桜島」で文壇に登場した戦後派作家である。「桜島」から約一年二ケ月後の発表にあたる「贋の季節」は、梅崎が従軍中に感じた大戦末期の不安感や弟の戦地での死への怒りなどを反映し、作者の戦争批判を象徴的かつ諷刺的に表した小説と言える。戦後世相の下に「偽者」たちを描きつつ、戦争という〈贋の季節〉の有様を重層的に浮かび上がらせたこの小説は、梅崎春生の時代認識と手法の深化を窺わせる貴重な一作と見做せるのである。

注

（1）この小説では「偽者」、「偽物」、「贋物」の三つの表記が見られる。「偽者」は人間そのものに、「偽物」は人間である三五郎の芸に対して用いている。一方、「贋」はタイトル「贋の季節」に見るごとく、人間および人間以外を広く包括して表している。「偽」は人偏を含み、人間による〈いつわり〉の意味を持つが故の使い分けと言えよう。

（2）忠生の大陸での死因は当初、戦病死と伝えられていたが、戦後五年ほどしてから、実は衛生兵を務める中で薬品中毒になった果ての服毒自殺であったと判明した。その経緯について、梅崎春生はエッセイ「男兄弟」（昭和三十六年十一月『新潮』）に簡単に記し、「狂い凧」には小説の形で詳しく書いている（第二章第三節「『狂い凧』論―『戦争』『家父長制』そして『天皇制』―」参照）。また忠生の下の弟、梅崎栄幸の「兄、春生のこと」（『現代の文学5』「月報」昭和四十九年八月、講談社）にも同様の記述が見られる。従って「桜島」や「贋の季節」を書いた昭和二十一、二年の時点において、梅崎は忠生の死因を戦病死と捉えていたはずである。

（3）城介が見つけた「人間の腕」は、女性のものであり、土葬されていた死体を野犬が「掘り出してくわえて」きたと記されている。従って、「贋の季節」の「私」のような、戦闘で失われた男性の腕では決してない。しかしそのような相違点も含めて、このエピソードが梅崎春生の想像力に影響を与えたと推察できよう。

（4）「朽木に止金」とは論語の「朽木は彫るべからず」に拠った表現である。〈くさった木は彫刻できないこと〉〈心のくさった人間は手のほどこしようがないこと〉を表す。「糞土の牆」と併せて「朽木糞牆」という四字熟語を形成する。作者の「偽者」観はこのようなさりげない表現の中にも認められる。

第二節　「蜆」論
――「偽者」から「生物」へ――

はじめに

梅崎春生の「蜆」（昭和二十二年十二月『文学会議』）は、「僕」の語りに「男」の告白を挿入する形で構成された短編小説である。終戦直後の荒廃した社会を背景に、タイトルにも取られている〈蜆〉や、「僕」と「男」の関係を媒介する「黄六角の釦」の付いた外套を、象徴的に用いながらその物語は展開される。

この「蜆」について、和田勉は『梅崎春生の文学』（昭和六十一年十一月、桜楓社）の中で、「（注、「男」は）エゴイストとして生きることを『行動で持って確認し』」たと記し[1]、「悪とかエゴイズムという内容が、詩に高められているところに、この作品の永遠の生命がある」と論じた。[2]

また古閑章は「梅崎春生の世相小説―〝飢え〟をキーワードとして―」（平成四年十一月『近代文学論集』第十八号）の中で、「『蜆』は、生きるためのエゴイズムを積極的に容認する立場から執筆されたユニークな作品」であり、「（注、芥川龍之介の）『羅生門』的世界を戦後社会に焼き直すことで、戦後を生き抜く作家の立脚点を彫りこもうとした作品だった」と論じた。

さらに戸塚麻子が「〈贋〉の季節とその超克―梅崎春生『蜆』について―」（初出平成十一年三月『日本文学誌要』第五十九号、『戦後派作家　梅崎春生』〈平成二十一年七月、論創社〉収録）で、藤原耕作が「梅崎春生文学における〈倫理〉―「虹」を視座として―」（平成十六年八月『敍説Ⅱ』08）で、それぞれエゴイズムの肯定を「蜆」の主要モチーフとして読み取り、先の二つに連なる見解を示した。

確かに「蜆」には、エゴイズムの肯定が描かれている。作者のモチーフをそのように解釈することは適切と言える。しかし「蜆」をより踏み込んで捉えた場合、エゴイズムを肯定するその奥に、梅崎独自の人間観が作者の身体感覚と結びついて存在しているのが見えてくる。梅崎春生という作家の中でモチーフがどのように表現されていくのか、その創造のあり方が「蜆」を通して窺われるのである。以下に考察を進めたい。

一―（1）　ニセモノ・釦・蜆

「蜆」の物語は、「僕」が省線電車の中で出会った「男」から「黄六角の釦」の付いた外套を貰うところから始まる。「僕」が粕取焼酎に酔い、外套も着ないでふるえていたら、「男」が自分のものを与えてくれたのである。しかしその十日程後に、「僕」がやはり粕取に酔い潰れて駅の歩廊に寝ていると、実は外套を手離したのを後悔していた「男」が現れ、「僕」から無理やり外套を剝いで去っていく。その二、三日後に「僕」はまた「男」と偶然に出会う。その時「男」の外套は胸の釦が「ひとつは剝取られ、ひとつぶらぶらと落ちかかっていた」。「僕」は「男」に誘われるままに喫茶店に入り、「面白い話」があるという「男」の長い告白を聞かされる。以下、物語は「男」の一人称体へ移る。

「蜆」がエゴイズムを肯定する小説として論じられてきたのは、この「男」の告白の内容によるところが大きい。かつて「真面目な会社員」であった「男」が、闇屋になる勇気を得ていく心境の変化の過程を語っているからである。その結びは次の通り。

おぼろげながら今摑めて来たのだ。俺が今まで赴こうと努めて来た善が、すべて偽物であったことを。喜びを伴わぬ善はありはしない。それは擬態だ。悪だ。日本は敗れたんだ。こんな狭い地帯にこんな沢山の人が生きなければならない。リュックの蜆だ。満員電車だ。日本人の幸福の総量は極限されてんだ。一人が幸福になれば、その量だけ誰かが不幸になっているのだ。丁度おっさんが落ちたために残った俺達にゆとりができたようなものだ。俺達は自分の幸福を願うより、他人の不幸を希うべきなのだ。ありもしない幸福を探すより、先ず身近な人を不幸に突き落すのだ。俺達が生物である以上生き抜くことが最高のことで、その他の思念は感傷なのだ。釦を握った死体と、啼く蜆と、舌足らずの女房と、この俺と、それは醜悪な構図だ。醜悪だけれども俺は其処で生きて行こう。浅墓な善意や義侠心を胸から締出して、俺は生きて行こうとその時思ったのだ。

「男」は、この日船橋にいる友達のところへ就職の相談に行ったが冷たく断られ、その後乗り合わせた「満員電車」で衝撃的な出来事に出遭う。扉のない満員電車から一人の娘が押し落とされそうになっていた。代わりに扉口に立った「善良な義侠心あふるるおっさん」が、「男」の肩に弾かれ車体の外へ転落死してしまったのだ。おっさんは落ちて行く瞬間、「男」の外套の胸の釦を引きちぎり、代わりに足元に〈蜆〉のいっぱい詰まったリュックを遺していた。「男」はそのリュックをかついで家に帰り、寝床に入るとリュックの蜆が「幽かにプチプチと啼いてい」るのを耳にする。その〈蜆の啼声〉に聞き入りつつ語られたのが右の一節である。

これまで多くの先行論に引用されているごとく、ここには善意を否定し、他人を不幸に陥れてでも生き抜こうとする「男」の決意、すなわちエゴイズムの肯定が確かに語られている。しかしこの文章で目を引かれるのは、それだけでない。

例えば「男」は自分が「今まで赴こうと努めて来た善」が「すべて偽物であった」と語っている。この台詞は物語の冒頭で、「男」が「僕」から「お前も相当な偽者らしいな」と言われているのと併せて注目される。ニセモノは梅崎文学に繰り返し描かれるモチーフである故に、「蜆」においても作品を読み解く重要な鍵の一つと言える。[3]
また「男」にこのような決意を語らせた直接のきっかけは、蜆の啼声であった。しかもその蜆の入ったリュックは、おっさんが「男」の外套の胸の釦を引きちぎった代わりに遺したもので、つまり「男」は自分の〈釦〉をおっさんに与えた代わりとして、おっさんが持っていた〈蜆〉を手に入れたのであった。〈蜆の啼声〉が、そしてこの〈釦〉と〈蜆〉のいわば交換が、それぞれ何を意味するのか、それらの象徴的役割[4]についても注意したい。「蜆」のモチーフは、これらの問題を考察することで、より深く捉え直せよう。

一―(2)　〈良識や教養〉による〈偽物の善〉

まずニセモノとは何であるか。「男」の言動を通して考えてみたい。

先の「男」の台詞にいま一度目を向けると、「男」は自分の努めてきた善が「喜びの伴わぬ善」であった故に、「擬態」であり、「偽物」であったと説明している。「男」は勤めていた会社の解散式で、悪事が発覚して殴られた老人を義理合いもなく駅へ送り、その際に「何の喜びもな」かったと告白の前半で語っている。それを受けて自己分析しているのである。

また「男」が「僕」から「偽者」と言われる物語の冒頭を見ると、「男」は「外套脱ぐと恐しく寒いな」とか、「後悔するような予感もするよ」と口にしている。しかし「人から貰う側よりやる方になりたい」という理由で結局「僕」に外套を与え、実際に後悔している。

なぜ「男」は「僕」に外套を与えたのか。自分の為してきた善の意味を「確めたかった」からだと語っている。だが、本当の理由は別のところにあろう。同じ場面で「僕」が「飲むものはインチキでも酔いは本物だ」と言いながら粕取焼酎に酔っているのに対して、「男」は「清酒を飲まずに代用焼酎で我慢しようという精神は悪い精神だ」と言い、「軽蔑したように鼻を鳴ら」している。

つまり「男」の行動や発言には、自分の本当の気持ちに反した、ある種の虚栄心が認められるのである。善行に努めていた頃の「男」は、「闇屋に落ちるには俺は良識や教養があり過ぎ」だと「漠然と己惚れていた」。会社では「適度に出世し皆からも好かれた」。「男」は「眉の濃い鼻筋の通った良い顔」であり、知的な雰囲気を漂わせている。学歴も有した、一応の知識階層と見て差支えあるまい。

「男」の喜びのない善行や虚栄心は、「男」がこのような〈インテリ〉であることと決して無関係でないだろう。そして「偽者」と言われる所以もこの辺りに存するのではないだろうか。

梅崎春生が「蜆」と近い時期に著した短編「虹」（昭和二十二年九、十月合併『新文芸』）を見ると、先生の温情に寄生し、翻訳の下請けで金を得る主人公の「私」が、その自分の生活について次のごとく語っている。

> 私が闇屋にならなかったのは私の小市民的な虚栄に過ぎないことが近頃私には判り出していた。私はそれを自分の人間的な矜持と思っていたのだが、やはり金がほしくてうずうずしている癖に闇屋をさげすんでいる勤め人や学者と知合いになるにつけ、私ははっきりと私の醜悪な像を彼等の中に見たのだ。学問に関係がある仕事、飜訳の下請けをそう考えることが自分への胡麻化しであることは、とうに気付いていた。贋の感情の上にでなく、自分の力の上で生きて行く生活を私は近頃切に欲する気持になっていた。

自ら「贋の感情」と呼ぶ、この「虹」の主人公の内面は、そのまま「蜆」の「男」に当てはめられよう。「虹」の主人公も、「蜆」の「男」も、学問と関わり、「良識や教養」を持つが故に闇屋をさげすんで自分を胡麻化し、虚栄心を抱いた「偽者」と言える。中でも「男」の場合は、善そのものが目的でなく、虚栄心を満たすために、喜びのない〈偽物の善〉に努めていたのである。

以上より、「蜆」を発表した当時の梅崎春生は、「良識や教養」を「偽者」を生み出す要因と捉え、一般には評価されるべき知識階層に対して、否定的な見解さえ抱いていたと言うことができる。

一―(3)〈釦〉と〈蜆〉――その象徴的役割――

次に〈蜆の啼声〉について考察したい。

古閑章は先掲の論文で、「リュックの中の蜆」は「満員電車の国民の姿」と重なり、「その一人一人のつながりのなさに群集の孤絶した虚無観」が表されていると記す。そして「蜆の鳴き声は、非人間性の極致を具象する音」であり、「エゴイズムの視点から人間を捉えなおす認識法を男に示」すものだ、と論じている。

「蜆」をエゴイズム肯定の小説と捉える上で古閑の考察は的確であり、筆者も異論はない。しかし古閑は〈蜆の啼声〉を「非人間性」と捉えているが、さらに踏み込んで、それが「蜆」という小動物の声であることに本論では注目したい。「良識や教養」という人間性を備えているはずの「男」においても、時としてそれとは異なる方向、つまり動物的な姿を表す側面があり、そのような「男」の姿にこそ、〈蜆〉とその〈啼声〉をより深く読み解く手掛かりが存するからである。

例えば「僕」に外套を与えたものの、実際は寒くて仕方がない「男」の本心を表すために、「鶏の皮のように粟立った男の頸」が描かれている。また「男」は「僕」から無理やり外套を取り返す際、「僕」から「追剥」と言われ、自らが良識ある善意の人物であることを否定せねばならない状況に追い込まれたが、その時の辛い気持ちが「男の声は矢張り傷ついた獣のように苦しそうだった」と描写されている。いつもは虚栄心を窺わせる「男」であるが、苦しい状況にあって、思わず隠されていた本音が表れた瞬間には、鶏や獣のごとく動物的な姿を見せているのである。

「蜆」において、この種の表現は、「男」の他にもいくつか散見される。例えば満員電車から転落死するおっさんの姿が「獣の鳴くような声を鋭く残して、疾走する車体の外へぶわぶわと落ちて行った」と表され、「芋虫のように転げ落ち」たとも記されている。また「男」の目に映った船橋が「誠に侘しい町」で、そこを行き交う人々がみな「水から引き上げられた犬みたいに険しい惨めな眼付」であったと記す個性的な比喩を見ることもできる。〈蜆の啼声〉もこのような表現の一つとして捉えられよう。

つまり終戦から間もない荒廃した社会の中で露わにされた日本人の動物的な姿が、小動物である〈蜆〉によって表現され、所詮は生物の一種に過ぎない人間の悲しい叫び声が〈蜆の啼声〉(5)として表されているのである。

梅崎春生は文壇デビュー以前に発表した短編「微生」（昭和十六年六月『炎』）で、人間より動物がむしろ本物の考えを早くも表し、「蜆」と同時期の短編「贋の季節」（昭和二十二年十一月『日本小説』）においては、人間は洋服を着た猿に過ぎないと捉えていた(6)。「蜆」もこれらの想に連なる小説の一つと言えよう。本来なら人間が持つべき「良識や教養」を「偽物」と見做した上で、人間も所詮は動物に過ぎないことを認識し、それを心して生きていくべきことがこの小説には主張されているのである。従って「男」の告白中の「俺達が生物、、、である以上生き抜くことが最高のこと」だとの発言も、このような梅崎春生の人間観の表れである。そこには「生き抜くことが最高のこと」と記す後半部分で、エゴイズムの肯定が確かに認められる。しかしそのエゴイズムは人間が「生物である」ことの認識を前提に初めて肯定されるのである。いささか単純すぎるようにも思える梅崎春生の人間観であるが、常識を逆転させたところに新しさがあり、終戦直後の荒廃の中では、力強い説得力を持ち得たのは確かであろう。

ここに来て、〈釦〉と〈蜆〉の交換が意味するところも、もはや明らかである。「男」は釦を失った代わりに蜆を手に入れ、自らが生物として生きるべき認識を得た。闇屋になる勇気は、それ故に持つことができた。従って〈蜆〉は「男」にその生物である認識をもたらしたものであるのに対し、〈釦〉は「男」が失った「良識や教養」に基づく〈偽物の善〉と言える。胸の釦を一つ剝取られた外套を着ていた「男」の様子が、「僕」の目に「何だか誠に落着いたふう」に映っているのも、〈釦〉とともに〈偽物の善〉を失い、〈蜆〉によって生物として、闇屋になって生きる勇気を得た「男」の心の内が、表情や身振りの形で表に現れていたからである。また物語の末尾で取れかかっていたもう一つの釦を「僕」が引きちぎるのは、わずかに残っていた「男」の〈偽物の善〉が完全に処分されたことを暗示しよう。さらに「男」の外套を貰った「僕」が、「指で釦をまさぐり」つつ、「この釦は面白い形だな」と口にしているのは、「男」の〈偽物の善〉が「面白い形」だと思った「僕」の遠回しの感想だと読むこともできる。そして〈釦〉と〈蜆〉が象徴として用いられたそのこと自体に「蜆」という小説の表現の独自性を読み取れるのであるが、それについては後で記す。

二　黄色への嘔吐感――梅崎春生の身体感覚――

「蜆」を執筆した当時の梅崎春生に目を向けてみよう。

例えば「蜆」の登場人物である「男」と「僕」を作者は如何にも対照的に描いている。「男」が「良識や教養」を持ち、自分を抑えた行動を取るのに対して、「僕」はしばしば大酒を飲んで酔い潰れ、本能そのままという趣である。これはもちろん、この小説のモチーフを強調するための人物造形と言える。「僕」のごとき人物が「男」を「偽者」と見做すことで、闇屋になる勇気を得ていく「男」の心境の変化が効果的に表されるのである。

しかし、このような「僕」と「男」の人物像は、どちらも作者自身の姿が色濃く投影された結果であることにも注意しなければならない。梅崎春生は「僕」のごとく如何にも大酒を飲む人物であった。同時に梅崎は東京帝国大学を卒業した職業作家であり、「男」と同じ〈インテリ〉に明らかに属していた。従って梅崎春生は自らが持つ二面性を「僕」と「男」に分けて描いたのである。

だとすれば、さらに注意すべきなのは、「男」と「僕」を対比させる形で、梅崎春生が自分の中にある知性の方をより否定的に描いていることである。「微生」に見るように、梅崎春生は、もともと人間より動物を本物と捉える発想の持主ではあった。そのことに加えて、梅崎は戦争体験を通して、人間の知性のもろさと動物的な側面を痛感したらしいのである。

昭和十九年六月から終戦まで海軍の応召兵として過ごした梅崎春生は、例えばエッセイ「世代の傷痕」（昭和二十二年八月『新文芸』）で、自らの従軍中に「飢に堪えかねて教授が残飯をぬすむのも見たし、員数を揃えるために洗濯物を牧師が泥棒した話も聞いた」と記している。また「人間回復」（昭和二十三年一月『文学新聞』）と題するやはりエッセイでは、戦時中の非倫理的な出来事が「私と関係のない人獣の仕業であると私は思わぬ」と記しつつ、「われわれはもはや市民ではなく、人類である」と表現し、人間も獣の一種だと訴えている。さらに自身の軍隊生活がモデルとおぼしき私小説風の短編「埋葬」（昭和二十三年一月『早稲田文学』）には、「学校出」の兵隊が「卑小なエゴイズムからくる冷たさ」を共通して持ち、その「学校出のいやらしさ」は「私のいやらしさに外ならなかった」とも書いている。戦時中に植えつけられた梅崎春生の人間観、ことに自身をも含めた知識階層の弱さ、卑しさへの認識が、「蜆」に強く反映されているのは間違いない。

さらに興味深いこととして、そのような梅崎春生の人間観が、「蜆」においては、執筆当時の作者の身体感覚と結びついて表現されていることに言及したい。〈釦〉と〈蜆〉が表す象徴性について、以下に改めて考察したいのである。

先に〈釦〉について、それが黄色に描かれている意味を考えねばならない。黄色は、梅崎文学において、しばしば嘔吐感と併せて表現されているからである。

梅崎春生は、例えば短編「紐」（昭和二十二年六月『新小説』）で、留置場に拘束された主人公鬼頭の感慨について、「鉄格子から覗いた巡査の黄色い顔が、嘔きたくなるようなどぎつい鮮かさで彼の瞼のうらに浮び上って来た」と記している。また「贋の季節」では、猛暑の中での主人公「私」の胸中を、「埃の街道を小うるさく行き交う荷馬車の響きが耳におちて、荷曳きも馬も嘔きたくなるような黄色い麦藁帽をかむっているのが何とも目に沁みた」と表現している。これらの中に置いて「蜆」の〈黄色い釦〉を捉え直すと、そこに象徴された「良識や教養」に基づく〈偽物の善〉が、嘔吐感を催させる否定すべき対象であることを、その黄色によって表しているのが見えてこよう。

ちなみに「蜆」には直接釦が出てこない場面にも、意味ありげな黄色が登場する。先にも少し触れたように、悪事が発覚した老人を「男」は何の喜びもなく送ってやるのであるが、その際に老人から「黄色い歯」を見せられ、嘲笑されている。その後で「男」は「酒のせいか」と思いつつも「嘔きたい気持」にさせられているのである。釦と同色である老人の「黄色い歯」を見て、「男」は自分の善が「偽物」だと気づかされたのであろう。しかもこの時「男」は老人を喜びもなく送ってやりながら、「善いことのみを行え。悪いことから眼をそむけろ。困った人を見れば救ってやれ。人に乞うな。人から奪うな。人にすべてを与えよ。」との、いわば六つに分けた善行を自らに誓っていた。釦が「黄色」であるのに加えて、「六角形」にも表されているのは、「男」の「偽物の善」が、この時の六つの誓いに集約されていることを密かに示していようか。

梅崎春生は「蜆」から約一年半後に短編「黄色い日日」（昭和二十四年五月『新潮』）を発表し、黄色に関わる嘔吐感をより直接的に、しかもその原因と併せて表現している。その小説において「彼」は最近「身体の機能の狂いを自覚し」、風景が「どことなく黄色い光を帯びて」目に映り、食欲も減退して、夕食のシチューには「いきなり嘔吐がこみ上げてくる」状態にある。やがて「皮膚のあちこちが、しきりに痒」くなり、顔色が「おそろしく黄色くなった「彼」は、自分が「黄疸」に罹っていると気づかされる。

昭和四十年七月十九日に逝去した梅崎春生の死因は「肝硬変」(7)であった。これより先に梅崎は「うつ状態―不安神経症状」の治療のために入院しているが、受持医の廣瀬勝世によれば、その症状には梅崎の「アルコール嗜癖」が強く影響し、「肝機能の障害も認められた」(8)そうである。従って「黄色い日日」で「黄疸」に冒されている「彼」は作者自身の反映と見て間違いない。海軍応召中も隠れて燃料用アルコールを飲んだ(9)という梅崎春生であるから、正確な時期は定かではないが、かなり早くから、大量の飲酒の影響で肝臓に異常をきたしていたものと推察される。廣瀬勝世の推測によれば、梅崎春生には大学生時代より「うつ状態から逃れるために酒に溺れた結果のアルコール幻覚症」(10)があったらしい。

梅崎文学において、黄色が嘔吐感と併せて表現される傾向にある所以は、このような作者の身体的な状態に求められよう。黄疸を伴う肝障害によって梅崎春生の表現意識の中に、黄色に対する嫌悪感が自然にもたらされていたのである。

一方、梅崎が〈蜆〉という象徴を用いた理由について。実はこの答えも同じ場所に存している。

蜆の味噌汁は古くから黄疸を治すと言われてきた。今日では、蜆に含有される成分により、肝臓の機能は高まることが科学的にも証明されている(11)。梅崎春生もその蜆の効用をよく知っていたに違いない。「黄色い日日」の「彼」も、友人から「蜆の味噌汁をのむ」ようにすすめられ、「三度三度蜆汁をの」んでいるからである。加えて、この小説には、「笊の蜆」が「台所の流しの上で、一日中チイチイと鳴いていた」との一節も見られる。後に梅崎は長編「つむじ風」（昭和三十一年三月二十三日〜十一月十八日『東京新聞』）にも「シジミの味噌汁」を登場させ、主要人物の一人、圭介に「シジミを食べないのかい。これは肝臓にいいんだよ」と言わせている。

かくて「黄六角の釦」と引き換えにリュックの蜆を手に入れるその象徴性が、また違った意味を持って見えてきたであろう。人間の知性を否定し、動物性への認識を主張する作者独自の人間観がそこには表されつつ、奥には肝障害による黄疸を蜆によって治療せんと欲する梅崎の身体が潜んでいたのである。しかも、病に起因するその感覚こそが、この小説の表現を高めていることに注意されたい。

小説の創作はその本質において、あくまで作者の知性に拠り、梅崎春生もそれは同じである。従って「蜆」に描かれた人間観は、作家の創作行為そのものと矛盾する部分を持つ。もしそれが作者の観念としてのみ描かれたのであれば、いささか説得力を欠く危うさがあった。ところが「蜆」の場合は、梅崎の人間観に作者の身体的な欲求が、言い換えれば動物の本能にも似た鋭い感性が結びついていた。そのことでモチーフが裏付け強化され、高まりながら表現されたのである。

つまり観念のみに頼らず、自らの身体感覚までをも表現に結びつけていく梅崎春生の創造のあり方が、このようなモチーフに感応し、より効果的に表現し得たことで、「蜆」はすぐれた一作として成り立つに至ったのである。

おわりに

梅崎春生は昭和二十二年六月に発表した「文芸時評[12]」で、当時連載中であった埴谷雄高の「死霊[13]」を「奇異な感じにとらえられる」作品として取り上げている。「思想の形成を現実の肉体で手探りする過程が小説」であるのに、

『死霊』の作中の人物は、埴谷氏の頭の中に住んでいるだけ」であるため、この小説は「理解するとしてもそれは頭だけで、肉体をもって共感出来ない」と評しているのである。また梅崎は同じ「文芸時評」の中で、やはり当時断続的に発表されていた伊藤整の「鳴海仙吉」[14]を評して、「頭で強引にねじふせようとするから無理が出」た小説だとも書いている。

観念的な哲学小説とも言われる「死霊」と、理論的な知識人小説とも言われる「鳴海仙吉」に対するこのような梅崎春生の見解は、意識的であったか否かはともかく、その約半年後に発表される「蜆」のモチーフと創作姿勢を表明していると取れなくもない。梅崎にとって小説とは、「頭の中」だけにあるのでは決してなく、「現実の肉体で手探り」しながら創作し、「肉体をもって共感」できるものでなければならなかった。そしてその梅崎の考えを実践してみせた一作が「蜆」であったのである。

「良識や教養」よりも人間の動物性を認識していくそのモチーフが、作家の内なる感性と相俟って表現されたと言うべき「蜆」は、梅崎春生の創造のあり方を示しつつ、戦後文学におけるその独自性を象徴するかのようである。

注

（1）第二章第二節「『蜆』ノート」

（2）第二章第六節「短編小説」

（3）「蜆」には「偽者」、「偽物」、「贋物」の三つの表記が見られる。「偽者」は「男」の人物を指し、「偽物」は「男」の「今まで赴こうと努めて来た善」を指す。対して「贋物」は、「僕」から「追剝」と言われた際に「男」の身体を奔り抜けた戦慄が「擬似の戦慄」であったことを表す。「偽」は人偏を含み、人間による〈いつわり〉の意味を持つが故の使い分けと言えよう。

（4）本論の主旨からそれるが、象徴的な役割としては「外套」も重要である。「男」は「僕」から無理やり取り返した

「外套」を着た時に、「贓品を身につけている」との思いから、「外套が鎧のように厚ぼったく頼もしく感ぜられた」。また物語の末尾で闇屋になる決意を固め、「外套」を売払う際には、「俺もこんな鎧は必要じゃない」と述べている。つまり「男」が闇屋になる勇気を得るために必要な「鎧」として「外套」は表されている。

（5）梅崎春生は「蜆が鳴いていたのだ。／蜆が鳴くことをお前は知っているか」と書いた上で、さらに「幽かにプチプチと啼いていた」「俺はその啼声にじっと聞き入っていた」と表す。つまり「なく」の表記を前後で改め、二種類用いている。先に蜆の声を動物の〈鳴声〉として表し、その後人間の〈泣声〉の意味を含ませ「啼声」へ改めていると言えよう。

（6）例えば「微生」では、会社勤めに「倦怠を覚え始めた」「私」が動物園の動物たちの姿を想像し、「偽者ばかりがうろうろしている此の世界の中で。あの鳥や獣たちだけが、真実の姿をしているのではないか」との感慨を抱いている。また「贋の季節」には、解散の危機に瀕した曲馬団が集客のために芸のできない老猿に洋服を着せて舞台に立たせようとする顚末が描かれ、その冒頭に「私」の次のような独白が見られる。「（前略）人間を他の動物から画然と区別する一線などというものは、各自がてんでに思い込んだ妄想に過ぎなくて、人類の祖先は猿猴類だというが、それは数百万年も前のことだと皆安心している。案外二千六百年もさかのぼれば身体の端に尻尾をつけていたかも知れないのだ」。詳しくは第一章「『微生』論―『偽』のモチーフ、国家批判と『紀元二千六百年』―」、第三章第一節「『贋の季節』とは何か―『偽者』たちによる戦争―」を参照されたい。

（7）新潮社版『梅崎春生全集第七巻』（昭和四十二年十一月）「年譜」に拠る。

（8）廣瀬勝世は著書『人生幻化ニ似タリ―梅崎春生のこと―』（平成八年十月、成瀬書房）の中で、「梅崎春生の病跡」について、「性格」「アルコール嗜癖」「うつ状態」の三点から詳しく説明し、「それらは複雑にかさなり、からみあい、劃然と区別できない部分」が「多い」と記している。

（9）「悪酒の時代―酒友列伝―」（昭和三十一年十二月『小説新潮』）などにそのエピソードが見られる。

（10）注（8）の著書に同じ。廣瀬勝世は、梅崎春生が「私のノイローゼ闘病記」（昭和三十八年六月『主婦の友』）に記した、次のような学生時代の回想を根拠にその推測をしている。「青年の時のは被害妄想を伴っていて、下宿に住んでいたが、壁の向うや廊下で私の悪口を言うのが聞える。何でおれの悪口を言うのかと女中を難詰したり、揚句の果て下宿の婆さんを椅子で殴って、留置場に一週間入れられたことすらある」。

(11) 『日本大百科全書10』(昭和六十一年七月、小学館)の「シジミ(蜆)」の項目には、河野友美の署名で次のように記されている。「シジミは健康によいといわれ、一七八七年(天明七)刊の『食品国歌』(大津賀仲安著)には、『シジミよく黄疸を治し酔いを解す。(中略)』とある。黄疸にしじみ汁がよいというのは事実で、その理由は、シジミに多く含有するメチオニン、シスチン、タウリンなどが肝臓の機能を亢進するためだと考えられている」。

(12) 掲載誌不明。

(13) 一章から四章は『近代文学』に昭和二十一年一月から二十四年十一月まで連載。長い中断の後、五章から九章を『群像』に五十年七月から平成七年十一月にかけて不定期連載。未完。

(14) 『文明』『人間』『新潮』『文芸』『近代文学』『群像』等に昭和二十一年十月から二十三年九月まで発表。

第四章　梅崎春生が描く戦後社会

第一節　戦後社会と国際情勢

Ⅰ　「侵入者」論
――戦後日本と米軍基地――

はじめに

梅崎春生の「侵入者」（昭和三十一年二月『新潮』）は、「写真班」と「植木屋」の二節から成る短編小説である。前節では主人公である「彼」の家に電気屋と写真班が現れ、後節ではやはり「彼」の家に植木屋が現れ、どちらも押し売りかペテン師のごときある種の侵入行為を働いている。

この「侵入者」について、畑有三は、主人公の「彼」は写真班や植木屋たちから「人間主体の尊厳」を侵されているが、しかし「彼」は「日常生活のなかに埋没してしまって」いる故に「自己の人間主体の疎外に対し感覚的生理的に反撥しているのみで、どこまで行っても侵入の実体についての理性的な把握を持ちえない」存在だと記す。そして「この作品のテーマは〝市民生活の崩壊〟というところ」にあり、「侵入者とは人間主体に対する一般的な侵入者すべてのことであって、社会的な機構と状況をひきくるめたところからうまれてくる個々の人間以外のなにものか、が真の侵入者なのであったとみなければなるまい」と書いている（「梅崎春生の『侵入者』」、昭和四十年十一月『國文學』)。

また和田勉は『梅崎春生の文学』(昭和六十一年十一月、桜楓社)で作者の短編小説を分類するにあたって、この「侵入者」を「市井もの」(1)として捉え、その中でも特に「私小説リアリズムに近いもの」であり、「作者の身辺雑事のことを記したと思われるもの」だと定義した。

これら二つの先行論は、「侵入者」という小説を表面的に読み取った場合、一応的を射ていると言えよう。しかし発表当時の日本の外交問題を視野に入れ、同時期に梅崎が他の小説やルポルタージュで試みた表現をも考慮に入れた場合、この小説はいま少し違った角度から捉え直せるのではないか。具体的に言えば、この「侵入者」には、国際関係が反映された、当時の日本の社会情勢を寓意した側面がある。この時期、梅崎春生がいくつか「社会諷刺の小説」を手がけていたことは日沼倫太郎によって指摘されているが(2)、この「侵入者」も、そのような小説の一つだと言い得るのである。

一　自分のものと自覚できない「家」、「中継地」にされる「庭」

「写真班」では、「彼」の家に「ずっと前の日曜日、見知らぬ電気屋がやってきて、なかば強制的」に「玄関のブザー」を「取りつけて行った」。そして物語の現在である「日曜日」にも「金融公庫住宅資料調査社写真班・多々良太郎」を名告る男と「肩から重そうに大きな写真機をぶら下げている」男の二人が現れて、この家には「撮影される義務」があると言い、強引に写真を撮り始める。

「植木屋」では、「彼」の家の庭に入れ替わり立ち替わり、一人とも複数ともわからぬ植木屋が現れ、樹木を植えていく。少しずつ数を増していくそれらの樹々に「彼」は次第に「雑然とした面白さ」と「興味を感じ始めていていたと気づく。しかしある時「何時の間にか売られて行く樹々の中休み場所」つまり「中継地」として自分の庭が利用されていたと気づく。

畑有三が指摘しているように、電気屋や写真班の男たち、そして植木屋が働いた行為は、確かに「彼」の「人間主体の尊厳」を侵すようなそれであり、その意味で彼らを〈侵入者〉と規定することができる。しかし畑有三は、彼らの侵入行為を許容させてしまうものが「彼」にはあって、その結果自分で自分を傷つけてしまうという意味においては、「彼自身もまた侵入者の一人」だとも記している。すなわち「写真班」の末尾で、家の撮影に来た二人の男たちに「何か叫び出そう」とした「彼」が、「モリソバ」を「口いっぱいに詰め込ん」でいたために声を出せなかったことに注目し、日曜日の「彼」の家で食べられていたその「モリソバ」は「日常性」の象徴だと解釈する。そして先に記したごとく、「彼」は日常生活に埋没してしまっている故に、侵入の実体を把握できない存在だと論ずるのである。加えて「植木屋」でも、「彼」は庭に樹々が増えていくことに「雑然とした面白さ」や「興味を感じ始め」てしまうという、その日常生活への埋没によって、植木屋が働いた行為の実体を把握できなかったのだと分析する。

以上、畑有三の考察には、「モリソバ」を「日常性」の象徴と解釈する点において興味深い示唆がある。「彼」にそのような一面があることは決して否定できない。しかし畑有三は、電気屋および写真班たちから侵入行為を受けた理由について、「彼」が次のように自己分析していることを見逃している。

（つまりおれがまごまごと押し戻されてしまうのは――）彼はしょぼしょぼとチャブ台の前に坐り、箸をとり上げながら考えた。（つまりこちらがはっきりしていないためだ。この家がはっきりと自分のものであるという自覚、そいつがこの俺にないためだ）

「彼」はこの家を建てた際、「費用の約三分の一は住宅公庫からの借入金」で、「残余の二分の一は彼が勤めている会社からの借金で、そのまた残余の二分の一は親類や先輩からの借金であった」。そのことから、「この家が彼の所有物であるというより、自分がこの家の付属物であるような、棟木とかガラス窓とか下駄箱、そんなものと等価値のものであるような気がいつも彼にはしている」のである。

実際「金融公庫住宅資料調査社写真班」の多々良太郎も、「この家が公庫から融資を受けていること」を理由に上げ、「彼」の家に写真を「写される義務」があると主張している。「彼」に侵入行為を許容させてしまうのは、「日常性」の問題以上に、これらのことに原因を見るべきであろう。

さらに「植木屋」の節の末尾の次の文章にも注目したい。

たくさんの樹が次々にどこからか彼の庭に運ばれ、彼の庭で一休みして、またどこかに運ばれてゆく。その過程を彼はちらと脳裡に組立てていた。中継地。貯木場。その想念は彼の頭をガンとどやしつけた。ああ、俺の庭は、俺の庭みたいに見えて、俺のために樹がたくさん生えているように見えて、ただそう見えているだけのことじゃないのか。何時の間にか売られて行く樹々の中休み場所かプールになって、つまり土地をただで使われているわけじゃないかと思った時、彼は突然自分の顔から血の気がすっと引いて行くのを感じ、よろよろと濡れ縁によろめいて手をついた。

畑有三はこの文章の中から、「ああ、俺の庭は」に始まる一文と、「彼」が突然血の気を失い「よろめいて手をついた」ことの二点のみに触れ、「相手が横暴であったことを悟」った「彼」が、「その相手の横暴を自分が今まで気付いていなかった」ことをも重ねて自覚し、「二重の衝撃」を受けたと指摘している。つまり「日常性」に埋没して無防備にも「人間主体の尊厳」を侵されてしまった「彼」の衝撃の大きさをここに見ているのである。先述のごとく、「彼」には確かにそのような一面があり、それは決して否定すべき考察ではない。だが、ここでは畑有三が触れていない部分、「彼」の庭が「中継地」として用いられていた、その侵入行為の中身の方に、むしろこの小説のモチーフを読み解く鍵が隠されているのではないか。実は、この庭が「中継地」にされていた設定と、自分の家に対して「はっきりと自分のものであるという自覚」が「彼」にはない設定を併せて考えた場合、国家間の関係を踏まえつつ、当時の日本の社会情勢を諷刺しようとする作者の意図が見えてくるのである。

二　米軍基地問題への関心

「侵入者」が発表された昭和三十一年二月は、二十六年九月八日にサンフランシスコ講和条約が調印されてから約四年半後にあたる。日本にとってその四年半は、講和条約と同時に締結された日米安全保障条約の効力により、独立回復とは名ばかりで、アメリカ合衆国の強い影響下に置かれたままにあった。そうした当時の日米関係に梅崎春生が少なからぬ関心を抱いていたのは、この時期に書かれたいくつかの社会的なルポルタージュから窺うことができる。それらをいくつか見てみよう。

まず梅崎春生は昭和二十七年五月一日のメーデー事件について、「私はみた」（昭和二十七年七月『世界』）および「警官隊について」（昭和二十七年七月『新日本文学』）という二つのルポルタージュを書いている。それらで梅崎は、人民広場に入り込んだデモ隊に向けて警官隊が実弾発射し、警棒で頭をなぐりつけたことを厳しく批判し、特に後者の文章では、「警官隊の一人」が「通行中の一般市民」に向かって、「『貴様ら。この売国奴！』／という罵声を

あびせかけた」ことについて、「なんという滑稽な、そしておそろしい倒逆だろう」と感想を書いている。(3)

メーデー事件はアメリカ軍の基地駐留が継続され、再軍備も進められていく当時の国家体制に対する日本国民の反発の現れであったと言われている。(4) 警官隊の行き過ぎた取り締りに対する怒りの感情を記しつつ、梅崎自身もそうした国民の思いに強く共感させられたところがあったのであろう。梅崎はメーデー事件公判の際、証人として法廷にも立った。(5)

次いでこの後に記した二つのルポルタージュ、「保安隊航空学校見聞記」（昭和二十八年四月『群像』）と「砂川」（昭和三十年十一月『群像』）には、作者が抱いた社会的な関心の所在がよりはっきりした形で表れている。

「保安隊航空学校見聞記」で梅崎は、「ここは日本保安隊の航空学校でありながら、日本の土地ではない。米軍用地なのである」と記し、「米軍用地であるからして、建物を建てたり移動させたりすることも、一々横田米空軍の許可を得ねばならないのである。このことは、航空学校並びに一般保安隊の性格を、如実に物語っているように私には思える」と書く。

「砂川」では、米軍の立川基地拡張のため、強制測量が為された昭和三十年九月十三日について記す。その書き出しは次のようである。

砂川町に着いて先ず驚かされたのは、立川基地から飛び立つ飛行機の爆音だ。（中略）身体全体が震撼する。肩や背を揉む電気按摩器があるが、あれを内臓の内側からべっとりと当てられたように、全身がぶるぶると震撼するのだ。（中略）戦争中ならいざ知らず、戦争が行われていない現在において、ほとんど間断なくこんな爆音を聞かされるのは、ただただ奇怪という他はない。私はこれだけでも基地附近に住む人々に同情した。あなると音はもう暴力以上だ。

梅崎はこのルポルタージュにおいても、基地拡張に反対する砂川町の住民と警官隊との衝突について書いている。その中で、地元農民が「悲憤慷慨」して警官に説いた次のような言葉を引用している。

日本人が日本人に暴力をふるうとは何か。暴力をふるって土地を取り上げて、飛行場を拡げて、そして飛ぶのはどこの飛行機か。アメリカの飛行機ではないか。お前たちはアメリカのために働いているのか。俺たちからしぼり上げた税金でまかなっているくせに、俺たちのためには働かず、アメリカのために働き、俺たちを苦しめようというのか。

さらに梅崎は、土地を接収される農民の立場に自分を置き換えて考えることのできない人間たちについて、「想像力のはなはだしい不足あるいは欠如」を指摘する。そしてこのルポルタージュを次のような文章で結んでいる。

（前略）想像力欠如の最大頭目は、現在の日本政府である。いや、欠如というのではなく、政府は日本国民に対して、ひとかけらの想像力を働かせようという気持さえ持っていないのだ。こういう政府を上にいただいた我々はかぎりなく不幸であるし、その不幸がこういう砂川において最もはっきり出ているのだと私は思う。

（後略）

独立を回復したとは言いながら、米軍に基地を提供し、その拡張さえも認めてしまう。半ばアメリカの支配下にあるような当時の日本（あるいは日本政府）のあり方に、梅崎が批判的な見解を持っていたのは明らかであろう。

もっとも右に挙げたルポルタージュは『群像』編集部等の注文を受け、編集者と同行取材する形で取り組まれたようであるから、そういった意味では必ずしも梅崎の関心が強かったと言いきれない。しかし梅崎が当時の日本政府やアメリカの対日政策に批判的であったことは、同じ時期に書かれた、いくつかの小説にも表れているのである。

例えば、長編小説「砂時計」（昭和二十九年八月～三十年七月『群像』）。営利を最優先した非人間的な経営方針の夕陽養老院が登場する。その経営者の一人である某大学教授は、雇われ院長の黒須玄一に院長のあるべき姿を諭す。「あくまで在院者の味方だというゼスチュア」を見せながら、営利を追求していくべきだという意見を、次のように主張する。

「我が国の総理大臣、今の総理や先代の総理大臣、あの人たちのやり口を一度徹底的に研究してみるんだな。（中略）ことに先代の総理大臣は、すっかり国民の代表であり味方であるようなふりをしながら、実に巧みに外国にまるまる奉仕したからな。あの巧妙な手口を是非院長も学ばんけりゃならんよ」

「今の総理」は鳩山一郎、「先代の総理大臣」は吉田茂を指す。夕陽養老院の悪徳経営を浮かび上がらせるためでありつつも、彼らへの批判も窺われる発言と言える。しかも右の台詞の後で作者は、同じ某大学教授に「とにかく何かをやろうとする場合（中略）先ず事実をつくってしまうんだ。（中略）既成事実さえ出来れば、理屈や弁解はあとからどうにでもつくもんだ。自衛隊なんかがその一等好い例だね」とも言わせているのである。

長編小説「つむじ風」（昭和三十一年三月二十三日～十一月十八日『東京新聞』）にもこれと同傾向の表現が見られる。主な登場人物の一人である猿沢三吉と妻ハナコとの会話の中で、アメリカが無断で行った核実験が話題に上り、さらに二人は次のような言葉を交わす。

（注、三吉）「一体アメリカの奴は、日本を何と思っているんだろう。日本の政府も全くだらしがないな」

「ほんとよ。今の政府なんて、アメリカ旦那のメカケみたいなものよ」

ハナコも激昂の気配を示した。

「まるでメカケみたいに、へいこらして、言いなり放題になってるのよ。沖縄問題にしたってそうでしょ。腹が立つったら、ありゃしない」

三吉は実は妻に隠れて女子学生を妾に囲っている。ハナコがたまたま「メカケ」と口にして、気を動転させる三吉の姿がこの後ユーモラスに描かれている。従って右の会話はそのユーモアを引き出すのが第一の目的である。だが、アメリカの言いなりのごとき日本政府に対して、梅崎は「激昂」する思いを持っていたからこそ、このような表現が為されたのも確かであろう。

「つむじ風」にはもう一点、注目すべき会話がある。これも主要登場人物の一人である浅利圭介が失業したばかりに、気の強い妻ランコから部屋を納戸に移される。おまけに部屋代と食事代まで請求される。そんな妻のやり方に対して、相手を「おばはん」と呼んで抗議する圭介と、それに応じるランコとのやりとりが次のように記されている。

（注、圭介）「（前略）こちらの弱味につけこんで、巧妙にたたみかけてくる。おばはんのやり方はまるでアメリカ的だ。すこし侵略的にすぎるぞ」

（注、ランコ）「おや、何時侵略しました？」

「したじゃないか！　沖縄は返さないし、富士山は取り上げるし、砂川町や妙義山……」

「アメリカのことじゃありません！」

　ランコはまた畳を引っぱたいた。

「あたしのことよ。あたしが何時侵略したかというのよ。（後略）」


　夫婦喧嘩の滑稽さを描きつつも、基地問題を始めとするアメリカの対日政策について「侵略的」とさえ思っていた梅崎の批判が明白に表れている。「砂川町」とはもちろん先のルポルタージュに見る立川基地であり、「富士山」(6)や「妙義山」(7)も、ともにアメリカ軍から演習場や基地として取り上げられた土地を指している。

　このように梅崎春生は、あくまで別の話題を深める材料としてではあるが、当時の日米関係に対する自らの見解をこれら二つの長編小説においても書いていた。そしてそのような作者の関心が「侵入者」には、より主要なモチーフとして、寓意という方法を用いて表されているのである。

三　アメリカ合衆国という〈侵入者〉

　公庫の融資を受けている故に「この家がはっきりと自分のものであるという自覚」を「彼」は持てず、それ故に電気屋や写真班の侵入行為を許容してしまう。この設定は、まさにアメリカの半支配下にあって、国土が自分たちのものだという自覚をもてない日本国民、そしてアメリカの不当な要求に従い続ける日本政府を想起させる。また「俺の庭は、俺の庭みたいに見えて、俺のために樹がたくさん生えているように見えて、ただそう見えているだけのこと」であり、実際は「売られて行く樹々」の「中継地」にされていたのだと「彼」は気づいた。これは〈日本防衛のため〉という建前において、日本の国土を軍事基地としてアメリカに提供しながら、実際は、その基地がアメリカの軍事戦略に利用されている、日米安保条約下の日本を彷彿させる。昭和二十五年六月から二十八年七月にかけて朝鮮戦争が行われた際、日本の国土はアメリカ本土から朝鮮半島へ派遣される米軍の「中継地」として確かに用いられていたのである。

細部にも目を向けてみよう。日曜日に「茶の間でモリソバをたいらげていた彼」は「玄関のブザーが重苦しく鳴り響いた」のを耳にして、「心臓をどきんとさせ」る。そして「どうもこのブザーの音は心臓にひびく」と思っている。梅崎は先に触れたごとく、「立川基地から飛び立つ飛行機の爆音」について、ルポルタージュ「砂川」で、「身体全体が震撼する」とか「全身がぶるぶると震撼する」と感想を記していた。電気屋が半ば強制的に取り付けていったその「玄関のブザー」の音は、住民から強制的に取り上げた土地を基地にして飛び立つアメリカ軍の飛行機の「爆音」を暗示しているのではないか。

「彼」の家の写真を撮るという、二人の男たちの行為についても、やはり米軍基地に関わる問題を、具体的にはこれも梅崎自身が取材を通して立ち会った、立川基地拡張のための「強制測量」を表した気配がある。二人の男のうち、「大きな写真機」を肩からぶら下げている男は、測量中に現地の写真を撮る人物、つまり米軍および日本政府から送られた強制測量の担当者を表していよう。そして多々良太郎という、「彼」の家の撮影を強引に始めさせた男は、強制測量に抗議、抵抗する住民たちを押さえつける、「警官隊」の表現であろう。「金融公庫住宅資料調査社写真班」の肩書きを持つ多々良であるが、「これは住宅金融公庫の、外郭団体か何かですか?」と言う「彼」の質問に対して、「外郭団体ではありません!」と強く答えている。本来日本の警官隊は米軍基地の外郭団体ではない、しかし外郭団体同然の働きをしていることに重なるのである。また多々良は「彼」に向かって、「あんた自身には写される義務はないですよ。（中略）何故かと言うと、あんたはまるまるあんただからだ。ところがこの家はそうではない」とも言っている。この台詞は日本国民の存在や意志とは無関係に、日本の国土を基地として使用するアメリカのやり方を婉曲的に語っていよう。さらにこの「写真班」では、「彼」の家が「たかが十四五坪程度のコマギレ住宅」で玄関も「小さ」く、「植木屋」では、その庭が「猫の額のよう」だと記されている。これらは言うまでもなく、日本の国土の狭さと通じるのである。

最後に畑有三が「彼」の「日常性」の象徴だと指摘していた「モリソバ」について。これは畑有三の解釈をそのまま当てはめ、日本国民の「日常性」と捉えてさして問題はない。ただ、この「モリソバ」は家の撮影の際に「公庫住宅写真集にモリソバがうつっていては具合が悪」く、「目ざわりだ」という理由でどけられている。畑有三はそこに「彼」のもとから奪われた「日常生活の自由」を見ているが、より踏み込んで捉えれば、米軍基地の存在やその拡張のために奪われた日本人の〈平和、平穏な暮らし〉と言い換えられよう。

かくて「侵入者」は、対米関係に支配された、当時の日本の社会情勢を寓意した諷刺小説と見做すことができる。そのモチーフは、発表当時にとどまらず、平成の現在まで見通していたと言えよう。主人公の「彼」は日本国民を、「彼」の家は日本の国土を象徴している。そして「彼」の家に訪れる〈侵入者〉たちは、畑有三が記したような抽象的な解釈にとどまらず、日本の国土に軍事基地を持つアメリカ合衆国の暗喩なのである。

おわりに

もともと梅崎春生は「桜島」（昭和二十一年九月『素直』）で文壇に登場し、いわゆる「戦後派」と称された作家であった。「侵入者」はその「桜島」から約十年後の作品にあたる。

「戦争もの」[8]と呼ばれる「桜島」は、梅崎が自らの軍隊体験を素材に書き上げた小説と言われる。一方「侵入者」は、和田勉が「市井もの」に分類したように、一見「桜島」と大きく異なるモチーフを表すかと思える。しかし「侵入者」は、ただ「作者の身辺雑事のこと」を「私小説リアリズムに近い」形で記しただけの小説でない。梅崎が見聞した米軍基地問題を柱に据え、日本社会を諷刺的に表しているのである。従ってある種の〈戦争〉を描いたそのモチーフにおいて、「侵入者」は「桜島」と通じ合うところも認められよう。

文壇デビューから十年を経て発表された「侵入者」は、戦後派作家の梅崎春生における手法の変化とモチーフの発展を窺わせる一作と言い得るのである。

注

（1）第二章第六節「短編小説」参照。「侵入者」は、新潮社版『梅崎春生全集』では、「『市井事もの』の系譜」を集めた第三巻（昭和四十二年一月）に収録されている。

（2）日沼倫太郎は「梅崎春生論」（昭和三十二年十月『新日本文学』）で次のように書いている。「いったい『春の月』や『凡人閑居』を寓意小説もしくは比喩の文学として読まない人があるだろうか。『凡人閑居』が当時喧伝された鹿地事件を暗示していることはいうまでもない。また、『雀荘』はひさしをかして母屋をとられる式の、植民地化問題のパロディとして書かれたものであろう。これらの作品に、氏の〈社会的〉関心をよみとることはさして困難ではない」。さらに日沼倫太郎は「彼がアレゴリックな社会諷刺の小説を手がけた理由」として、その当時の「社会的状況」に梅崎が「つよく刺激されたこと」と「彼自身のニヒリズムの性格」とを挙げ、またその諷刺（比喩）の特色として「作品の構造の底辺、もしくは、作者の意図を読者に窺知せしめまいとする」ための、ある種の「韜晦」として為されたものであると指摘している。なお和田勉は『梅崎春生の文学』（昭和六十一年十一月、桜楓社）第二章第四節「『ボロ家の春秋』の周辺」で、作者が「この時期、諷刺小説に関心を示していたこと」を認めつつも、「梅崎の意図したかもしれない諷刺」は「市井物（隣人物）の延長にある為」に「かえってその鉾先を表面から隠してしまうのであり、寓話としての説得力に欠けるという意見も出てこよう」と記している。これは日沼倫太郎の言う梅崎の「韜晦」をやや否定的に捉えた解釈と言える。

（3）梅崎春生は「私はみた」で「最初に暴力をふるって挑発したのは、明かに警官側であり、『組織された暴徒』とは、デモ隊のことではなく、完全武装のこれら警官隊であった」と記す。さらに「警官隊のやり方」は「非人間的過ぎ」で、「たとえば無抵抗の人間を警棒で殴って負傷させ、その被害者たちを、怪我しているという理由だけでもって逮捕するなど、言語道断のやり方である」と批判している。また「警官隊について」では、「隊長らしい者の命令一下、すさまじい喚声をあげて、警棒をふりかざして、おそいかかってくる」その警官隊のやり方は、「軍隊の突撃の要領とまったくそっくり」だと記す。そして「鉄カブトと制服を捨てれば、ふつうの若い青年なんだろうに、そういう青年たちを、こんなに残虐な非人間的な方向に押し進めたのは、誰か」と疑問を投げかけている。

（4）「第二十三回メーデー宣言」（昭和二十七年五月一日）には、次のような文章を見ることができる。「ここに第二十三回メーデーを行うにあたり、日本労働者階級の名において宣言する。／いまや、われわれは、平和と自由と民主主義とそして民族の運命を決する重大な危機に直面している。即ち、全世界の国家と友好関係を樹立したいと欲する期待に反し、国際情勢の緊迫化とともに完全独立を希う日本にとって不当極まる行政協定が押しつけられ、わが国は屈辱と隷属の道を転落しつつある。（中略）再軍備反対！　民族の独立を闘いとれ！（後略）」（引用は『大系日本の歴史15　世界の中の日本』〈平成元年六月、小学館〉に拠る）。

（5）梅崎春生は「メーデー公判二七九回法廷」（昭和三十一年三月二十日）および「同二八〇回法廷」（昭和三十一年四月六日）でそれぞれ証言した（新潮社版『梅崎春生全集第七巻』〈昭和四十二年十一月〉「年譜」に拠る）。

（6）青島章介・信太忠二『基地闘争史』（昭和四十三年十二月、新報新書）Ⅳ章「基地闘争の歴史と現状」の「北富士」の項には、次のように記されている。「富士山北山ろくの山林原野」に「戦後、アメリカ第一騎兵師団が進駐、演習を開始したため地元民の立入りは禁止された。当時は接収命令もないままに演習が行なわれる、という無茶苦茶なものだった」。

（7）同じく「基地闘争の歴史と現状」の「妙義」の項には、次のように記されている。「昭和二八年二月、在日米軍が日本政府に対し、上毛三山の一つ群馬県妙義山に山岳冬期学校を設置したいとの提案をし」、「在日米軍の意向を受けた調達庁は在日米軍を伴ない四月に現地臼井、坂本町を訪問し協力を要請した」。その結果「基地に反対する農民、労働者」の「激しいたたかい」が起こり、昭和三十年の「一月二〇日から三〇日まで続いた強制測量」に対する「阻止のたたかい」では「一〇数名の負傷者」が出た。

（8）　和田勉は『梅崎春生の文学』第二章第一節「『桜島』論」で、「『桜島』は戦争文学の先駆として戦後文学を代表するものであり、梅崎の戦争小説の中でも屈指の作品であろう」と評している。「桜島」は、新潮社版『梅崎春生全集』では、「『戦争文学』の系譜」を集めた第一巻（昭和四十一年十月）に収録されている。

Ⅱ 「ボロ家の春秋」論
――東西冷戦、朝鮮戦争を背景に――

はじめに

梅崎春生の「ボロ家の春秋」（昭和二十九年八月『新潮』）は、築三十年以上経過したアバラ家に偶然同居することになった二人の男たちが、さまざまな騒動を起こす物語である。いかにもユーモラスなこの小説について、これまでその寓意性、諷刺性の有無に関する論議が繰り返し為されてきた。

まず発表から間もなく、佐々木基一、臼井吉見、阿部知二の三名による「創作合評」（昭和二十九年九月『群像』）で、佐々木が「結末の方になると、なにか寓意みたいなところがあ」って「日本の左翼政党とかあるいは民主的団体なんかの内輪争いみたいなものを寓意したんじゃないかというふうに考えた」と述べた。しかし臼井は「まさか寓意ではないだろう」と言い、阿部は「作品としてはそういう意図がないのがこの場合正しいと思う」と述べ、ともに佐々木の意見を否定している。

次いで中井正義は『梅崎春生論』（昭和四十四年七月、虎見書房）の中で、他人に対して「無抵抗」な二人の男たちの関係のあり方に注目し、主人公の「僕」は日本を表していると指摘した。そして「日本人気質への『憎悪』が底に流れ」、「日本の宿命的な悲劇、日本民族への絶望を諷刺した」小説だと論じ、肯定的に評価した(1)。

さらに和田勉は『梅崎春生の文学』（昭和六十一年十一月、桜楓社）の中で、「ボロ家の春秋」を「市井もの」に分類した上で、梅崎が「この時期、諷刺小説に関心を示していたこと」を認めつつも、「社会的な側面を考慮に入れての諷刺と捉えるには（注、「ボロ家の春秋」は）曖昧」だと記し、中井の論とは異なる見解を出した(2)。

梅崎春生がこの小説で諷刺を狙ったか否か、結論としてその意図はあったと言うべきであろう。しかもそれは、佐々木基一や中井正義が述べたような、日本の有様に関する寓意でなく、発表当時の国際情勢にまつわる諷刺であろう。もっともその諷刺性は、和田勉が記すように、見方によっては「曖昧」で、必ずしも作者が正面から取り組んだ表現とは言えないかもしれない。がしかし、それについてここで問う必要はない。諷刺の程度の強弱は、各自の主観に委ねるところが大きいからである。むしろ市井の日常を描いたその物語の裏側に、より大きな諷刺性を積極的に読み取っていくことで、この小説をいま少し奥行きのある作品として捉え直すことが可能になり、ひいては梅崎春生の評価を見直すことにもつながるのではないか。以下、少し考察する所以である。

一　「意地」の張り合い

語り手兼主人公の「僕」はスリの被害に遭った不破数馬を助けたことがきっかけになって、不破夫妻が暮らすボロ家の一部屋を間借りする約束をした。家賃は月に五百円という安さ、しかし権利金は四万円という高額での契約だった。ところがそれから一週間後、不破夫妻は赤穂まで先祖の墓参りに行くとの理由で「僕」から二千円借り、そのまま失踪してしまう。代わりに「僕」の前に現れたのが、顔中に疣のある男、野呂旅人であった。野呂は不破から十四万円で家を買い取る契約をし、四万円を手付けとして支払ったと言う。結局「僕」と野呂はボロ家で同居することになった。板の間を挟んで、「東側」の四畳半が「僕」の部屋、「西側」の四畳半が野呂の部屋である。加えて、二人が出会ったその日、「僕」と野呂の前に陳根頑という肥った台湾人が現れる。陳は自分も「不破君に十八万円の貸しがあ」ると言い、「被害者同士として、いろいろ対策を立て」ようとの理由で、自分が経営する中華飯店「タロコ亭」に二人を招待し、大いに御馳走をふるまう。そしてあやしげな老酒をさんざん飲ませ、躁狂気味にさせて油断させたところで書類に署名、捺印させる。「僕」と野呂は未だ不破の名義であるはずのボロ家について、陳を家主として家賃四千円を毎月支払う不当な契約を結ばされてしまったのである。しかも、金の取り立てには、陳の手下で、少林拳法の名手である孫伍風が来るので、二人は支払いを逃れられなくなってしまった。

「僕」と野呂は以上のようないきさつを経て、また不当な条件を呑まされた上でボロ家に同居生活を始めるに至った。「僕」と野呂は同じ不破数馬から当時としては高額な金を騙し取られた「被害者同士」であり、しかも陳根頑から二人してやはり金銭上の騙し討ちに遭った関係にある。ボロ家での「僕」と野呂の暮らしぶりを描きつつ、梅崎は簡単に騙されてしまう人間の姿を、その人物同士の関係を表そうとしたとまずは解釈できる。

実際、野呂の人物像は「僕」の目を通して、「頭も切れる方じゃな」いとか、「鈍感な男」であるとか、「マヌケ」だとか、「蒙昧な男」だとかいった具合に描写される。いかにも騙されそうな男であることが繰り返し強調されているのである。また「僕」については、物語の終盤に次のようなエピソードが記されている。

野呂は密かにボロ家を自分の名義にして、「僕」を追い出そうと企てていた。それに気づいた「僕」は、野呂に対抗する方法を税の徴収員から教わる。もし万一家が野呂の名義になった場合、不破時代からの固定資産税滞納により税務署は家を差し押さえることができ、そうすれば野呂の所有権について無効にできるとのこと。それを聞いた「僕」は勧められるままに差し押さえの運動費として五千円を支払い、受け取った徴収員は「赤鼻をピクピクうごめかせ、にんまりと笑いながら、五千円をポケットにしま」った。「僕」がまた詐欺の被害に遭ったのは明らかであり、野呂を「マヌケ」と笑う「僕」自身が、野呂以上に騙されやすい人物として戯画化されているのである。

このような二人の同居生活について、「僕」は次のように語る。

僕ら二人はお互いに対しては意地を張って頑強にねばるが、もともと二人ともひとりよがりの世間知らずなので、他人に対しては全然無抵抗と言っていいほど弱いのです。現に不破や陳根頑や孫伍風から、僕ら二人は赤児の手をひねるように軽くイカれた前歴があるわけですから、今後何か起っても同じコースをたどるでしょう。

先述の中井正義の論考も右の本文に注目して記されていた。しかし中井が指摘する諷刺性の有無については後で検討する。ここでは「僕」と野呂について、二人とも世間知らずであり、「他人に対しては全然無抵抗と言っていいほど弱」い人間だと説明していることに注意したい。つまり「僕」と野呂は、周囲から騙され、不利益を被らされる意味において、ある種の社会的な〈弱者〉として描かれているのである。二人の同居は〈弱者〉の寄合いとして設定されていると言ってもよいだろう。加えて、見逃してならないのは、「僕」と野呂が「お互いに対しては意地を張って頑強にねばる」関係に描かれていることである。ただでさえ〈弱者〉である二人は、そのような関係であるばかりに、周囲からますます不利益を被らされていくのである。

例えば「僕」と野呂から家賃を取り立てていた陳根頑が、やがて二人に向かって、ボロ家を十万円で売却したい、三十日以内に支払えない場合は立退き費「一人宛一万円」をもって立退いてもらうと、一方的な通達をしてくる。その際に、「僕」は「愕然とし、また茫然と」させられたが、もともと不破から家を買い取る予定であった野呂は、その話を「割に平然と」受け入れ、むしろ積極的に自分が「買うことにしよう」と考えた。二人の反応が大きく分かれたのであるが、そもそもこの陳の要求は、家の名義が不破のままで買い取らせようとするものであった。しかも「今後（中略）権利書に関する一切の問題に関しては不破数馬と陳根頑との間に於て解決す」るという理不尽な要求をも呑まねばならぬものであった。このような要求に応じることは、およそ賢明とは言い難く、この件に関しては、「僕」が述べているように、「二人で相談し合うのが当然」であり、「被害者同士」として「仲良く団結して事に当」たるべきであったろう。にも拘わらず野呂はボロ家を買い取ることを、それも自分一人で買うことを主張した。それは野呂の「蒙昧」さ、「マヌケ」ぶりを示すとともに、「僕」に対して野呂が強い「意地」を持っているからだと言うほかはない。そして奇妙なことに、そんな野呂に対して、「僕」も「こんりんざいこの家を野呂だけに所有させてやるものか」という「意地」をもって抵抗するのである。野呂は「立退き料を四万まで出」すから「自分に買う権利を譲って呉れ」と、妥協案を提出するが、「僕」はそれにも同意しない。そして次のように思う。

四万円貰って立退けば、こんな身勝手なワカラズヤと同居しないで済む。そう思って、よほど首を縦にふろうかと考えたのですが、イヤここが我慢のしどころだと頑張った。人間の意地なんて奇妙なものですな。

損得の勘定を忘れて、自らのプライドを保とうとする「僕」の「奇妙」な「意地」がここに認められる。そしてこの「僕」の「意地」と、野呂の「意地」とが、頑強に張り合った結果として、二人は五万ずつ、合計十万円を陳根頑に支払い、名義は不破のまま家を買い取らされてしまったのである。二人の「意地」が二人で協力し合って対処することを妨げ、被らなくてもよい不利益を被らされてしまったと言えよう。

もう一点、物語の結末近くの場面を見てみたい。「二人のにらみ合いの状態」が「えんえんと続いて行く」のを「僕らの家の地主」が「強く望んで」おり、その理由について「僕」が次のように説明する。

（前略）先に申し上げた如くこの家はこわれかかったボロ家で、早いとこ補強工事をしない限り、地震か台風かで早晩居住できなくなるでしょう。二人がにらみ合っている限りは、家の根本的な補強工作は成立しない。

（中略）そうなれば家の崩壊の時期は早くなります。その崩壊の時期の一刻も早く近づくことを、この地主は切に待っているのです。崩壊さえすれば、もう彼は僕らに新築は許さないでしょう。地所を他に高く売り払うか、万一新築を許すとしても莫大な権利金を要求するにきまっています。

二人の「意地」の張り合いが、自分たちをより苦しい立場に追い込んでおり、近い将来には決定的に大きな不利益に見舞われるであろうことがここに暗示されている。

以上より、「ボロ家の春秋」は、「僕」と野呂の関係、すなわち「世間知らず」の人間同士の「意地」の張り合いを描くことで、半ば自らを原因として不利益を被っていく、ある種の〈弱者〉とも言うべき人間たちのおろかさ、悲しさを表している。さらに言えば、「僕」と野呂から利益を得ていく不破や陳の存在を通して、ある意味では〈強者〉とも言える人間たちの「老獪」さ、卑劣さをも表現していよう。

「ボロ家の春秋」はこのようなモチーフをいわば表の顔として見せており、またそのような読み方をするだけでも十分読み応えのある小説だと言って差支えない。

がしかし、「ボロ家の春秋」が発表された前後の時期に執筆された梅崎春生の作品を読むと、作者の関心がいま少し違った場所に存し、小説の創作にもそれが活かされていたことに気づかされる。中井正義らが指摘するような日本国内の問題にとどまらず、より広い世界にまつわる諷刺性が、この小説から見えてくるのである。

二　姉妹作「雀荘」

梅崎春生は「ボロ家の春秋」より約一年前に短編「雀荘」（昭和二十八年六月『群像』増刊号）を発表している。

「古ぼけて、ガタガタの建物」であるスズメ荘を舞台にした住人たちの物語である。スズメ荘の家賃は「五十円」と安く、しかし権利金は「二千円」という高額であった。しかも管理人の江草という中年の女は住人から集めた「権利金を持って、どこかに逃亡」してしまう。つまり、この小説の設定は「ボロ家の春秋」と大変よく似通っている。もっとも「雀荘」には六つの部屋に七人の住人が暮らし、二部屋に二人が暮らす「ボロ家の春秋」とはやや異なる部分もある。だが、玄関から見て「真中に一間幅の廊下がつき抜けていて、六畳の間が右に三つ、左に三つ並んでいる」というスズメ荘の構造は、板の間を挟んで「東側」に「僕」の部屋、「西側」に野呂の部屋があるボロ家のそれとやはり通じ合うところが認められよう。加えてスズメ荘の住人の一人、吉良六郎は、左頬に大きな疣があり、野呂に類する風貌である。

ちなみに「雀荘」の物語は、「僕のスズメ荘での生活の第一期は、ここで終る」という一文で結ばれ、続編が予定されていることを匂わせていた。しかし「続・雀荘」なる小説は結局書かれていない。あるいは「ボロ家の春秋」こそが「雀荘」の続編であるのかもしれない。否、むしろ続編執筆にあたって、梅崎は設定やモチーフを大幅に練り直し、独立した新たな作品として「ボロ家の春秋」を生み出したと言うべきであろう。いずれにしても「雀荘」は「ボロ家の春秋」の姉妹作と言い得るのである。

この小説でスズメ荘内部の人物配置は次のようになっている。廊下を挟んで左側の奥の部屋に語り手兼主人公の「僕」、手前に河合という婆さん、真中に鬼丸修道という四十代の男とその妻が暮らす。そして右側の奥の部屋には知念という二十代の青年が、手前には椿という爺さんが、真中にはかつての知念の上司であり、先に挙げた疣を持つ人物、吉良六郎が暮らす。

これらの中で何より興味深いのは、左側の真中の部屋に住む鬼丸を「共産主義の信奉者」、右側の真中に住む吉良を「新国家主義の確立」を目指す「理論的右翼」として描いていることである。しかもこの二人はスズメ荘における「両巨頭」であり、スズメ荘内では、両者の「にらみ合いに似た状態」が続いているのである。

この二人のうち、吉良は知念に親分風を吹かせる上、右翼の塾を開く計画のため、知念と「僕」に酒と牛鍋をふるまって「懐柔」しようとする。鬼丸に至っては、六畳一間での妻との二人暮らしは狭すぎるため、両隣の河合婆さんと「僕」の部屋に自分の部屋の行李を少しずつ「侵攻」させて面積を広げようとする。そして彼の妻も「僕」に米や芋を貸して弱みを持たせた上に、お色気を使って悩ませる。また夫妻で「僕」と知念に酒をふるまって手懐けようとし、ついには「僕」を知念との同室に追いやり、「僕」から部屋を奪い取ってしまう。

このような「雀荘」について、日沼倫太郎は、特に鬼丸の隣室への「侵攻」に注目し、次のように書いている。

（前略）『雀荘』はひさしを貸して母屋を取られる式の、植民地化問題のパロディとして書かれたものであろう。これらの作品に、氏の〈社会的関心〉をよみとることはさして困難ではない。

（「梅崎春生論」、昭和三十二年十月『新日本文学』）

当を得た指摘と言えよう。しかし、その人物関係に注目した場合、「雀荘」はいま少し違った角度から、だがやはり国際社会の諷刺として読むことも可能ではないか。すなわち吉良と鬼丸、「両巨頭」の「にらみ合い」の状態は、当時問題になっていた資本主義陣営と共産主義陣営との対立、特にアメリカ合衆国とソビエト連邦との「にらみ合い」を寓意しているのではあるまいか。もっとも物語の終わり近くで鬼丸修道は「その主義信奉を捨て、吉良六郎とすっかり手を握り合」うことになっており、必ずしも米ソ対立の諷刺と読めない部分もある。しかし鬼丸が吉良に歩み寄ったことについて、「僕」は「鬼丸の部屋の乗取り方は、共産主義的方法でなく、帝国主義的方法だったことを思うと、彼の転身も当然だ」と述べている。この見解を考慮すると、梅崎はこのような形でソ連も、アメリカも、ともに「帝国主義的」であることを皮肉ったと解釈するのも可能であろう。従って「僕」や知念らは、米ソ両大国に翻弄される小国の姿を表していると見ることもできる。

　例えば作者が米ソの対立に関心を抱いていたことは、中野重治のエッセイ「梅崎春生君」（昭和四十年十月『文学界』）によって間接的に裏付けられる。中野はそのエッセイで、「梅崎は、多分、戦争に連れ出されたこととの関係を抜きにしても平和主義者だった。ある時期梅崎は核兵器のことに首をつっこんでいた。ソ連とアメリカとの間の競争激化の時期（中略）だったと思う」と回想しているのである。

　加えて梅崎春生は「ボロ家の春秋」から約一年半後、短編「侵入者」（昭和三十一年二月『新潮』）を発表している。「写真班」と「植木屋」の二節から成る小説で、前節では主人公である「彼」の家に電気屋と写真班が現れ、後節ではやはり「彼」の家に植木屋が現れ、どちらも押し売りかペテン師のごときある種の侵入行為を働いている。梅崎はこの「侵入者」とほぼ同時期に、いくつかのルポルタージュ[3]や長編小説[4]で、繰り返しアメリカの対日政策、ことに米軍基地問題について批判的な発言をしており、「侵入者」もそのような作者の関心の下で執筆された一作と言える。主人公の「彼」を日本国民として、「彼」の家へ侵入する写真班や植木屋をアメリカ合衆国として象徴させているのである。その「侵入者」において「植木屋」の末尾には、特に注目すべき次のような文章がある。

　たくさんの樹が次々にどこからか彼の庭に運ばれ、彼の庭で一休みして、またどこかに運ばれてゆく。その過程を彼はちらと脳裡に組立てていた。中継地。貯木場。その想念は彼の頭をガンとどやしつけた。ああ、俺の庭は、俺の庭みたいに見えて、俺のために樹がたくさん生えているように見えて、ただそう見えているだけのことじゃないのか。何時の間にか売られて行く樹々の中休み場所かプールになって、つまり土地をただで使われているわけじゃないかと思った時、彼は突然自分の顔から血の気がすっと引いて行くのを感じ、よろよろと濡れ縁によろめいて手をついた。

「彼」の家にしばしば現れ、次々と樹木を植えていく植木屋が本当は何をしていたのか、ようやく気づいた「彼」の感想である。ここには梅崎の同時代への皮肉が表れている。つまり〈日本の防衛〉〈日本の安全〉という建前において、日本の国土を軍事基地としてアメリカに提供しながら、実際は、その基地がアメリカの軍事戦略に利用されている、日米安保条約下の日本への諷刺である。この小説から約二年半前まで行われていた朝鮮戦争に際して、日本の国土はアメリカ本土から朝鮮半島へ派遣される米軍の「中継地」として確かに用いられていたのである（第四章第一節I『『侵入者』論―戦後日本と米軍基地―』参照）。

以上二つの小説により、この当時、梅崎春生が如何なる関心を抱いていたか明らかであろう。その点を踏まえつつ、それら両作の狭間で執筆された「ボロ家の春秋」のモチーフを次に再考してみたい。

三　東西冷戦、朝鮮戦争

例えば「僕」と野呂がタロコ亭の陳根頑のもとへ、ボロ家を買い取る契約を結びに行く場面には、次のような描写が為されている。

両者とも終始黙黙として、タロコ亭につくまで一言も口をきき合いませんでした。すでに戦いは冷戦の様相を呈し始めて来たのです。

また物語の終盤には次のような本文も見られる。

（前略）まだ局面のはっきりした展開はなく、依然として冷戦の状態がつづき、時に小ぜり合いが起きる程度のありさまです。

「僕」と野呂の関係のあり方を表すにあたって、「冷戦の様相」、「冷戦の状態」という表現が用いられている。これらを見ると、ボロ家における「僕」と野呂の部屋の位置取りについて、板の間を挟んで前者は「東側」に、後者は「西側」に設定されていたことが重要な意味を持って思い出されてこよう。もっとも、この小説のみで考えた場合、部屋の位置などは単なる偶然でさして意味は持たないようにも思える。しかし、梅崎はこれより先に「雀荘」で吉良の部屋を「右側」に、鬼丸の部屋を「左側」に設定していた。作者による意図的な意味付けが、やはりそこには為されているのである。「右翼」主義の吉良と「共産主義」の鬼丸の「にらみ合い」の状態を「ボロ家の春秋」において発展させ、「僕」と野呂の関係により、東西冷戦下における国際情勢の寓意を試みているのである。

さらに物語の末尾で、「僕」と野呂の意地の張り合いについて記した、次のような一節がある。

（前略）なにしろ相棒が野呂のことですからねえ。修好を回復して団結してことに当ろうじゃないかなどとは、今までの行きがかり上僕からも言い出せないし、言い出したとしても野呂はその提案をせせら笑って一蹴するにきまっています。もう僕らの憎み合い、嫌がらせのし合いは、すでに業の域に達していて、他人の言葉が耳に入る段階をはるかに通り過ぎているのです。

「修好を回復して団結してことに当ろう」という、二国間の関係を彷彿させるような表現が目に留まる。この小説の背景に国際情勢が存することを改めて感じさせる。しかも不破や陳らに「無抵抗」な「僕」と野呂の関係に対してそれが用いられているのを考慮に入れると、「ボロ家の春秋」はただなる東西冷戦の諷刺ではないことが見えてくる。冷戦下において二国間の「修好を回復」できず、結果として大国に翻弄されてしまう小国の姿が、二人の関係をもって暗示されていると言えよう。そのことは、やはり物語の終わり近くに見られる次のような一節に目を向ければ、さらにはっきりする。

現在とても、最後的破局が明日来るか、一週間以後に来るか、あるいは現在のにらみ合いの状態がまだえんえんと続くか、皆目見当もつかない有様です。全くおかしなものですねえ。僕ら二人は同じ被害者であり、現在でもある意味では同じ脅威にさらされているわけなのに、二人の努力はその脅威を取りのぞいて平和を取戻す方向にはむけられず、お互いを傷つけ合うことばかりにそそがれているのです。

この本文を当時の国際情勢と「侵入者」の末尾に表れた作者の関心の所在を念頭に置いて解釈してみると、「僕」と野呂の関係、二人が置かれていた立場から、〈冷たい戦争〉が〈熱い戦争〉に変わったと言われる南北朝鮮の衝突、つまり朝鮮戦争が想起されてこよう。

「僕」と野呂はともに不破から金を騙し取られ、陳から不当な要求を呑まされた「同じ被害者」であるのに、相争っている。一方、「僕」と野呂を利用して金を儲けた陳と不破は、二人の間で「十八万円」という、この物語の中でも最も高額な金銭の貸借が滞っており、実は両者は対立関係として設定されていることに注意したい。従って「僕」と野呂の対立には、ある意味不破と陳の〈代理戦争〉と言うべき性格も持たされているのである。これは言うまでもなく、朝鮮戦争が米ソ両大国の〈代理戦争〉と呼ばれていたことと重なる。さらに細部を見れば、例えば孫伍風を使った陳の家賃の取り立ては、米ソの軍事力による威嚇を表す気配があり、また「僕」と野呂の部屋を隔てる「板の間」は、南北朝鮮の国境三十八度線の趣もあろう。

昭和二十五年六月から二十八年七月にかけて、大韓民国と朝鮮民主主義人民共和国の両国は、まさにアメリカとソ連から「同じ脅威にさらされてい」たが、しかし二つの国の「努力」は「その脅威を取りのぞいて平和を取戻す方向にはむけられず、お互いを傷つけ合うことばかりにそそがれてい」た。「ボロ家の春秋」の発表は、その朝鮮戦争の休戦から約一年後にあたる。梅崎春生はまだ生々しかった二つの国の不幸な関係を、「僕」と野呂の同居生活という形で戯画的に諷刺してみせたのである。その諷刺性は「曖昧」と言えば、なるほど曖昧であろう。だが当時の国際情勢に対する、さりげない諷刺として、作品世界に奥行きを持たせる表現であることもまた確実と言える。

かくて「ボロ家の春秋」は、一軒のアバラ家という狭い空間を舞台にしながら、同時代の国際社会の問題を匂わせた側面を持つ。その諷刺性によって、より深い読み取りを可能とする一作として成立しているのである。

おわりに

梅崎春生はデビュー作「桜島」（昭和二十一年九月『素直』）でより直接的に〈戦争〉を描き出し、いわゆる戦後派と称された作家であった。それから約八年後に発表された「ボロ家の春秋」は、「市井もの」と評された上に、大衆文学を対象とする直木賞を受賞したこともあって、文壇内外に意外な印象を抱かせた作品でもある。[5] しかし本論で考察した寓意性を考慮に入れると、梅崎はこの小説において間接的に〈戦争〉を描き出したと考えることも可能になろう。「ボロ家の春秋」に認められる諷刺性は、この小説の奥行きの深さを感じさせるとともに、梅崎春生の作家としての一つの成長を表すかのようである。

注

（1）第一章第七節「『ボロ家の春秋』の周辺」

（2）第二章第四節「『ボロ家の春秋』の周辺」および第二章第六節「短編小説」

（3）梅崎春生は「保安隊航空学校見聞記」（昭和二十八年四月『群像』）と「砂川」（昭和三十年十一月『群像』）の二つで、米軍基地について批判的な見解を記している。

（4）長編小説「つむじ風」（昭和三十一年三月二十三日〜十一月十八日『東京新聞』）では、主な登場人物の一人である猿沢三吉と妻ハナコが、アメリカの核実験を話題にした上で次のような会話を交わしている。

（注、三吉）「一体アメリカの奴は、日本を何と思っているんだろう。日本の政府も全くだらしがないな」

（注、ハナコ）「ほんとよ。今の政府なんて、アメリカ旦那のメカケみたいなものよ。（中略）まるでメカケみたいに、へいこらして、言いなり放題になってるのよ。沖縄問題にしたってそうでしょ。腹が立つったら、ありゃしない」

また、これも主要登場人物の一人である浅利圭介と妻ランコが、夫婦喧嘩をする中で次のようなやりとりをしている。

（注、圭介）「（前略）こちらの弱みにつけこんで、巧妙にたたみかけてくる。おばはんのやり方はまるでアメリカ的だ。すこし侵略的に過ぎるぞ」

（注、ランコ）「おや、何時侵略しました？」

「したじゃないか！　沖縄は返さないし、富士山は取り上げるし、砂川町や妙義山……」

「アメリカのことじゃありません！（中略）あたしのことよ。あたしが何時侵略したかというのよ。（後略）」

どちらもユーモラスな雰囲気作りが主な目的であり、この小説の主要モチーフに深く関わる会話とは必ずしも言えない。しかし、梅崎が基地問題を始めとするアメリカの対日政策に批判的であったことは確認できよう。

（５）例えば中井正義は、梅崎春生が「ボロ家の春秋」で直木賞を受けたことについて、「芥川・直木――のこの栄誉ある両賞にさして懸隔ありとは思わないけれども、作品のかもし出す色合いや志向からいって、梅崎はやはり芥川賞に値するものではあるまいか」と感想を記している（『梅崎春生論』〈昭和四十四年七月、虎見書房〉第二章第四節「『ボロ家の春秋』の周辺」）。

Ⅲ 「つむじ風」における三組の男女
——戦後の〈男女平等〉そして日米関係——

はじめに

梅崎春生の長編小説「つむじ風」は、昭和三十一年三月二十三日から同年十一月十八日まで、『東京新聞』に連載された[1]。松平家の御曹子と自称する嘘つき男・陣内陣太郎を主人公に据え、彼が出会った人々より次々と金銭を巻き上げ、騒動を起こし、春先の〈つむじ風〉のごとく、最後は遁走する物語である。

日沼倫太郎は、この「つむじ風」をいち早く書評に取り上げ、「わらいの効果というものを、めんみつに計算し」「読者をたのしませてくれる」「たいへん、オモシロイ小説」と評した（「書評・梅崎春生著『つむじ風』」、昭和三十二年六月『新日本文学』）。以来、今日まで「つむじ風」は、ユーモアあるエンターテイメント小説として高い評価を得ている[2]。

同時にこの「つむじ風」は、松平姓を騙る主人公に周囲の人々が振り回されるその設定により、いわゆる「諷刺小説」としても評価されている。例えば和田勉は「家柄に弱い庶民の俗物性」や「実態のない家柄の無意味さ」を「諷刺している」と論じた[3]（『梅崎春生の文学』〈昭和六十一年十一月、桜楓社〉第二章第五節「『砂時計』『つむじ風』『狂い凧』論」）。

新聞小説である「つむじ風」は、なるほど読者を楽しませる大衆性において、梅崎春生文学の中でも屈指の作品であり、そのエンターテイメント的要素の奥に、確かに「家柄」に関わる諷刺性も存在する。これら先行評は、この小説の特色を的確に言い当てている。

しかし「つむじ風」には、主人公陣内陣太郎に加えて、彼と関わる多くの人々が登場し、主軸となる陣太郎の物語と併せて、彼ら脇役たちそれぞれの物語も描き込まれている。それだけに、この小説は、陣太郎のみに注目した一面的な考察では不十分であり、より多面的な分析が必要と言える。特に諷刺性については、脇役たちの言動や人物像に焦点を当てることで、従来の論考と異なる、新たな解釈ができよう。

本論では脇役として描かれる三組の男女関係を取り上げる。これら三組の男女関係には、終戦後の日本社会の一側面が鋭く諷刺され、その先の予見まで為されている気配がある。以下に考察を進めたい。

一―(1)　三組の男女関係とモデル

「つむじ風」では、浅利圭介とランコ、猿沢三吉と西尾真知子、加納明治と塙佐和子の三組の男女が脇役として登場する。

浅利圭介は三十九歳。物語の冒頭で陣内陣太郎が自動車にはね飛ばされる事件に遭遇し、その車のナンバー「三・一三一〇七」を目撃した。彼は陣太郎とともに犯人を探し、金を引き出す計画を立てる。しかし圭介自身は儲けを得るどころか、陣太郎からさんざん自分の酒を飲まれる始末であった。ランコは圭介の妻である。

猿沢三吉は銭湯・三吉湯の主人で、五十二歳。西尾真知子は彼が囲っている〈学生メカケ〉である。三吉は陣太郎をはねた犯人でないが、偶然にも同じナンバー「三・一三一〇七」の車を持ち、陣太郎の訪問を受ける。陣太郎に真知子を囲っていることを察知され、金を次々と脅し取られる。

加納明治は五十歳の小説家で、ナンバー「三・一三一〇七」の自動車で陣太郎をはねた張本人。陣太郎に突き止められ、やはり次々と金を脅し取られる。塙佐和子は、彼の秘書兼助手である。

これら三組について、男性のみに注目した場合、程度の差はあるが、いずれも陣太郎が騙る松平姓に関心を抱き、その所為もあって、みな陣太郎から損害を被っている。先に挙げた和田勉に代表される先行評は、彼ら男性と陣太郎の関わりに重点を置いた「諷刺性」の考察であった。対して本論では、彼ら三人とも、対陣太郎だけでなく、それぞれ女性たちとの関わりもあることに注目し、それら男女関係に焦点を当てた考察をしたい。

なお「つむじ風」には、右三組以外にも、猿沢三吉の長女一子と、三吉湯のライバル泉湯の一人息子竜之助の二人が恋人関係として登場する。また陣太郎と真知子の二人も物語終盤では恋人関係となり、最後は一緒に遁走している。これら二組の男女は、右三組の男女と表現意図が明らかに異なるため、今回は対象から外す。すなわち四人とも二十代で、右三組中の真知子を除く五人とは世代が異なる（竜之助は「二十五歳」、一子は「二十歳」、陣太郎は「二十七、八」、真知子はあと一年で卒業の大学生）。また竜之助と一子は、親同士対立する男女として、「悲恋」をユーモラスに表す狙いもあろう。

考察する三組の男女関係を少し詳しく見てみたい。

まず浅利圭介とランコ。二人が「結婚式をあげたのは」「昭和十六年十二月八日」。以来、妻ランコは夫の圭介に「階級的にも」「偉くなっていただきたい」と願う。圭介の応召中、ランコは「夫を立派なシコのミタテに仕立てたい」と考えるが、圭介本人は軍隊内で「幹部候補生の試験」を「自発的におっこちた」。終戦後ランコは「カツギ屋」として「実に逞しく生き」る一方、復員した圭介は「健康を、回復させるため」「ランコの稼ぎによりかかって徒食をしていた」。その後も「偉い人になって」と願う妻に反して、圭介は「あれこれの職についたが、どういうわけか圭介が職につくと、間もなくその勤め先がつぶれてしまう」。「長くて一年、短いのになると、入社して一ヵ月目に解散という」状態。やがてランコは「圭介をエラブツに仕立てようとの努力を打ち切」り、代わりに「長男圭一」を「エラブツに仕立てよう」とする。さらにランコは「空いている部屋を、他人に貸し」て「下宿屋」を始めるため、圭介から「書斎」を取り上げ「納戸にうつ」らせる。その上「三千円」の「部屋代」を徴収、一食「五十円」の食費まで払わせる。

次いで猿沢三吉と西尾真知子。「生涯に一度メカケを囲ってやろうと考えてい」た猿沢三吉は、アルバイトサロン（注、ホステスをアルバイトが勤め、当時全国的ブームとなっていた酒場）[4]で働いていた国文科の大学生、西尾真知子を〈学生メカケ〉として囲うことができた。真知子は自分がメカケとなるにあたって条件を掲げる。「一、衣食住を保証すること、二、学資を出して呉れること、三、以上の他に毎月こづかいとして一万円呉れること、四、支度金として三万円呉れること」。もう一つ「大学を卒業するまで」という「任期」もあった。大学生である真知子にとって、「メカケ」はあくまで「アルバイト」。それ故、三吉が訪れても学業を理由に真知子から「拒絶」されることもある。三吉が毎月の小遣いを五千円に減額しようとすれば、三吉の妻ハナコのもとへ「いただきにあがるわよ」と、真知子より逆に「脅迫」される。「メカケというものは、今までの通念では旦那の道具なのだが、真知子は学業を完遂するために、逆に三吉を道具視している趣きがある」。

さらに加納明治と塙佐和子。この二人については後で詳述したいが、掻い摘んで記せば、塙佐和子が加納明治の「生活の周辺にさまざまの改革」をほどこし、その「塙女史の理想主義的な改革」に対して、次第に加納明治は不満を抱き、反発を試みるも塙女史は全く屈せない。加納明治はクビにすることもできず、結局「屈伏したもの」と見做される。

梅崎春生は、これら三組の男女関係を、どのように創り上げたのだろうか。「つむじ風」の登場人物の中、陣内陣太郎にモデルの存することは既に明かされているが[5]、実はこれら三組についても、前者の二組には、モデルとまでは言い難いが、創作の典拠を求めることができる。

例えば梅崎春生は長編小説「砂時計」（昭和二十九年八月〜三十年七月『群像』）執筆の際、『朝日新聞』記事から多くの材料を取っていた[6]。また「つむじ風」でも泉湯と三吉湯の対立、ことに湯銭値下げ競争の設定については、「フロ銭騒動　12円でガン張り通す」との見出しを掲げた『朝日新聞』記事がその材料と言える[7]。梅崎春生が『朝日新聞』記事を一つの創作の情報源として用いていたことは確実であり、「つむじ風」の男女関係においても、浅利圭介とその妻ランコ、猿沢三吉と〈学生メカケ〉真知子の二組を描くために、やはりそこから想を得ていたと見られる。二組とも「ある生活」と題する『朝日新聞』連載記事に拠り、前者にはその第十九回が、後者にはその第二十六回が、以下のごとく、それぞれ活用されているのである。

「ある生活」第十九回は「つむじ風」連載開始より約二週間前の昭和三十一年三月十一日に掲載され、「街頭宝クジ売り　酒井きく子さん」の毎日を取り上げている。中でも「きく子さん」の夫について、「職業に関しては運の悪い夫で、区役所ではいつまでも下積みだからと中島飛行機会社にかわったが終戦後解散となり、今度はある公団の事務員になったが、それもやがて解散、失業を何度も経験し」、身体検査の結果「胸を少しやられている」ことも判明、「就職しても軽労働しかでき」ないと記す。そのため「きく子さんは」「一生けんめいに内職にせいを出し」、やがて冬の寒さや夏の暑さにも耐えて「荻久保駅前」で「宝クジを売る」ようになった。加えて「彼女（注、きく子さん）は終戦のあと、借家の四間のうち一間を陸軍大佐の未亡人に貸した」。浅利圭介とランコの夫婦関係において、健康回復のため、そして失業続き故に、夫が妻の稼ぎに寄りかかるその設定は、明らかにこの記事を土台に創られていよう。特にランコが下宿屋を始める部分は、「きく子さん」が「一間を」「貸した」事実の発展と推察される。

一方「ある生活」第二十六回には、「アルバイト学生　鈴木美和子さん」の毎日が紹介されている。「父が技師をしている宇部の小工場は不況で遅配つづき」のため、鈴木美和子さんは「いろんなアルバイトをや」り、「自分で働き、その金で学業をつづけている」。対して「つむじ風」では、「真知子の実家は九州にあるのだが、学なかばにして、親爺の工場がつぶれた。そこで真知子は、学業を中止するか働きながら続けるか、その二つの中の後者をえらんだのである」。父親が勤める「工場」の不振により、自分で働きながら学業を続けるアルバイト女子学生というイメージにおいて、後者の「真知子」には、前者の記事の影響が認められよう。もっともこれ以上、真知子の人物像と記事との具体的な一致は見られないが、「つむじ風」連載当時、〈学生アルバイト〉は、世間でもしばしば話題に取り上げられており、それに関わる記事は他にも多く見られる(8)。そうした〈学生アルバイト〉に対する世間の注目度や、多くの新聞記事と併せて、「ある生活」第二十六回が、真知子像の形成の一端を担ったことは確かであろう。また「宇部」から「九州」へ、「工場」の位置に変化が見られるが、この違いは表現上の工夫とも取れる。「宇部」は東京方面の読者にはやや馴染みが薄く、山口県でも九州寄りに位置することから、梅崎はそれを少し西側に移動させ、自らの故郷でもある「九州」と記した。読者にはわかりやすく、自身には親しみやすい表現へ改めたのである。なお「つむじ風」において、真知子が「アルバイト」の「学生メカケ」として初めて登場するのは、後述するように、昭和三十一年六月十三日『東京新聞』掲載の連載第八十二回であり、「ある生活」第二十六回は、それより約一ケ月前の三十一年五月十三日、つまり梅崎春生が真知子創作の材料を渉猟していたであろう時期に発表されたことも加えておく(9)。

一―（2）　男女平等

さらに梅崎春生が捉えたモチーフをより的確に把握するためにも、これら二つの記事には、ある共通した部分が認められることに注目したい。どちらの記事も、忍耐力や「ガン張り」など、夫や父親に頼らぬ女性の意志の強さが前面に押し出されていることである。特に第十九回の記事においては、「酒井きく子さん」に比して、夫の病弱さも記されていた。おそらく梅崎春生は、戦後を生きる女性たちの強さ、逞しさに関心を寄せ、むしろ男性が弱いと感じていたのであろう。だからこそ、これらの記事が目に留まったのに違いない。そして梅崎はその〈女性たちの強さ〉をより同時代的に膨らませることで、加納明治と塙佐和子を含めた、三組の男女関係を創り上げたと言えよう。

すなわち「つむじ風」に描かれた三組の男女は、いずれも女性が男性をその気性の強さで圧倒している。三組とも女性が男性より優位に立った力関係である。

こうした男女関係は表面上、ユーモア・エンターテイメント小説の常套手段に倣ったものと見られる。男が女にやり込められ、虐げられる姿を描くことで滑稽感を醸し出し、読者を笑わせようとしているのである。しかし、そのユーモアの奥まで踏み込んで捉えると、これら三組の男女関係を通して、戦後十年間の日本社会に漂う空気の一斑が映し出されているのが見えてくる。

敗戦後の昭和二十一年十一月、「法の下の平等」を謳う新日本国憲法が公布され、〈男女平等〉が実現された(10)。これより先の二十年十二月、衆議院議員選挙法改正により、「婦人参政権」が認められ、翌二十一年四月の衆議院選挙で初の女性議員三十九名が誕生した。二十二年十月には刑法改正により、それまで女性だけ罰則があった「姦通罪」を廃止。さらに二十三年四月十日に初の「婦人の日」大会が実施され、翌二十四年には、四月十日から一週間、「もっと高めましょう、わたしたちの力を・地位を・自覚を」のスローガンの下に「第一回婦人週間」が行われた。

敗戦から「つむじ風」連載に至るまでの十年間、日本国内で女性の地位は大幅に高められた。ただし〈男女平等〉と言っても、あくまで法律上で、特に職場においては、依然として多くの女性が冷遇されたままであった。それでも戦前と較べて、日本社会が女性を大切に考えるようになり、中でも家庭内での男女関係、つまり夫婦関係が大きく変化したことは確実である。この期間にベストセラーとなった伊藤整のエッセイ「女性に関する十二章」[11]（昭和二十八年一月〜十二月『婦人公論』）を見ると、「近ごろは恐妻会とか、愛妻会とかが作られ、民主主義の世の中になってから、急に細君たちが威張りだし、亭主を圧迫しだしたような印象を世間に与えているようである」と記されている。

「つむじ風」に描かれた三組の男女には、中でも夫婦である圭介とランコには、このような時代の空気が、読者を笑わせる目的もあって、やや大げさに反映されているのである。

いま少し具体的に、この小説の男女関係を確かめてみよう。

例えば下宿屋を始めようとするランコと、圭介が口論する、次のような場面がある。

（注、圭介）「するとお前は、下宿屋のおばさんになるのか？」

（中略）

（注、ランコ）「だってこの家は、あたしの家なんですからね。何をやろうと、誰の指図も受けません！」

（中略）

「へえ。これ、お前の家かねえ」

「そうですよ。ちゃんとあたしの名義になってるじゃないの！」

そう言われれば、言い返すすべもない。

召集令状が来た時、圭介は残される新妻のあわれさを思いやり、かつまた万一の事態をも考えて、大急ぎでランコの名義に直しておいたのだ。そのたたりが、十数年経った今になってあらわれようとは、神ならぬ身の知る由もなかった。

ランコは三度畳をたたいて言いつのった。

「そうよ。ここはあたしの家よ。あたしがこの家の主人よ！」

「すると、僕はこの家の主人ではないと言うのか？」

「もちろんよ。あくまで主人の座に執着するなら、その前に主人としての働きを見せてちょうだい！」

（中略）

「よろしい。この家の主人の座は、お前にあけ渡そう。仕方がない」

ここでランコが「この家の主人」を主張しているのは、直接には応召時における圭介の配慮により、家の名義が圭介からランコへ書き換えられていたことを指す。しかし「主人の座」を「畳をたたいて」まで強調するランコ。反対に「仕方な」く「主人の座」を「あけ渡そう」と言う圭介。それぞれの言葉の奥には男女平等と関連する日本社会の変化が、やはり隠されていると見るべきである。戦後の新憲法、新民法（昭和二十二年十二月「親族・相続」全面改正）により、「家制度」「家父長制」が廃止された、その影響下における夫婦関係が戯画的に暗示されているのである。

大日本帝国憲法（明治二十二年二月公布）、明治民法（後二編「親族・相続」三十一年六月公布）の下では、「家」の運営にあたって「家長」たる男性が絶大な権力を持ち、その「家長」は父親から長男へ相続されていくものであった。いわば「夫」は一家の「主人」たることを法的に保証されていたのである。しかし新憲法、新民法によって「家制度」「家父長制」が廃止され、「夫」は必ずしも「主人」と言えなくなってしまった。右の場面は、このような日本社会、家庭内の変化を多分に反映しているのである。

一方、猿沢三吉と学生メカケ真知子の場合。大学生である真知子が初めは「アルバイトサロン」という、当時ブームとなっていた酒場で働いていたこと、その後「アルバイト」でメカケになったという設定には、「かつぎ屋」をしていたランコと同様、女性のなりふりかまわぬ逞しさ、したたかさが、同時代の風俗と併せて表れている。加えてメカケが旦那より強く、旦那がメカケに「道具視」されるという、この男女関係については、「男の学業を貫徹させるために、女が遊里に身をおとすというのは昔からよくある例だが、この場合はその逆ではないか」とも記されている。この一文と「つむじ風」連載中における「真知子」の登場時期を考えると、真知子と三吉の関係にも、やはり戦後に為された男女関係の改革が隠されていよう。「真知子」の登場は、先にも触れたように『東京新聞』昭和三十一年六月十三日、「つむじ風」連載の第八十二回からであり、それより約三週間前の五月二十一日、数年前から検討、審議されてきた「売春防止法」が成立し、二十四日に公布されていたのである[12]。

真知子は「メカケ」という〈一種の売春婦〉に自らを立たせながらも、むしろ旦那の三吉を自分の思いのまま扱ってみせる。この真知子の強気で自由な、「メカケ」の立場を逆手に取るごとき姿勢を通して、「売春」が防止された戦後社会の空気を梅崎は皮肉った。「女が遊里に身をおとす」ことが法的に禁じられ、男性による束縛から女性が解放されつつあったそのことに対して、男性側の失墜を嘲笑するべく、複雑に屈折させて表現したのである。

以上のごとく、「つむじ風」には戦後日本社会における男女関係がやや大げさに、皮肉を込めて表されていた。そうした三組の男女関係の中でも、加納明治と塙佐和子の一組については、〈男女平等〉のさらなる背景と言うべき、日本社会の問題をそこから読み取ることができるのである。

二―（1）　塙女史――欧米的「合理主義者」――

小説家の加納明治は物語の現在から二年前、四十八歳の時に「糟糠の妻と別れた」。それ故「身のまわりの世話をする人が、どうしても必要にな」り、「秘書兼助手」を求める「新聞広告を出し」、「塙佐和子という女性」を「採用」した。「塙佐和子はその時三十四歳」、「フチナシ眼鏡なんかをかけ、つめたいような美貌の持主で」あった。

この塙佐和子によって、加納明治の生活は次々と「改革」されていく。「睡眠時間」は「ドンピシャリ八時間。それより多くても少なくてもいけない」。「よほどの事情がなければ、十二時就寝の、八時起床」。「徹夜」は「能率が悪い」ために一切「禁止」である。「不規則な食事は改められ」「味よりも栄養を主としたものに変えられた」。「酒と煙草の量は制限ということになった」。その結果、加納明治の「身体の方」は「強健となり」、「頭脳の働きも「俄然明晰となってきた」。しかし加納は「自分が人間でなく器械にでもなったような気がし始めてきた」。

塙佐和子は大学を卒業後、加納明治に採用されるまで、「某能率研究所、栄養研究所、某ドッグ・トレイニング・スクール、某大学心理学研究室などの勤務を経めぐって来ている」。つまり「能率」を重視し、「栄養」学や「心理学」に精通の上、犬を訓練するごとく、人を自分の指示に従わせ躾ける人物と言える。加納明治の食生活に対する「改革」は、塙佐和子のこのような知識、性格の反映に他ならない。では、なぜ梅崎春生は、塙佐和子をそのように設定したのであろうか。

加納明治は、塙佐和子を「女史、あるいは塙女史」と呼ぶことにした。「他の呼び方は」「日本的陰翳を帯びていて、面白くない」からであった。塙女史は、当初加納自身さえそう願ったように、日本的でない人物であるようだ。そのことを踏まえて、改めて塙女史の経歴に目を向けると、「某女子大学の英文科卒業」とある。日本的でない塙女史は、欧米的な価値観の持主であり、彼女の「改革」は、その価値観の表れと捉え直せそうである。

例えば塙女史は、加納宅の「台所」を「リヴィングキチン」に「大改造」し、「便所も腰掛式」に改めさせている。「あぐらをかいて仕事をするよりは、腰かけて仕事をする方が、身体のためにもいいし、能率的だ」と主張して「卓子と椅子をあてが」い、「長年あぐらが習慣になっている」加納を「大いに難渋」させたりもする。塙女史は間違いなく欧米風食生活の推進者である。対して加納明治は、「五十歳」という年齢から言って、明治生まれと捉えてよく、欧米風の食生活に戸惑う、いわば旧世代として表されているのである。

だとすれば、起床、就寝時刻や睡眠時間など、一日のスケジュールを細かく定めて厳守させ、何事も「能率」を重視する塙女史の「改革」は、如何にも欧米的な「合理主義」として見えてこよう。その「改革」が「身体や頭脳には好影響をあたえても、精神には悪影響しかあたえない」と「力説」する加納明治に対し、塙女史は「頭脳の働きがすなわち精神」と断じ退けている。塙女史は欧米で発達した唯物論に基づく近代科学文明の信奉者であり、加納明治は反近代的な唯心論、あるいは東洋的な立場から反発しているのである。

実際、塙女史の「改革」によって、加納明治は自分が「人間器械」にされたと感ずるとともに、塙女史その人を評して「コチコチの合理主義者」だと述べている。しかもその容貌の美しさについては、「情というものが全然こもっていない」「鉱物の美しさ」、あるいは「陶器のようにコチコチの」「美しさ」だと捉えているのである。欧米的な「合理主義」に際して、美しくとも非情で暖かみがなく、無機物のごとく硬直した物質至上主義だと解する梅崎春生の思想が、塙女史に対する加納明治の心境に表れていよう。

二―（2）〈アメリカ文化〉の侵入

塙女史が自らの方針で供する三食について見てみたい。加納明治の日記という形で、例えば次のごとく詳述されている。

『天気快晴。朝食。果汁、半熟卵、とーすとぱん、まーまれーど。午前中仕事。
昼食。野菜入りイタメウドン（粉ちーずカケ）野菜どれっしんぐ。果物盛合（おれんじ他）。昼食後仕事。
夕食。ぽたーじゅすーぷ、こーるみーと（牛肉、はむ）とまと、キューリ、ふるーつさらだ、強化ぱん、よーぐると。
夕食後ニ、タマニハ和風ノ食事ヲトリタシト、塙女史ニ申シ込ム。夕食後仕事』

本題から逸れるが、この他にもいくつか作中に引用される加納明治の日記は、後に「断腸亭日乗[13]」として纏められた永井荷風の日記を明らかになぞらえている。語り手は、この加納の日記について、「もっと齢をとって小説が書けなくなれば、こんな日記を新聞雑誌に切り売りをして生活しようとの算段なのだから、いい気なものである」ともコメントしている。梅崎春生は、この作中の小説家を通して、永井荷風を初めとする文壇の大家、明治生まれの作家たちを皮肉り、諷刺も試みている。

話題を戻す。日記に記されているごとく、塙女史が供する食事は三食とも〈洋食〉が基本である。塙女史の欧米的価値観を改めて確認できるとともに、この〈洋食〉は、別の場面で説明されるごとく、「ゲイロード・ハウザー説にのっとっ」た「ハウザー流」であることに注意したい。

ゲイロード・ハウザーとは、アメリカの栄養学者で、彼の説く「ハウザー流」食事法を紹介した著書は、アメリカで「長い間ベストセラーの上位を保っていた[14]」。日本でも昭和二十六年七月、ゲイロード・ハウザー著『若く見え長生きするには—アメリカ式健康法—』（平野ふみ子訳、雄鶏社）が刊行され、「ハウザー流」は広く知られることとなった。

その『若く見え長生きするには—アメリカ式健康法—』には、訳者による「まえがき」が掲載され、「先頃アメリカの視察旅行から帰られた某博士の談」として、日本人に比して「アメリカ人の長命なこと」が紹介されている。「万事に科学的なアメリカ人が、食事にも科学的な関心をはらつていること」がその「一つの原因」で、「このハウザー博士の著書が、熱狂的な歓迎をうけ」ているのも、「そのあらわれ」と記されている。

この「まえがき」から明らかなように、「ハウザー流」は「万事に科学的なアメリカ人」による「科学的」食事法として日本人に紹介された。戦争に敗れて間もない当時の日本人は、戦前の日本的精神主義への反動もあって、さまざまな分野でアメリカ人の科学的姿勢、言い換えれば〈アメリカ式合理主義〉を取り入れようと考えた。「ハウザー流」も食事面での、その〈アメリカ式合理主義〉として紹介され、実際に広く受け入れられたのであった。

梅崎春生はエッセイ「食生活について」（昭和二十八年十二月『新潮』）の中で、人間は「自分の口にあった旨いものを食う」のが「本義であ」り、「カロリーとか栄養とか、ビタミンとかミネラルとか」「それにあまりとらわれることの弊害の方が大きい」と主張し、また後年には、これもエッセイの「即席文化」（昭和三十五年十一月二十七日『週刊現代』）の中で、「味よりも栄養が第一だという文化観があって、その先輩国にアメリカがある。アメリカというところは、食物がひどい。ひどいというのは栄養学的ではなく味覚の上である」とも書いている。加えて小説では、「つむじ風」連載より約一年半前に発表した「ボロ家の春秋」（昭和二十九年八月『新潮』）で、「ゲイロード・ハウザー博士の所論」を取り上げている。しかし主人公「僕」の敵役に当たる野呂旅人が取り入れた食事法として、つまり否定的な要素と絡めた描写であった。[15]梅崎春生は、合理主義的に栄養重視した〈アメリカ式〉食事法に拒否感を抱いており、その否定すべき一例として「ハウザー流」があったと言えよう。

つまり欧米的価値観を持つ塙女史は、特に食事に際して、「ハウザー流」なる〈アメリカ式〉を押しつけていく人物であり、「タマニハ和風ノ食事ヲトリタシ」と不満を抱く加納明治は、梅崎春生の代弁者として、終戦以来、日本社会にさまざまな方面で急速に広まりつつあった〈アメリカ式〉への反発、反論を表しているのである。

ちなみに陣太郎の代役で加納宅を訪れた泉竜之助に向って、「フライパンをかまえて、にらんでる」塙女史の姿は、「砂川町の警官みたい」だと形容されている。昭和三十年九月十三日、砂川町・米軍立川基地拡張の際、いわば米軍のために反対派住民を押しのける役割を務めた日本の警官隊のイメージまでもが塙女史には与えられているのである。(16)この表現を見ても、塙女史はアメリカを擁護し、〈アメリカ式〉を体現する人物であることが確認できよう。

ここに来て浅利圭介とランコの結婚式が「昭和十六年十二月八日」、つまり日本がアメリカに敗れた戦争を始めたその日に設定されていることが、重要な意味を持って見えてくる。しかもこの小説では、次のような二つの会話も為されていた。

一つは浅利圭介がランコによって部屋を納戸に移され、部屋代、食事代まで請求された際の会話である。

(注、圭介)「(前略)こちらの弱味につけこんで、巧妙にたたみかけてくる。おばはんのやり方はまるでアメリカ的だ。すこし侵略的に過ぎるぞ」

(注、ランコ)「おや、何時侵略しました?」

「したじゃないか！　沖縄は返さないし、富士山は取り上げるし、砂川町や妙義山……」

「アメリカのことじゃありません！」

ランコはまた畳を引っぱたいた。

「あたしのことよ。あたしが何時侵略したかというのよ(後略)」

「沖縄」はもちろん、「富士山」や「砂川町」、「妙義山」も、アメリカ軍から基地や演習場として取り上げられた土地を指している。

いま一つは猿沢三吉と妻ハナコの会話。「アメリカがまた無断で、原爆か水爆かの実験」をしたことが話題に上り、その際の二人のやり取りである。

「またアメリカの奴がやりやがったか！」

三吉は空を仰いで長嘆息した。

「一体アメリカの奴は、日本を何と思っているんだろう。日本の政府も全くだらしがないな」

「ほんとよ。今の政府なんて、アメリカ旦那のメカケみたいなものよ」

ハナコも激昂の気配を示した。

「まるでメカケみたいに、へいこらして、言いなり放題になってるのよ。沖縄問題にしたってそうでしょ。腹が立つったら、ありゃしない」

たまたまハナコが「メカケ」という言葉を口にし、しかも自分のメカケ真知子がハナコの言葉とは真逆の態度であることにより、三吉は内心動揺、なんとか取り繕う様子がこの後、描かれている。

夫が妻に圧倒される圭介とランコはもちろん、夫が妻へ、隠し事の発覚を恐れる三吉とハナコの場合も、女性が男性より優位に立った会話と言える。これらを通して、梅崎は読者から笑いを取り、また戦後の男女関係を誇張気味に表現したのである。しかも、右二つの会話には、決して正面切った形でないものの、当時の日米関係、ことに米軍基地問題への批判が表れている。圭介とランコの結婚式の年月日と併せて、日米関係に対する梅崎の関心の高さを読み取ることができるのである。

実際、梅崎春生は昭和二十年代後半から三十年代初頭にかけて、エッセイや小説で、日米関係について、しばしば取り上げていた。特に短篇小説「侵入者」（昭和三十一年二月『新潮』）では、「この家がはっきりと自分のものであるという自覚」を持てず、「俺の庭は、俺の庭みたいに見えて、俺のために樹がたくさん生えているように見えて、ただそう見えているだけ」だと気づく主人公「彼」を描くことで、日本防衛のためという建前で米軍に基地を提供し、実際は、その基地がアメリカの軍事戦略に利用されている、日米安保条約下の日本を寓意していた(17)（第四章第一節Ⅰ「『侵入者』論―戦後日本と米軍基地―」参照）。梅崎春生が終戦後の日米関係に深い関心を抱いていたことは確実であり、「つむじ風」にも、その作者のモチーフの一端が表れているのである。

そもそも戦後日本の〈男女平等〉ならびにそれに関わる一連の法規改正は、米軍占領下に生まれた新憲法に保証されており、その意味でアメリカの指導下にあったと言っても過言ではない。またこの戦後日本の〈男女平等〉には欧米の習慣、〈レディ・ファースト〉の影響もあろう。

かくて「つむじ風」に描かれた三組の男女は、男性より女性が優位にある関係において、実はアメリカが戦後の日本社会に与えた影響と密接に結びついているのである。

塙女史と加納明治は、このアメリカが戦後の日本社会に与えた影響について、より直接的かつ具体的に表した関係と言えよう。〈塙女史〉は戦後の日本に半ば押し付けるごとく侵入してきた〈アメリカ文化〉を、〈加納明治〉はその〈アメリカ文化〉を初めは歓迎しつつも、やがて戸惑い、次第に抵抗を感じ、ついには受け入れざるを得ない日本人の姿を、それぞれ象徴しているのである。

二―（3）　日本の未来像

物語の終盤に至って、陣太郎に対する加納明治と塙女史の立ち向かい方の違いに目を向けたい。

加納明治は、「御譜代会」など松平家の内情に通じているかに見せる陣太郎を半ば信用し、撃退できず、次々と金を奪われていく。対して塙女史は「そんなの、ちょっと本で調べりゃ、すぐ判りますよ」と冷静に判断し、「世田谷の松平家に、電話をかけ」ようと提案。最後は塙女史自身が「世田谷の松平家」を訪ね、陣太郎が松平家御曹子の「ニセモノ」であることを突き止める。見破られた陣太郎は人々の前から遁走し、加納明治も金銭被害からようやく救われる。

明治生まれの加納が「松平家」に未だ幾分か畏敬の念を抱き、封建主義的な思想の名残をとどめるのに対し、塙女史は〈アメリカ文化〉の崇拝者であった。だからこそ「松平家」という本来は実態のない封建的な権威を畏れず、陣太郎が「ニセモノ」であることを看破できたのであろう。この塙女史による陣太郎撃退をより深くまで読み込めば、戦後のアメリカ占領下における民主化政策によって、日本社会から封建的な空気、権威主義的な思想が一掃された、そのアメリカ文化の侵入による好結果が暗喩されていると言えよう。

ちなみに浅利圭介の妻ランコは、戦後日本の夫人らしく夫に強い姿勢で臨みつつも、夫や長男へ、階級的にも偉くなれと要求している。そこに注目すれば、彼女も封建主義的な思想の名残をとどめる人物と言える。ランコが陣太郎に関心を示し、夫を陣太郎の「家令か何かに使って貰ったらどうだろう」と考えるところを見ても、それは明らかである。戦後の夫人たちが、地位を高めつつも、しかし彼女たち自身が日本の悪しき伝統から、実は抜け出せていなかったことを、このランコの姿が代表する側面もあろう。

つまり梅崎春生は戦後の日米関係において、アメリカ文化の侵入を批判するだけでなく、日本社会の旧弊さにも目を向けていた。日本がアメリカによって救われた部分もあったと捉えていたのである。

最後に物語の末尾に目を向けると、加納明治と塙女史のその後の関係が、後日譚として次のように描かれている。

加納明治はあれ（注、塙女史が陣太郎を撃退して）以来、塙女史にすっかり頭があがらなくなり、塙女史の言うままの理想的生活をつづけている。その結果、とうとう小説が書けなくなり、近頃ではせっぱつまって児童ものに転向、これは案外好調で、次期の児童文学賞の有力候補の一人に目されている。

「塙女史の言うままの理想的生活」とは、もちろん「ハウザー流」をはじめとする、合理主義的な〈アメリカ式〉食生活である。

梅崎春生がどこまで意図したかはともかく、塙女史を〈アメリカ〉、加納明治を〈日本〉に置き換えて読むことで、この後日譚には以下のごとき解釈が成り立とう。

すなわちアメリカが戦後の日本を民主化し、封建主義的かつ軍国主義的な思想を一掃してくれたお陰で、日本国民、政府はアメリカに「すっかり頭があがらなくなり」、アメリカの「言うまま」になってしまったことが暗喩され、また「その結果」として、小説家が本業の小説を書けなくなってしまうように、以後の日本から日本本来の良き伝統文化さえ失われていくであろうことが予見されている。さらには「児童もの」、つまり子供向けの作品を加納がやむなく書き出し、しかしそれが「好調」となっていくように、日本という国がアメリカの子供同然となり、アメリカの庇護下に置かれ、高度経済成長もその中で実現していく。そうした日本の未来像まで、梅崎春生は半ば無意識のまま、その鋭い感性によって見通していたと言い得るのである。

おわりに

かくのごとく「つむじ風」は、三組の男女関係を通して、戦後日本の〈男女平等〉を描きつつ、その背景にある日本社会へのアメリカ文化侵入について鋭く諷刺した側面を持つ。そこに込められた梅崎春生のメッセージは、単なるアメリカ批判にとどまらず、日本社会の弱点まで捉え、先々の予見さえ含まれていた。

梅崎春生は先に「侵入者」で米軍基地問題を寓意し、その後連載した、この「つむじ風」と併せて、二作とも「もはや『戦後』ではない(18)」と言われた昭和三十一年に発表している。時代の変化に敏感でありつつ、表面的な復興には惑わされない作家の洞察力が窺われよう。加えて「つむじ風」の場合、その戦後十一年目の時点で、アメリカ文化の侵入を男女関係、食生活という日本人の日常レベルより捉え、しかもユーモアに溶け込ませて表したところに独自性が存する。一見〈戦争〉から離れた日常を描きながら、「昭和十六年十二月八日」に遠い起点を有し、終戦以来、平成の今日まで続く日米関係のあり方について、早くから、さりげなく抉り出した長編小説として、「つむじ風」は梅崎春生文学においてはもちろん、戦後文学の中でも特異な一作と見做せるのである。

この小説には、他にも例えば泉恵之助と猿沢三吉による、銭湯主人同士の対立があり、また先にも触れたように、泉竜之助と猿沢一子、陣内陣太郎と西尾真知子という、二組の若い男女関係も描かれている。それぞれ作者独自の表現が認められ、「つむじ風」は、まさに多面的な小説と言える。梅崎春生文学に秘められた、さまざまなモチーフ追究のためにも、さらなる考察を後日に期したい。

注

（1）単行本『つむじ風』は昭和三十二年三月、角川書店刊。

（2）和田勉は「つむじ風」について、「ほのかなおかしみがあ」り、「筋はおもしろく進展し」た、梅崎春生の小説の中でも「ユーモア大衆小説」の「系列」と評している（『梅崎春生の文学』〈昭和六十一年十一月、桜楓社〉第二章第五節「『砂時計』『つむじ風』『狂い凧』論」）。戸塚麻子は『戦後派作家　梅崎春生』（平成二十一年七月、論創社）の中で、「つむじ風」について、「話の面白さに重点が置かれ」た小説だと指摘している。

（3）他にも、例えば日沼倫太郎が「書評・梅崎春生『つむじ風』」（昭和三十二年六月『新日本文学』）の中で、「権威や因襲のかげにかくれた現代人のウジウジした生活を嘲笑し」た「諷刺小説」と評している。

（4）ホステスをアルバイトが勤める「アルバイトサロン」（通称「アルサロ」）が、昭和二十五年八月十五日「大阪千日前に初めて」「開店」した。以後「全国的にアルサロ・ブーム」が起こった（平成十一年三月十四日『朝日クロニクル週刊二十世紀』第六号）。

（5）梅崎春生ら『近代文学』同人に対し、自らを松平姓で徳川慶喜の曾孫だと騙った、根本茂男なる人物が陣内陣太郎のモデルである。梅崎春生「ふしぎな人物」（昭和三十二年七月六日『東京新聞（夕刊）』）「不思議な男」（昭和三十二年十月『オール読物』）参照。

（6）梅崎春生は「砂時計」において、例えば『朝日新聞』掲載の東京都「バイ煙対策協議会」に関する記事をヒントに「カレー粉対策協議会」を設定し、同じく「聖母の園養老院」火災の記事から想を得て、夕陽養老院の在院者が院長に火災対策について詰め寄る場面を描いている。「砂時計」には『朝日新聞』記事に拠った設定、表現が他にも数多く見られる。詳細は第四章第二節Ⅰ「『砂時計』論—重層表現による社会諷刺—」を参照。

（7）同記事は「つむじ風」連載開始より約一ケ月前、昭和三十一年二月二十五日『朝日新聞（夕刊）』掲載。「国電小岩駅南口の松の湯」が「昨年三月から大人十二円を断行し」「東都浴場界の幹部たちがなだめすかして毎夜のように値上げ方を談判している」ものの、「十二円」で「がんばり続けている」ことを報ずる。「松の湯のすぐ隣の大黒湯」は「新築一年のキレイな湯だのに、十五円だから客がつかないとあって、たまりかねて」「『ウチも値下げする』と一月末に申入れた」とも記す。「すぐ隣」の二つの銭湯による、この「値下げ」にまつわる事実を発展させ、隣接した泉湯と三吉湯の対立、特に「東京都浴場組合」「理事」の「勧告」にも応じないその値下げ競争が生み出されたと言えよう。「代々」の「シニセ」である泉湯に対して、三吉湯が新しい「チェーンストア式」に設定されているのも、「大黒湯」が「新築一年」であることに想を得たと見られる。

(8)　昭和三十一年の『朝日新聞』には「集団の青春『アルバイト学生』と『夜学生』の違い」（一月十四日）、「学生生活の実態から見た授業料の値上げ・家庭の仕送りに限界・大きな割合、アルバイト」（二月二十日）、「腕には自信あり！　仕事を待つ学生たち」「ペンキ塗り奉仕をするアルバイト学生」（三月四日）等の記事が見られる。

(9)　猿沢三吉が「女房の眼をぬすんで近ごろメカケを囲」ったことは、三吉が最初に登場する連載第二十四回（三十一年四月十五日『東京新聞』）にまず記されるが、そのメカケが「真知子」という「学生」であることは、連載第八十二回（三十一年六月十三日『東京新聞』）でようやく明らかになる。つまり梅崎春生は、猿沢三吉に登場当初からメカケを囲わせておきながら、そのメカケのイメージはまだ定まっておらず、連載を進める途中で目にした「ある生活」第二十六回から想を得て、また後述する「売春防止法」の影響もあって、学生アルバイトのメカケを創造したと見ることができる。

(10)　以下の記述は阿部恒久・佐藤能丸『通史と資料　日本近現代女性史』（平成十二年十二月、芙蓉書房出版）、井上輝子・江原由美子編『女性のデータブック』（平成三年四月、有斐閣）に拠った。

(11)　単行本『女性に関する十二章』は昭和二十九年二月、中央公論社刊。

(12)　注(10)に同じ。

(13)　大正六年九月十六日から昭和三十四年四月二十九日に至る永井荷風の日記。「戦災日録」（昭和二十一年三月～六月『新生』）以来、逐次発表、刊行された。小説・随想集『裸体』（昭和二十九年二月、中央公論社）に収録された「荷風戦後日歴」と題する日記の一節を挙げれば、次のようである。

（注、昭和二十一年）三月初九。晴。（中略）町を歩みて人参を買ふ。一束五六本にて拾円なり。新円発行後物価依然として低落の兆なし。

（中略）

五月廿八日。陰。独活を煮て昼餉を食す。余老来好んで菜蔬を食す。蚕豆、莢豌豆、独活、慈姑のごときもの。

散歩の際これを路傍の露店又は農家について購ふことを得べし。東京の人に比すれば幸多しと云ふべし。飯後出で、鬼越の田間を歩す。梨畠多し。

(14) 平野ふみ子「まえがき」(『若く見え長生きするには―アメリカ式健康法―』昭和二十六年七月、雄鶏社)。

(15) 野呂旅人が「自分のこの食生活は、かのゲイロード・ハウザー博士の所論にヒントを得て、自分流に考案した」と「タンカを切」るのに対し、「僕」は「信念もクソもない、ただの経済食」「単純なケチンボ精神」だと否定している。

(16) 梅崎春生は「砂川」(昭和三十年十一月『群像』)で、米軍立川基地拡張のため強制測量が為された当日について報じていた。

(17) 注(16)に挙げた「砂川」の他にも、梅崎春生は、例えば「保安隊航空学校見聞記」(昭和二十八年四月『群像』)で、「ここは日本保安隊の航空学校でありながら、日本の土地ではない。米軍用地なの」だと記す。

(18) 中野好夫「もはや『戦後』ではない」(昭和三十一年二月『文芸春秋』)、経済企画庁『昭和三十一年年次経済報告(経済白書)』(昭和三十一年七月)参照。

第二節　戦後社会の構造

Ⅰ「砂時計」論

――重層表現による社会諷刺――

はじめに

梅崎春生の「砂時計」は、『群像』昭和二十九年八月号から三十年七月号にかけて連載された。(1)全30章に及ぶ長編小説である。第二回新潮賞受賞作であり、同時代評においても、「現代社会の諸現象の中に喰い入ろうとし」た作品として、(2)あるいは「諷刺的社会小説」(3)として、高い評価が与えられている。

しかし、この「砂時計」を今日読み返してみると、作品全体の評価として、必ずしも上々の作とは言えないようにも思われる。先行論でも幾度か指摘されているごとく、物語構成が前後で「割れている」ように見え、構成上の〈破綻〉が認められるからである。(4)また登場人物の会話や場面設定等に、ドタバタ喜劇風の戯画が目立ち、通俗ユーモア小説に誤解されかねない雰囲気のあることも指摘しておきたい。

もっとも物語構成の破綻を気にせずにこの小説を読むと、物語の中盤以降は、読み応えを感じさせてくれることも確かである。「砂時計」全30章を序盤（1～10章）、中盤（11～20章）、終盤（21～30章）に分けた場合、序盤は今ひとつモチーフの深まりを見ることができない。それが「カレエ粉対策協議会」と「夕陽養老院」という二つの舞台が詳しく描かれ始める12、13章あたりから、同時代評でも指摘されていた〈社会諷刺〉の趣が次第に強くなる。物語の中盤以降は、作者のモチーフが明快に表されているように見受けられるのである。実際、先行論においても、この小説の後半部分に「作品としての高まり」が指摘されている。(5)

結論を少し記せば、「砂時計」は、その作品全体の仕上がり具合には目を瞑って、また連載時の社会状況も視野に入れて、物語中盤以降の二つの舞台「カレエ粉対策協議会」「夕陽養老院」に注目して読む小説と言える。そこには当時の日本社会に対する梅崎春生の批判的な見解が表されており、同時代の読者はそのモチーフをリアルな感触で受けとめたことであろう。だからこそ「諷刺的社会小説」として評価された。「砂時計」について、特にその物語中盤以降に焦点を当てながら考察を進めたい。

なお本論では『群像』連載の「砂時計」初出稿に拠った。(6)

一　物語構成の破綻と社会諷刺

考察にあたって、まず「砂時計」全体の物語構成を確かめておきたい。

『群像』誌上に連載された全30章のうち、連載第一回目（昭和二十九年八月）に、1章から4章までが発表された。1章には名前も明かされぬ一人の男の自殺未遂が描かれている。2章および3章では平沼修蔵とその妻倫子の家庭が描かれる。4章では、他人を恐喝することで利益を得ている白川社会研究所が舞台となり、その所員として、以後物語の中心人物となる栗山佐介が登場する。

このうち3章にはリヤカーを破損された老人が少しだけ顔を出し、7章より「夕陽養老院」が新たな舞台として現れると、この老人は同院の在院者韮山伝七（ニラ爺）であったことが判明する。４章には栗山佐介が「ライスカレエ」に拒否反応を示すことが記され、(7)後の「カレエ粉対策協議会」に向けた伏線が張られている。また1章の自殺未遂者は、実は栗山佐介の過去を描いたものであり、その佐介は白川社会研究所の所員だけでなく、夕陽養老院の院長黒須玄一の秘書兼書記も務めていることが、物語の進行に従って見えてくる。

こういった連載第一回目各章の舞台設定、その後に向けた伏線の張り方から、梅崎春生は「砂時計」連載開始にあたって、次のような構想を抱いていたと推察される。つまり複数の舞台を用意し、それらを交互に描いたり、絡め合わせたりしながら物語を進め、無関係に思えた各々の舞台が実はつながり、関わり合っていたことを次第に明らかにしていく、そのような物語構成を意図した。そしてその物語構成を通して、別々の舞台で生きている人間同士が、自分の知らないところでつながり関係し合っていること、あるいは一人の人間が別々の舞台でさまざまな立場に立っていることを表現しようと試みた。いわば複雑精緻な物語構成によって、社会の複雑な構造を表そうとした小説である。

ところが実際に書き上げられた「砂時計」を見ると、物語は次のように展開していく。

まず連載第一回目の2、３章に描かれた平沼家。この舞台設定は連載二回目以降、終盤24章に倫子が少しだけ顔を覗かせる(8)のを除いて、再び描かれることはない。次いで序盤に多く描かれていた白川社会研究所も、中盤11章に入って、栗山佐介が自宅に向かうとともに、舞台としての役割を失ってしまう。代わりに佐介の自宅付近にあるカレエ粉工場によるカレエ粉被害が13章より、それに対する「カレエ粉対策協議会」が17章より舞台として現れる。併せて7章から描かれ始めた夕陽養老院も、９章、12章で筆を割かれ、場面として比重を大きくしてくる。12章から20章にかけて、「カレエ粉対策協議会」（カレエ粉被害）と「夕陽養老院」の二つが交互に描かれ物語は展開される。終盤に入ると「カレエ粉対策協議会」も舞台から消滅。特に26章以降は「夕陽養老院」に大半の筆が費やされ、物語の結末に至る。

従って「砂時計」の物語において、平沼家が他の舞台とどのように関わっているのか最後まではっきりしないままであり(9)、また「白川社会研究所」「カレエ粉対策協議会」「夕陽養老院」という三つの舞台も、それぞれがどのような意味を持って関係し合うのか、十分表現されたとは決して言えない。なるほど三つの舞台は栗山佐介を介してつながっており、13章においては、佐介が自分の社会的な立場について白川社会研究所では「加害者」、カレエ粉工場に近い自宅では「被害者」、夕陽養老院では「傍観者」だと説明している。このような部分に梅崎当初の構想が垣間見えるようではあるが、その佐介の言う白川社会研究所の加害性は、具体的な内容が記される前に、舞台自体が物語から消滅してしまうのである。栗山佐介と夕陽養老院との関わりについても、最終30章で申し訳程度に佐介が養老院に顔を見せるだけで、彼が老人たちや黒須院長とどのように関わっていたのか、具体的な内容は見えてこない。そもそも1章に記された〈自殺未遂〉という栗山佐介の過去が、４章以降に描かれる現在の佐介とどのようにつながるのか、詳しい説明は為されていないのである。

「砂時計」の物語全体を見渡すと、構成においても、モチーフにおいても、梅崎春生が当初の構想通りに十分表現し得たとは決して言えそうにない。連載の開始にあたって複数の舞台を用意しておきながら、それらのつながりや立場を十分示すことはできず、中盤から二つ、終盤には一つに舞台を限定してしまうのである。その物語構成は前後のバランスが悪く、破綻が認められることは、なるほど否定できない。近年では戸塚麻子が「砂時計」の物語構成に際して、「特に後半養老院の場面が中心になっていくにしたがい作品が単純化され、尻すぼまりに終わってしまった感」があることを指摘している(10)。

しかし「砂時計」について、そうした構成上の破綻には目を向けず、物語中盤以降のみに注目して読んだ場合、戸塚の指摘は必ずしも適切でないようにも思われる。

「カレエ粉対策協議会」と「夕陽養老院」は、序盤とのつながりや佐介の言う社会的立場の問題が見えにくいものの、それぞれが取り上げたモチーフについては、明快かつ説得力を持って表されているからである。そのモチーフに限れば、二つの舞台は互いに共鳴し合う要素も認められると言えよう。

物語も半ばに進んだ15章、栗山佐介はカレエ粉工場に近い自宅周辺の状況について、次のように語っている。

「カレエ粉は鼻の穴を通過して、咽喉に行く。咽喉からさらに肺の方にくだつて行く。(中略)あんな強い刺戟物が、たとへ微量にせよ、毎日毎日肺や胃に入つて行く。そして臓器の細胞を刺戟する。(中略)紙巻煙草の煙ですら、長い期間には肺癌をひきおこすのだ。それより強い刺戟物が、毎日毎日遠慮もなく入つてくる。さうすれば一体僕らの身体はどうなるか。」

この栗山佐介の台詞から、読者の多くは、大気汚染を初めとする公害問題を想起させられるであろう。連載当時の日本社会は、公害問題が徐々に深刻になりつつある状況にあった。それを〈カレエ粉公害〉という形で表しているのである。しかも、このカレエ粉の問題は、ただなる公害の表現にとどまっていない。栗山佐介は同じ15章でさらに次のように語っている。

「そして僕らは集つて相談し、代表を選出した。作業場の窓をとざせ。塀を高くしろ。そんないくつかの条項を記した決議文を、工場内の応接間で修羅吉五郎に手渡したんだ。」

カレエ粉公害の対策を考え、工場主である修羅吉五郎との交渉を行う被害者による会合、「カレエ粉対策協議会」

について佐介は説明しているのである。17章では、その「カレエ粉対策協議会」を具体的に描きながら、会員の一人の台詞として「(注、カレエ粉工場では）年少女工員が、一日百円程度の低賃金で働かせられてゐること、そしてそれによつて時間外労働、深夜業、休日労働が事実上強制されてゐること」などが語られている。つまり「カレエ粉対策協議会」は、公害問題に対する市民運動として描かれつつ、その雰囲気を通して資本家と労働者の対立、いわば〈労使紛争〉をも擬似的に表した設定と見られるのである。

一方、「夕陽養老院」は、中盤手前の7章、9章に始まり、12章から「カレエ粉対策協議会」と並行し、次のような内容が記されている。同院は雇われ院長黒須玄一によって運営される私立の養老院で、黒須の背後には「数名から成り立つ経営者団」が存在している。営利を最優先する経営者団の下で、黒須院長は、利益を高めるための院内改革に努める。3章でリヤカー破損が描かれたニラ爺には、リヤカー代一万二千円を弁償しなければ退院である旨を告示し、老人たちの反感は高まる。老人たちは松木爺、瀧川爺ら「口がうるさく行動的」な面々を中心に「在院者代表」による「会議」を開き、議論を重ね、黒須院長に待遇改善を要求する会見を申し込むのである。対して黒須院長は、在院者代表たちを「アカ」と見做し、老人たちとの会見に応ずる前に、ニラ爺を手懐けて自分のスパイ役に任命したりもする。「夕陽養老院」という舞台においても、黒須院長と在院者代表の対立という形をとりながら、資本家と労働者の対立、〈労使紛争〉が擬似的に表されていると言えよう。

終盤21章以降に目を向けると、「カレエ粉対策協議会」は、市民と工場主の対立が十分追求されないまま描かれなくなっている。物語構成上、これまた破綻と言える。だが、その分、場面を拡大した「夕陽養老院」が引き続き同じ〈労使紛争〉の気配を漂わせていくことで、中盤から終盤へ、モチーフ面では一貫した連なりを見ることができる。ことに25章以降、某大学教授ら経営者団五名が登場し、黒須院長を含めた「経営者会議」が描かれると、そのモチーフは発展的に表されているようでもある。例えばこの経営者会議では、老人の入所金をより多くせしめて利益を高めるために「在院者の廻転率を高める」方法、つまり老人を早く、多く死なせるにはどのようにすべきかが議論され、資本家の搾取が改めて強調されている。またその経営者団の姿は、ただなる資本家にとどまらず、後述するように、国家権力の代表と言うべき日本政府をも表していると捉えられるのである。

このように見てくると、物語の中盤以降、「カレエ粉対策協議会」「夕陽養老院」においては、〈公害問題〉〈労使紛争〉など現代社会を意識した表現、いわゆる社会諷刺の姿勢が貫かれていると言えよう。梅崎は当初の構想、複数の舞台による〈社会の複雑な構造〉の表現を途中で手放してしまった。代わりに連載時の社会状況から喚起されたところもあって、中盤以降は同時代を戯画的にイメージさせながら、その中に自己の見解を表していく方法、いわゆる〈社会諷刺〉へ、表現の方向転換を図ったと見ることができる。

以下の考察では、「砂時計」に表されたその社会諷刺の内実について、当時の社会状況を視野に入れながら検討したい。

二―（1）「カレエ粉対策協議会」と〈バイ煙公害〉〈人権争議〉

修羅吉五郎の工場が撒き散らすカレエ粉による周辺住民への被害。いわゆる公害問題の戯画的な表現であろうことは、言うまでもないが、当時の新聞を繙けば次のような事実が判明する。

まず昭和二十九年十一月十八日『朝日新聞』「東京版」に「バイ煙の〝特別相談班〟都、冬控え防止に乗出す」との記事が見られる。次いで同じ「東京版」の十二月二十四日で、その続編が「守れ〝バイ煙基準〟都で防止条例準備」との見出しの下に、以下のごとく報じられているのである。

都内の空気をよごすバイ（煤）煙退治に乗出した都では、きのう二十三日朝、第三回バイ、煙対、策協議、会を開き、各地区別のバイ煙防止の基準などをきめた。そして来秋までに「バイ煙防止条例」を設けるよう立案準備にとりかかることになった。（後略）

昭和二十九年当時、東京では「バイ煙」による大気汚染が深刻な問題となり、「バイ煙対策協議会」という会合が開かれていたのである。「砂時計」４章には、早くも栗山佐介のライスカレエ拒否が描かれているから、梅崎春生が右の記事そのものを見て作中の設定を思いついたということは決してない。しかし、これらの記事以前から東京都民の悩みの種であったに違いない〈バイ煙公害〉に梅崎が興味を持ち、〈カレエ粉公害〉の設定を思いついたことは確実と言えよう。ことに右の記事に見る「バイ煙対策協議会」は、何時頃から開催されていたのか定かではないが、他の報道等も通して梅崎がその存在を知り、作中の設定として活かしたのは、名称の重なりからも明らかと言えるだろう。ちなみに「カレエ粉対策協議会」の名称が正確に登場するのは13章（連載第六回目・昭和三十年一月『群像』）からである。(11) また〈カレエ粉公害〉に関連して、栗山佐介は「次の国会に、公害法といふ法案が、あるひは上程されるかも知れない」と語っており、これも右の記事に見る「バイ煙防止条例」の「立案準備」と重ねている可能性がある。(12) いずれにしても、「砂時計」連載時において、少なくとも東京在住の読者は、作中の〈カレエ粉公害〉から東京都の〈バイ煙公害〉が想起させられたであろう。

「カレエ粉対策協議会」については、一つ注意すべき設定がある。現実の「バイ煙対策協議会」が新聞記事から判断して、東京都の役所主導による会合と見られるのに対して、作中の「カレエ粉対策協議会」は、工場周辺で被害を受けている市民たちの自主的な集まりとして描かれていることである。梅崎の視点が、権力者の側でなく庶民、あるいは社会的な弱者の側に置かれているのが確かめられる。またその結果として、「カレエ粉対策協議会」は、ただなる公害対策の集まりでなく、〈労使紛争〉の趣をも呈した会合として表されることとなった。いわば弱者の視点に立った〈労使紛争〉の表現という形で、梅崎春生の社会への関心が反映されているのである。

例えば3章では、平沼倫子の自宅最寄駅において「賃上闘争のポスターがうすぐらい電灯の光に照らし出されて」おり、11章では、自宅へ向かう途中の栗山佐介が「賃上闘争のポスターを横目で見ながら」「改札口を通り抜けた」と記されている。これらは倫子と佐介が同じ駅を利用し、実は生活圏を重ねていることの暗示と見られ、梅崎当初の構想に基づく表現と言えよう。しかし、ここではそうした作者の意図以上に、その頃の社会状況がこの二つの表現の中に認められることに留意したい。「砂時計」連載が開始される前年辺りから、賃上げ等の待遇改善をめぐって労働者と資本家がしばしば対立、いわゆる〈労使紛争〉〈ストライキ〉が実際に発生していたからである。(13)中でも昭和二十九年六月三日から九月十六日まで、つまり「砂時計」連載開始前後の一〇六日間に渡った近江絹糸紡績におけるストライキは、世間から特別の注目を集めた〈労使紛争〉であった。(14)近江絹糸の夏川嘉久次社長は、さながら女工哀史のごとく、年少女工員を低賃金で働かせ、時間外労働を強制、私生活まで制限を加えていた。前近代的と言うべき同社の経営方針に対して、従業員が立ち上がり、世論の多くも彼らを支持。一連のいきさつから〈人権争議〉とも呼ばれたのである。

「砂時計」における修羅吉五郎のカレエ粉工場、それに対する「カレエ粉対策協議会」には、この近江絹糸〈人権争議〉を彷彿させる描写が数多く認められる。例えば先にも触れたように、カレエ粉工場における「年少女工員」の「低賃金」「時間外労働」が記されており、また「カレエ粉対策協議会」で語られる修羅吉五郎の人物像も、「違法の労働を強制」する独裁者として夏川嘉久次社長と重なる。加えて「砂時計」18章には次のような場面を見ることができる。

失業者の乃木七郎は、チョビ鬚の男に声をかけられ、日当八百円の仕事を引き受ける。(15)仕事の内容は不明だが、拳固大の石を十個持参とのことだった。乃木以外にも五、六人の男たちが雇われていた。現場に着いてチョビ鬚が指示した仕事は、「カレエ粉対策協議会」の行われている部屋を目がけて「一斉に石を投げる」ことであった。

チョビ鬚は立ち止り、投石の姿勢をとり、六人を見廻しながら、低いするどい声で号令をかけた。「突撃！」／雨に濡れた顔に更に汗いっぱいふき出しながら、乃木七郎は無我夢中でポケットの石をつかんだ。天井からぶら下つた百ワットの電球めがけて、力まかせに投げつけた。石は電球に当らず、コードをかすめて壁にぶつかり、空しくぼとりと畳に落ちた。他の六つの掌の石も、空気を切つて飛んだ。カレエ粉対策協議場はたちまちにして総立ちとなり、大混乱におちいつた。

対して実際の近江絹糸〈人権争議〉では、昭和二十九年六月十六日『朝日新聞』の記事等から、次のような事実が確かめられる(16)。

夏川嘉久次社長ら近江絹糸経営者は、労働組合に対抗する手段として「大阪市内の浮浪者を多数雇入れ」、「会社側応援臨時人夫」として計二百八十名を「大垣工場」に派遣。六月十五日夜から翌朝にかけて、その応援人夫が工場門を守る労働組合員に「コブシ大の石を投げ」つけ「大乱闘」となり、「重傷12人」が出た。

前者の場面が後者の事実をなぞらえたものであることは明らかであろう。梅崎春生は「カレエ粉対策協議会」への「敵方の悪質な妨害」を描き、その背後にある修羅吉五郎を浮かび上がらせることで、実際に起こった労働組合員への投石事件、それを指示した経営者夏川嘉久次を読者に想起させようとしたのである。

かくて「砂時計」における「カレエ粉対策協議会」は、〈東京都バイ煙公害〉と同時に、それ以上に近江絹糸〈人権争議〉をイメージしていることが確かめられた。カレエ粉公害の被害者という一見ばかばかしくも、庶民、弱者の視点に立った舞台設定を通して、その頃には生々しい二つの社会的事件が同時に映し出されていたのである。

二―（2）「夕陽養老院」と「聖母の園養老院」火災

今度は「夕陽養老院」の場面について検討したい。戸塚麻子は、在院者代表会議をつづける老人たちが「日本の左翼運動」を、院長や経営者団が「当時の日本政府」を象徴していると論ずる。[17] 先にも検討した梅崎のモチーフを大枠では捉えた考察であり、特に経営者団に対する指摘は的確と言えよう。

例えば27章では「今の総理や先代の総理大臣」の「やり口」「巧妙な手口」が経営者会議の話題となっている上に、29章では「黄変米」を「強化米」とごまかして老人たちの食事に供していることを黒須院長が明らかにしている。昭和二十九年七月、日本政府が黄変米配給を決定し、世論の反発を招いた事実[18]がそこには重ねられているのである。

しかし在院者代表会議については、「左翼運動」という幅広い言い方でなく、いま少し限定した解釈が可能であろう。例えば9章では、担当医の俵が獣医ではないかという疑惑が語られている。実際、俵は獣医で、これまた戯画的な設定と言えようが、その処遇に対する老人たちの発言に目を向けたい。瀧川爺が「この俺たちは人間並みに取り扱はれてゐない」と言い、遊佐爺も「これはもう人権の問題だな」と述べている。つまり「夕陽養老院」でも近江絹糸〈人権争議〉を想起させる書き方が為されているのである。近江絹糸〈人権争議〉は、まさに弱者による権力への抵抗として、梅崎春生の興味を深く惹きつけた事件であったことが改めて確認されよう。

さらに「夕陽養老院」においては、その舞台設定について考えねばならない。敢えて養老院を取り上げたこと自体に、それ相応の理由が認められるからである。

戦後十年間での養老院設置数の推移を見てみよう。終戦前、昭和十九年の時点では、全国で一二七施設あったに過ぎない。それが二十四年では一四六施設、二十七年では三〇六施設、三十年では四六〇施設へと増加しているのである。[19]当時の養老院は、生活保護法下の施設であり、このような養老院数の増加じたいは、生活に困窮していた老人の多さの現れであった。しかしそれに加えて、戦後の新憲法（昭和二十一年十一月公布）、新民法（二十二年十二月「親族・相続」全面改正）によって、日本の伝統的な〈家制度〉が事実上否定された影響にも注意したい。[20]〈家制度〉否定が、それまで子供たちの義務であった親の扶養を必ずしもしなくてもよい、長男も含めて子供たちが年老いた親の面倒を見なくてもよいという意味で、多くの人々から解釈されたのである。その結果として、特に日本経済が徐々に復興し始めた昭和二十年代半ば以降になると、経済的には困窮していなくとも、子供から荷厄介にされたり、子供の家を盥回しにされたりする老人が多く現れた。そういった老人を対象とする生活保護目的とは異なる養老施設も必要と言われるようになった。すなわち「一定の金額を纏めて納めれば、老後を楽しく過ごせる」施設、民間による有料養老院の設置が求められたのである。[21]

「砂時計」には、こうした戦後日本の老人をめぐる社会状況も反映されていると言えよう。実際、夕陽養老院は「入所の当初」に「十万円さへ払ひ込めば、あとは死ぬまでただで世話をして呉れる」「私立の養老院」として設定されている。そしてこの夕陽養老院には「当初にまとまつた金額を納入する能力を持つてゐ」ながらも、「子供夫婦とそりが合はないとか、世の荒波にもみくちやにされて生きて行くのがイヤになつたとか」それぞれ理由を抱える老人たちが収容されている。つまりこの小説に描かれている老人たちは、戦後の〈家制度〉否定の下で、家庭から、社会から、冷たくあしらわれてきた人々だったのである。

そのように考えると、夕陽養老院の老人たちは些かドタバタ調に描かれる中で、自分たちの処遇に対して〈怒れる〉人々であることが、特別な意味を持って見えてこよう。[22]〈人権争議〉を読者に彷彿させる狙いに加えて、「砂時計」連載当時、いわば老人を軽視し、冷遇する社会の風潮に対して、〈怒れる老人〉が実際に多く存在していたことの表れとも捉えられるのである。

ここで20章（連載第九回目・昭和三十年四月『群像』）の一場面に注目したい。院長と老人たちの会見が次のように記されている。

> （注、在院者代表・柿本爺）「院長はエレベーター設置を、冗談として聞き流したやうだが、それこそ飛んでもない心得違ひだ。二階か階下かといふことは、これはたいへん重要なことだ。これはたんに階段の登り降りだけの問題でない。いいですか。もし万一この夕陽養老院が火事にでもなつて見なさい。階上に部屋を割当てられたものは、階下のそれにくらべて、焼死の危険率がぐんと増大する。」（中略）／（注、同・遊佐爺）「わしの七十八年の経験によると、建物といふやつは老朽すればするほど、火の廻りが早いやうだ。しかもわしらは老齢で、どうしても行動の敏活を欠く。かういふ状況で階下から火が出たら、階上のわれわれは集団的に焼け死んでしまふだらう。大体養老院に二階をつくるなんてことは、常識外れの暴挙だと言つていいことだぞ」（中略）／院長は顎鬚をしごき、わざとらしい軽蔑的な表情をつくつた。「火災予防に関しては、当方もいろいろ考へ、いろいろ手も打つてある。諸君さへ火に注意すれば、当院においては絶対に火災は起きない。すなはちだな、寝床の中で煙草を吸ふとか――」／（注、遊佐爺）「煙草だけが火災の原因ぢやないぞ。漏電なんかもある」

加えて老人たちは、火災時の対策として、「すべり台をつくつたらどうや」「すべり台はいいぜ。火事になつても、スーッと辷つて逃げられる」と発言、対して院長は「すべり台」設置費用について「五万円で出来るものか。十万円はかかるぞ」と答えている。

火災時の対策について老人たちが怒り、院長に詰め寄るこの場面は、その発表の少し前、おそらくは梅崎春生が連載第九回の執筆に取り掛かろうとしていた時期に発生した、ある事件を踏まえて捉える必要がある。昭和三十年二月十七日早朝に起こった「聖母の園養老院」火災である。

当時の新聞報道[23]によると、「聖母の園養老院」はカトリック修道院が運営し、建物は「旧海軍庁舎を改造した木造二階建」を使用していた。古い木造建築であった分、火の廻りは早く、しかも二階建てであったために階上の老人が逃げ遅れ被害は拡大、焼死者は九十八名を数えたと言う。火災の原因については、「漏電説」などが有力視されていた。

火災の翌日、二月十八日『朝日新聞』[24]を見ると、「彼らは守られていない！　人生の終点・養老院」との大見出しの下で、全国の養老院施設の老朽化、火災時の危険さが大きく報じられている。中でも東京都葛飾区の養老院高砂園は、火災対策として「直接二階の廊下から表にすべり出せる退避用のスベリ台をつけることを思いついた」もののの、「このスベリ台一本つけるには十万円近くかかる」ため、「今のところどうにも見当がつ」かないとのことであった。

しかも同日『読売新聞』社説には、次のような文章が見られる。

> 宗教的信念で経営しているものでも、こんどのような事件が起るのだ。まして、お役目的にやっている官公営の養老院や、場合によっては老人を食いものにする一部の私営のもので、決してかかる事件が起らぬと、いったいだれが保証し得よう。

「砂時計」連載中に起こった社会的事件を梅崎春生が作中にすかさず取り入れ、描写に活かしたのは明らかであろう。「すべり台」設置要求までもが事実の反映であった。当時の読者は右の院長と老人たちのやり取りを通して、「聖母の園養老院」火災が想起させられたはずである。それどころか、前年より養老院を一つの舞台として連載を進めていたこの小説から、その作品世界が現実を先取りしていた印象さえ受けたであろう。

「聖母の園養老院」火災は、右の新聞報道にもあるように、老人が社会的に「守られていない」こと、彼らが戦後日本社会から冷遇されてきた社会的な弱者であることを広く人々に知らしめる事件であった。またその事件に関する新聞社説から、夕陽養老院のごとく、「老人を食いものにする」私立養老院が実際に一部で存在していたことも確かめられる。そのような同時代に対する梅崎春生の批判が、火災対策について院長に詰め寄る老人たちの台詞を通して表れていることに注意しなければならない。

「砂時計」における「夕陽養老院」は、何より戦後の〈家制度〉否定による老人軽視の社会風潮を反映した設定と言える。その上に近江絹糸〈人権争議〉が重ねられ、かつまた黒須院長らには時の日本政府のイメージまでもが託されていた。「カレエ粉対策協議会」と同様、「夕陽養老院」にも同時代の社会が重層的に映し出されていたのである。

二―(3)　野犬

かくのごとく「砂時計」中盤以降には、同時代の社会的な事件が数多く取り込まれている。それらは初出から五十年以上経過したことで読み取られにくく、また戯画的に表されている故に、今日においては正当に評価され難い側面がある。しかし、決して通俗的ユーモアなどと貶める表現でなく、皮肉や冷笑が込められた、弱者の立場による同時代批判として捉えるべきだろう。いずれも一つの舞台に複数の出来事が映し出されており、まさに重層表現による社会諷刺と見做せるのである。

物語中盤以降の特色が如実に表れた一節として、最後に「砂時計」最終場面を取り上げたい。会議を終えて夕陽養老院を去っていく経営者団の姿が次のごとく描かれている。


その石ころ道を経営者たちの一行が小さく歩いてゐた。その右手にあたる雑木林の中から、大小数匹のよごれた犬がのそのそと這ひ出し、いやな声で啼き立てながら、こもごも入り乱れて石ころ道に走つて来た。最初に悲鳴をあげたのは、一行の最後尾を歩いてゐた女金貸であつた。／「犬が！」（中略）経営者たちはてんでに折詰めを道ばたに投げ捨て、走るな、走るな、とお互ひを牽制し合ひながら、競歩の選手のやうに足を突張つて駅に急いでゐた。競歩と言ふにはそれは規約を無視し過ぎてゐて、やはりそれは一種の疾走であつた。犬たちは折詰めにたかつてはそれを食べ尽くし、また疾走する経営者たちのあとを追つて走つた。


同じ場面で玄関に立って経営者団を見送っていた黒須院長は、階上に居たニラ爺から頭上めがけて物を落され、禿頭からどくどく血を流すこととなる。

「老人を食いもの」にしていた経営者団と院長が、最後に手痛いしっぺ返しに会うこの最終場面は、勧善懲悪の趣が強い。またドタバタ喜劇の雰囲気もあって、通俗的にさえ見える結末である。しかし、そうした言い方で片付けるのは、もちろん適切でない。

例えばこの場面の直前、経営者会議の内容を盗み聞きしたニラ爺と煙爺が「耳を猟犬のやうにそばだて、眼をきらきらと光らせて怒つてゐた」と記され、16章では院長から手懐けられたニラ爺の姿が「つながれた犬みたい」だとも表されている。また17章ではカレエ粉工場の従業員たちが「違法の労働の強制をされ」ていることについて、

「犬のやうに口かせをはめられ」ているとも形容している。さらに「砂時計」連載も中盤に差し掛かっていた昭和三十年一月末より、次のような記事が『朝日新聞』「東京版」に掲載されていたことを踏まえれば、そこに表されたものは明らかとなろう。

まず一月三十日の紙面に「野犬『薬殺』二日から」との記事を見ることができる。次いで二月五日には「散布場所など決る　野犬薬殺毒入ダンゴ」との見出しが掲げられている。その後も二月十三日に「都内各所で野犬薬殺」、二月二十七日に「野犬薬殺打切り」と題する記事が、それぞれ載っていたのである。[25]

当時、東京都には野犬が多数存在し問題となり、薬殺処分が行われていた。梅崎春生はそのことを意識して「砂時計」の最終場面を創り上げたと言えよう。

野犬もかつては人間に飼われていた愛犬であり、人間の都合で野放しにされ野犬となる。にも拘わらず野犬たちは、これまた人間の都合で薬殺されてしまう。野犬とは、まさに人間の都合に振り回される人間社会の犠牲者に他ならない。東京都の野犬薬殺から、梅崎春生はそのように考えたのではあるまいか。

すなわち「砂時計」最終場面に描かれた犬たちは、カレエ粉工場の従業員や夕陽養老院の老人たちのごとく、社会的に虐げられた人々の象徴と言える。そしてその野犬たちが経営者団を襲う姿を通して、弱者による権力への抵抗が表されているのである。それはそのまま近江絹糸〈人権争議〉を闘った人々と「家制度」が否定された戦後社会に対して〈怒れる〉老人たちをも表していよう。

一見、通俗的な気配もある最終場面であるが、実はそこには弱者の視点に立った作者の同時代批判が集約的に表されていたのである。物語中盤以降の表現とモチーフが、ここに象徴されていると言えよう。

おわりに

「砂時計」は物語展開に破綻が見られ、作品全体としては上々の出来と言えそうにない。軽く読み流せば、通俗的ユーモアと見紛うような表現も多く認められる。

しかし、その物語中盤以降には、梅崎春生の社会諷刺を見ることができる。「カレエ粉対策協議会」「夕陽養老院」において、同時代の社会を重層的に映し出すことで、弱者を虐げる戦後十年目の日本社会に対する批判を、権力に抵抗する人々への共感も込めながら表したのである。戯画も時代背景と併せて捉えれば、諷刺を高める表現として見えてくる。それゆえ中盤以降のモチーフは、当時にあってはリアルに受け止められた。今日ではそのリアルさは見えにくいものの、決して「単純化」でも「尻すぼまり」でもなく、この小説の優れた一側面として評価されよう。

梅崎春生は自らの戦争体験を素材にした「桜島」（昭和二十一年九月『素直』）で文壇に登場し、「ボロ家の春秋」（昭和二十九年八月『新潮』）では当時の国際情勢を、「侵入者」（昭和三十一年二月『新潮』）ではその頃の日米関係を諷刺的に表していた。[26]「砂時計」は、梅崎春生が戦後社会に関心を抱き続け、創作に反映させていたことを裏付ける、重要な一作と言い得るのである。

注

（1）初刊本『砂時計』は昭和三十年九月、講談社刊。
（2）十返肇「『砂時計』論」（昭和三十年八月『群像』）
（3）山本健吉「私の今月の問題作五選」（昭和三十年十一月『文学界』）。なお初刊本『砂時計』の帯には「複雑巧緻な構成のもと、作者の眼に完全に濾過された登場人物が演ずる、現代社会諷刺の深刻な喜劇」と記されている。

（4）「創作合評」（昭和三十年八月『群像』）で、加藤周一は「砂時計」について次のように発言している。「ぼくは前後で少し割れているような気がする。初めに出てきた話が、あとで読者が期待するほど発展しない。ことに最後の部分で『夕陽養老院』の話が全体を食っちゃうような感じがする。（中略）『平沼家』の話も消えるけど『白川社会研究所』も途中で消えるような気がする」。和田勉も「砂時計」について、「なりゆきにまかせた結果の偶然」による「無理な構成であることは否定しようがない」と論じている（『梅崎春生の文学』〈昭和六十一年十一月、桜楓社〉第二章第五節「『砂時計』『つむじ風』『狂い凧』論」）。

（5）和田勉は注（4）前出の論の中で、やはり「砂時計」について、「内容的にも、終わりに近づくにつれて作品としての高まりを見せている」と記している。

（6）初刊本『砂時計』には、連載初出稿より若干の加筆が見られる〈後出、注（7）（9）参照〉。また新潮社版『日本文学全集62梅崎春生集』（昭和三十九年二月）収録にあたって、2・3章を中心に大幅な本文の削除、移動、加筆が行われた。構成上の破綻を多少なりとも修正しようとした改稿と言える〈後出、注（8）（15）参照〉。新潮社版『梅崎春生全集第四巻』（昭和四十二年二月）に収録された「砂時計」はその改稿版が底本である。本論は梅崎春生が同時代の社会から如何なる影響を受けつつ「砂時計」を書き進めたのか、特に中盤以降のモチーフと社会状況の関わりを明らかにする目的で連載初出稿に拠った。

（7）初刊本『砂時計』では、これより先の2章において、平沼修蔵の通う碁会所周辺での「カレエ粉のにほひ」が加筆されている。

（8）栗山佐介が膝の治療に訪れた渋川接骨院の患者として、平沼倫子は少しだけ顔を見せている。なお『日本文学全集62梅崎春生集』収録における改稿で、平沼家の話は作中から全て削除された。

（9）戸塚麻子は『戦後派作家　梅崎春生』（平成二十一年七月、論創社）で、平沼倫子と白川社会研究所長の「恋愛関係」の暗示を読み取っている。戸塚が論の底本に用いた初刊本では3章で平沼倫子と「弥兵衛」の関係が仄めかされ、5章では白川社会研究所の所長名が「白川弥兵衛」と記されることから、そのテキストにおいては適切な考察と言える。しかし、5章における「白川弥兵衛《いへゑ》」は、初刊本で為された加筆である。『群像』連載初出稿では、「白川所長」

とあるだけで、「白川弥兵衛所長」とは書かれていない。確かに初出稿でも3章で倫子と「弥兵衛」の関係が暗示されているが、梅崎春生が当初からその「弥兵衛」を「白川所長」のつもりで記したかどうか、正確なことは不明である。

（10）『戦後派作家　梅崎春生』〈注（9）前出〉

（11）ただし11章で「カレエ粉対策協議の会合」と記されている。また5章で栗山佐介は「今晩、僕はうちの近所の連中との会合があるんだ」と語っている。その名称と内容は不明であるものの、後の場面として何らかの会合を描くことが、この時点で予定されていたと見られる。

（12）「バイ煙防止条例」は昭和三十年十月、公布された（東京都環境保全局環境管理部『東京都環境白書資料集』〈平成十二年三月〉参照）。なお戸塚麻子は、栗山佐介の言う「公害法といふ法案」について、「一九五五年に厚生省が準備した生活環境汚染防止基準法案のことだと思われる」と記している（『戦後派作家　梅崎春生』〈注（9）前出〉）。

（13）昭和二十八年には、例えば賃上げ要求等による日産自動車の労働争議、人員整理反対による三井鉱山の労働争議などが発生している（大河内一男『戦後日本の労働運動　改訂版』〈昭和三十六年六月、岩波新書〉、斎藤一郎『戦後労働運動史』〈昭和四十九年八月、社会評論社〉参照）。

（14）以下の考察は、全国繊維産業労働組合同盟編『近江絹糸大争議の経過』第一部（昭和二十九年八月）、同第二部（二十九年十月）、青年法律家協会編『人権争議―近江絹糸労働者のたたかい―』（昭和三十年十月、法律文化社）を参照。例えば『近江絹糸大争議の経過』第一部三十七～三十八頁には、二十九年六月二日に行われた近江絹糸紡績労働組合総決起大会における次のような「大会宣言」が掲載されている。「我国の憲法は主権在民の上にたち、人格の尊厳と個人の権利と義務の平等を規定し、我々労働者が一致団結、団体行動を行う権利をうたつている。／しかるに資本金十億円、近代的設備を誇り、紡績業界に於て五指に屈せられる近江絹糸紡績に働く一万三千の我々労働者は、労働三法はおろか、憲法をすらふみにじつた貪慾あくない労務管理の犠牲になり、終戦後十年にならんとする今日いまだに民主主義の、自由のなんたるかを解せず前世紀資本主義的女工哀史を綴らされている。／即ち労基法に違反した時間外労働の強制、時間外賃金の不払い、人権をジュウリンした結婚の阻止、向学心に燃える青年の就学妨害、旧軍隊より厳しいと云はれる寄宿舎生活等々。／枚挙にいとまのない非人道的な抑圧の前に遺憾ながら我々は今日迄屈服して来た。／一万三千の同志諸君！／目を開け、そして聞け！／格子なき牢獄に呻吟する過去の奴隷労働に終止符を打とう、解放の鐘を高らかにうちならそう！（後略）」。

(15)『日本文学全集62梅崎春生集』収録の改稿版では、平沼家の話を削除した代わりに、この乃木七郎のエピソードを2章に移動。〈乃木七郎がチョビ鬚の男に話しかけられ、仕事を引き受けるまで〉を投石事件の描写から切り離し、物語のより早い段階へ移すことで、後に事件を描く伏線としている。

(16)「浮浪者を各工場へ　会社側、雇い入れて送りこむ」「近江絹糸工場　大垣で重傷12人出す　臨時人夫とピケ隊乱闘」との見出し記事による。なお『近江絹糸大争議の経過』第一部〈注(14)前出〉では、大阪での浮浪者雇用について九頁で、大垣工場での投石事件について八十五頁で報告している。

(17)『戦後派作家　梅崎春生』〈注(9)前出〉

(18)「『有毒黄変米』を配給」「学者ら強く反対」（昭和二十九年七月二十七日『朝日新聞』）参照。

(19)藤崎宏子「戦後混乱期の養老施設」（昭和六十年三月『人文学報』第一七九号）参照。

(20)以下の考察は、岡本多喜子『老人福祉法の制定』（平成五年八月、誠信書房）、全国老人クラブ連合会編『全労連十五年の歩み』（奥付日付なし）参照。岡本の著書には、「敗戦後の民法改正は、長男も含めて、子供が親の面倒を見る必要がなくなったと解釈され（中略）高齢者を不安に陥れた」と記されている。『全労連十五年の歩み』には戦後の社会風潮を語る文章として、次のような新聞記事が引用されている。「新憲法は従来の家族制度に大変革をもたらした。親に対する子女の扶養義務についてもいまわしいトラブルが多く、戦後の混乱から自由と放縦をはき違え、一般《ママ》老人を軽視するようになった。誤った個人主義から老人はとかく家庭で邪魔者扱いをうけるようである（後略）。」「戦後、家族制度がくずれ、国民生活が窮迫をつげている今日、働こうにも働けぬ老人は、とかく邪魔者扱いにされる。人生の悲しみを訴えようにも訴えるすべのない老人が多い。」（前者『大阪新聞』、後者『朝日新聞』。ともに日付不明）。

(21)賀山舜一「老後を楽に暮せる老人ホームは何時できるか」（昭和二十六年七月『実業之日本』）では、アメリカの養老院が「文字通り老人の楽園といった有料養老院で、子供がこの養老院に一定額の生活費を毎月送るか、老人たちが若い時に働らいた一定の額を纏めて納めれば、老後を楽しく過ごせるといったもの」だと記す。そして日本でも「社会福祉法人を申請中の千一クラブ」がそのような「有料養老院」を計画中だと説明している。また矢野嶺雄「有料老人ホームについて」（昭和二十九年八月『養老事業だより』）では、「我国に於ては去る昭和廿六年頃から全国養老事業大会の議題として『有料老人ホーム』設置促進の問題が取りあげられてきた」ことが記され、その理由として「終戦後、家族制度の変革や、それに伴う各種法令の改訂により」「子供に依存してはならないという社会組織に移りつゝあること」が挙げられている。

(22) 夕陽養老院には、在院者代表会議に出席する「うるさいいつこく者ばかりではな」く、煙田六郎左衛門（煙爺）等「子供のやうに無邪気に遊ぶ爺さんのグループ」も存在する。また在院者代表の中でもニラ爺などは、その会議を「とげとげし」く思っている。しかし「砂時計」最終場面の直前では、煙爺とニラ爺が、本論終わり近くに引用したごとき表情を見せている。彼らも〈怒れる〉姿勢においては同じである。

(23) 「今暁・戸塚（横浜）で養老院焼く」「原因は漏電から?」「廿数分で焼け落つ　養老院の火事・二階の熟睡から惨禍」（いずれも昭和三十年二月十七日『朝日新聞（夕刊）』）「焼死者は98人」（同年二月十八日『朝日新聞』）参照。

(24) 同日『朝日新聞』には「養老院の惨事に想う」と題する社説も見られる。「養老施設のことは、とくに戦後のわれわれの家庭生活の急変から、大きく社会に浮んだ問題」であり、「『老いたる人々』について、社会が真剣に考えるべき時がきている」と記す。

(25) 『朝日新聞』「東京版」には、他にも同年二月二日に「中野区で狂犬病の予防注射」、二月十二日に「狂犬、都内で二件」との記事があり、五月五日には「狂犬病予防週間」も報じられている。対して「砂時計」では26、29章で、経営者陣の一人でもある俵医師が経営者会議を欠席した理由について、「狂犬予防週間」のためだと説明している。これも記事に見る事実の活用と言える。

(26) 第四章第一節Ｉ「『侵入者』論—戦後日本と米軍基地—」、同Ⅱ「『ボロ家の春秋』論—東西冷戦、朝鮮戦争を背景に—」参照。

Ⅱ　「つむじ風」における「明治生れ」批判
――「太陽族」批判を背景として――

はじめに

梅崎春生の長編「つむじ風」（昭和三十一年三月二十三日〜十一月十八日『東京新聞』）は、これまでユーモアあるエンターテイメント小説[(1)]として、また「家柄に弱い庶民の俗物性」や「実態のない家柄の無意味さ」を「諷刺」した小説[(2)]として評されてきた。この小説の主人公陣内陣太郎は嘘つき男として設定され、特に〈松平家〉の御曹子を騙ることで、出会った人々から次々と金銭を巻き上げ、騒動を起こし、春先の〈つむじ風〉のごとく、最後は「遁走」してしまう。こうした主人公像に焦点を当てて「つむじ風」を論ずれば、上記の二つの方向で確かに評価することができよう。

しかし「つむじ風」には、主人公陣内陣太郎に加えて多くの脇役たちが登場する。主軸となる陣太郎の物語と併せて、脇役たちそれぞれの物語も描き込まれている。主人公のみならず、脇役たちの物語にも目を向けることで、「つむじ風」は、より多くの、多面的な解釈が成り立つ小説と言える。

本論では、五十代の登場人物三名と、二十代の四名との関係性に注目する。猿沢三吉、泉恵之助、加納明治ら五十代三名と、猿沢一子、泉竜之助、陣内陣太郎、西尾真知子ら二十代四名との、いわば年長者と若者との関係について論じたい。

結論を少し記せば、彼ら五十代三名へ向けて、若者たちの立場から批判を表していくことで、「つむじ風」には、当時の日本社会、それも文壇の影響を受けた一つの社会現象に対する梅崎の異論が提示されている。この小説が持つその一側面を追究することにより、梅崎春生文学に内包された同時代性、社会性を明確化できよう。以下に考察を進める所以である。

一　年長者批判

初めに「つむじ風」の登場人物について、それぞれの関係も踏まえながら、少し詳しく説明しよう。

加納明治は小説家で「五十歳」。物語の冒頭で、運転する「三・一三一〇七」ナンバーの自動車により陣内陣太郎をはねて逃げる。陣太郎から突き止められ、陣太郎が騙る〈松平姓〉を半ば信用するばかりに、次々と金銭を脅し取られていく。

猿沢三吉は銭湯・三吉湯主人で「五十二歳」。大学生の西尾真知子をメカケとして囲っている。偶然、加納明治と同じ「三・一三一〇七」ナンバーの自動車を所有しており、そのことで、陣太郎の訪問を受ける。真知子を囲っているのを察知した陣太郎から脅迫され、彼が騙る〈松平姓〉に関心を持った所為もあって、これまた、次々と金銭を取り立てられていく。

泉恵之助も泉湯を経営する銭湯主人で、同じく「五十二歳」。猿沢三吉と将棋の勝敗がきっかけとなって喧嘩を始め、泉湯と三吉湯の留まるところない「値下げ競争」へと対立を深める。

右の年長者三名に対して、若者四名は次の通り。(3)

猿沢一子は三吉の長女で「二十歳」。

泉竜之助は恵之助の一人息子で「二十五歳」。

三吉と恵之助が対立を深め、「値下げ競争」を始めたことで、猿沢家、泉家とも食事は「芋飯」や「バクシャリ」「メザシ」に落とされ、一子、竜之助らは栄養失調になり、多大な迷惑を被る。しかも一子と竜之助は、その対立の中、実は恋仲、「悲恋」の関係にあった。二人は一計を案ずる。相手の父親が「前非を悔いてる」と、互いの父親に嘘の申告をし、かつ対立の一因であった建設中の第四・三吉湯について、銭湯でなく、貸劇場に改築する提案を出したのである。三吉も恵之助も受け入れ、貸劇場を彼らの共同経営にすることで、対立はようやく終焉する。

西尾真知子は、先にも触れたごとく、猿沢三吉のメカケで、あと一年で卒業の大学生。彼女にとってメカケは学業を続けるためのアルバイトに過ぎない。メカケの立場でありながら、旦那の三吉をむしろ「道具視」しており、三吉が月額一万円の小遣いを五千円に減額しようとすれば、「おばさま（注、三吉の妻ハナコ）のところに、いただきにあがるわよ！」と脅してみせたりもする。

もう一人、嘘つき男の主人公陣内陣太郎は、「二十七、八」歳。〈松平姓〉を騙りながら、多額の金銭を巻き上げていくが、三吉と恵之助の対立を終わらせた貸劇場への改築案について、竜之助に助言したのは、実は彼であった。物語の終盤、陣太郎は真知子と恋仲になり、最後は一緒に「遁走」している。

以上のごとき主要登場人物の中で、猿沢三吉と泉恵之助による銭湯主人同士の対立については、既に同じ梅崎の小説「ボロ家の春秋」（昭和二十九年八月『新潮』）のモチーフ継承が指摘されている。[4] 読者を笑わせる「意地」や「面子問題」の表現が、同作から確かに受け継がれており、適切な分析と言える。しかしその二人に加納明治を加え、若者との関わりにも注目して考察すれば、「つむじ風」には、また新たなモチーフが見えてこよう。

すなわち年長者たちが一様に愚かな振舞いを目立たせているのに対し、若者たちは皆、賢明であり、したたかな行動を見せていることである。

例えば旦那がメカケにいいように扱われる三吉と真知子の関係がそうであり、三吉と加納明治の二人も、陣太郎から易々と騙されている。猿沢家、泉家においては、親が子供に多大な迷惑を被らせている一方、陣太郎の助言に基づく一子、竜之助の機転を利かせた対応によって、親たちの対立は解消され、いわば年長者が若者に救われてさえいるのである。

ちなみに親たちの対立が終わり次第、一子と竜之助の恋仲は逆に冷却してしまうのであるが、これは、ユーモア小説ならではの皮肉な結末であろう。

梅崎春生は「つむじ風」連載開始より約二年半前、エッセイ「近頃の若い者」（昭和二十八年十月『新潮』）を発表し、「近頃の若い者云々という中老以上の発言は、おおむね青春に対する嫉妬の裏返しの表現である」「また一種の自己嫌悪の逆の表現である」と記した上で、自らの主張を次のように書いていた。

　しかし現代においては、近頃の若い者を問題にするよりも、近頃の年寄を問題にする方が、本筋であると私は考える。若い者と年寄と、どちらが悪徳的であるか、どちらが人間的に低いかという問題は、それぞれの解釈で異なるだろうが、その人間的マイナスが社会に与える影響は、だんちがいに年寄のそれの方が大きい。（中略）若い者にろくでなしが一人いたとしても、それは大したことではないが、社会的地位にある年寄にろくでなしが一人いれば、その地位が高ければ高いほど、大影響を与えるものだ。そして現今にあっては、枢要の地位にある年寄達の中に、ろくでなしが（中略）うようよという程度にいると言ってもいい状態である。それを放置して、何が今どきの若い者であるか。

梅崎春生は、何時の時代にも年長者の嘆きとして発せられる「近頃の若い者云々」という、いわば定番のごとき若者批判が、必ずしも適切でないと感じていた。むしろ「つむじ風」連載当時の日本社会にあっては、「枢要の地位にある年寄達の中に、ろくでなしが」「うようよ」存在し、年長者こそが社会にマイナスを与え、若者たちを困らせていると考えていた。従って猿沢三吉と泉恵之助の対立は、ユーモアの中にも年長者による社会への悪影響を暗示している。加納明治を含めた三名の愚かさも、ただなる戯画でなく、若者を批判する年長者への皮肉が含まれていよう。

他にも、親たちの「値下げ競争」に際して、泉竜之助は「どうしてこの世のおやじたちはあんなつまらないことでいがみ合って、我々若い世代を不幸におとし入れるんだろうなあ」と長嘆息し、猿沢一子に至っては「実際近頃の大人の気持は判らないよ」と、年長者とは逆さまの発言をしている。右に見る梅崎の考えが、若者の視点から表されているのである。

「つむじ風」は、若者の立場に寄り添いながら、年長者批判を展開した小説でもあることが、ひとまず明らかにできたと言えよう。

二　「明治生れ」への不信

「つむじ風」において、年長者三名がどのように描かれているか、いま少し踏み込んでみたい。

先に記したように、加納明治は「五十歳」、猿沢三吉と泉恵之助はともに「五十二歳」である。従って「つむじ風」連載時が物語の現在とすると、加納明治は明治三十九年頃、猿沢三吉と泉恵之助は明治三十七年頃に生まれた、三名とも「明治生れ」だと推察できる。特に加納明治は、その名前からも明治に生まれたことが匂わされており、この加納が彼らの最年少であるのを考慮すれば、三人とも「明治生れ」だと捉えて差支えない。

実際、猿沢三吉と泉恵之助は、「明治生れ」であることが、作中ではっきりと、繰り返し言及されているのである。例えば泉恵之助と猿沢三吉は、対立の発端となった将棋の勝敗に関わるトラブルにおいて、互いに「つかみ合い」「亢奮」する。そのため恵之助は「心悸亢進をおこし」、三吉は「血圧」が心配になって、二人とも「横になって」喘いだ。梅崎はその際の二人に対して、語り手に次のような見解を述べさせている。

そんなに自分の身体が心配なら、初めから喧嘩しなければいいのにと思うのだが、とかく明治生れの人間には、こういう不条理な意地っ張りな傾向があるようだ。

また泉恵之助は、三吉湯との「値下げ競争」に臨んで、泉家の食事を「バクシャリ」「メザシ」に落とす。猿沢三吉においては、若い頃「自動車に泥水を頭からひっかけられ」た故に、「一生かかって自家用車の持主になり、諸人に泥をひっかけてやろうと志」した。梅崎は前者に対する竜之助の憤慨として、「明治生れの人間のわからずやには、手を焼く」と記し、後者に対しては、語り手を通して「資本主義興隆期の明治に生れた人間の中には、間々こういう考え方をするのがいる」と批評している。さらにメカケ真知子を「乗り物」に喩える三吉の発言について、「どうも明治生れの人間の中には、とかくこういう不謹慎な女性観の持主がいるようだが、全く慨嘆にたえない」とのコメントも加えているのである。

このように見てくると、「つむじ風」に登場する五十代の年長者三名は、「明治生れ」であることが冷笑気味に強調されており、いわば「明治生れ」であることを一つの理由として、梅崎から笑われ、批判の対象に据えられていると言えよう。

実際「つむじ風」連載開始の直前、梅崎春生は十返肇との「創作対談(9)現代の不信」（昭和三十一年三月『新日本文学』）の中で、「明治生れの人間は原則的に信用できない」「ぼくらの大正生れと生活感情の何か違いがある」と発言していた。梅崎春生はその理由として、「明治生れの人間」は「天皇には盲目的服従」で「天皇を守ろうという気持がある」ことに言及し、加えてその「天皇制」との問題と関連して、「軍隊」では「『上官の命令は朕の命令と心得よ』という心がけにみんな便乗して」いたことに「腹が立ってしようがなかつた」とも述べている。(5)

ここで加納明治、猿沢三吉の二人は、陣内陣太郎が騙る〈松平姓〉を半ば信用するあまり、多大な金銭被害を被っていることが改めて想起されてくる。もう一人の「明治生れ」、泉恵之助も、陣太郎から金銭被害こそ被っていないが、「松平とか徳川などの家柄には、人並以上の関心を保有している」と記されているのである。

彼ら三人の〈松平姓〉への興味、関心、またそれ故に騙される滑稽な姿については、本論の冒頭でも挙げたごとく、「家柄に弱い庶民の俗物性」や「実態のない家柄の無意味さ」に対する「諷刺」として、既に先行論で論じられている。今回の考察では、そのことも踏まえながら、そこには「明治生れ」に対する梅崎春生の不信感が表されていることを強調したい。

つまり〈松平家〉は封建的な社会秩序に支えられた〈権威〉であり、〈天皇家〉は、封建制から続く明治憲法下において〈最高権威〉として存在していた。彼ら三人が寄せる〈松平家〉への関心は、「家柄」の問題に収まらず、「明治生れ」が抱く、いわば〈天皇崇拝〉の延長上に存する。陣太郎に騙される彼らの滑稽さを通して、「明治生れ」が「天皇には盲目的服従」であることを、梅崎は遠回しに批判しているのである。

他にも「値下げ競争」を続ける二人の「明治生れ」の行動に目を向けると、例えば泉恵之助は、食事を「バクシヤリ」「メザシ」に下げるに当たって、自宅の茶の間に「ゼイタクハ敵ダ」「欲シガリマセン勝ツマデハ」と貼り紙する。一方、猿沢三吉は「隣組長的弁論」で食生活の「質素化、簡素化」を強調するものの、娘たちから反発され、最後は三吉一人が取り残され、母娘らだけで中華料理店へ行かれてしまう。その際の三吉の姿が「戦争末期の日本軍部のように、皆から見離された恰好」と形容されている。
「値下げ競争」の影響により、「芋飯」や「メザシ」に下げられた泉家、猿沢家の食生活は、日本の「戦時体制」を彷彿させるところがあり、互いに対立することで、家族に困窮した食生活を強いた泉恵之助、猿沢三吉の二人には、戦時中の軍部をイメージさせる語句が用いられているのである。

これらの表現は、ユーモア・エンターテイメント小説として読者を笑わせようとしている趣が強く、戦時中の軍部への批判、戦争批判と直ちに断ずることはできまい。しかし、そうではあっても、この小説に登場する「明治生れ」三名に、梅崎春生が考えるところの、その世代の欠点が集約されていることは既に見てきた通りである。また「明治生れ」が「天皇には盲目的服従」であることと、「軍隊」に対する梅崎春生の腹立ちが、この作家の中で深く結びついていることは、先に見た対談からも容易に窺われる。だとすれば、「つむじ風」には、戦時中における「明治生れ」のあり方に対する梅崎の批判が、やはり込められていると見てよい。「明治生れ」の為政者、軍部の指導者たちが、「意地」や「面子問題」にこだわったために、また「天皇には盲目的服従」であった故に、無益な戦争を長引かせ、多くの国民、中でも若い人々を多数犠牲にしたそのことを、この小説における「明治生れ」と若い世代の関係は、笑いの中にも、秘かに、それとなく諷刺しているのである。

「明治生れ」ではないが、もう一人、猿沢三吉にメカケ真知子を仲介した人物として登場する上風タクシー会社の社長、上風徳行について補っておきたい。

「四十男」として記される上風徳行は、「戦争中」「海軍の潜水艦乗りだった」という設定で、タクシー会社部下に対する「命令のしかたも大へん勇ましく荒っぽい」。如何にも元軍人らしく描かれている。この上風徳行が社長を務める上風タクシー会社は、「毎日の如く、所属運転手が人をひき殺したり、はね飛ばしたりした」ために、物語の最後に「とうとうつぶれ」てしまう。上風社長自身も「今では、生命保険の外交員になって、毎日てくてくと勧誘に歩いている」。この結末に見るように、上風徳行は「つむじ風」の中でも、梅崎から好まれず、マイナスイメージを与えられている人物と言える。

「つむじ風」連載当時、スピード違反など、乱暴な運転によるタクシーが目につき、それらを批判的に称した〈神風タクシー〉なる流行語が現れた(6)。上風タクシーおよび上風徳行社長は、その〈神風タクシー〉を明らかにもじった設定である。梅崎春生が〈神風タクシー〉に不快感を抱いていたことは、いくつかのエッセイ、小説より確かめられる(7)。上風タクシー、上風徳行に付与されたマイナスイメージは、一つには現実の〈神風タクシー〉に対する梅崎春生の批判的な心情の現れであろう。しかし上風徳行を元軍人として設定していること、また当時の流行語のもじりとは言え、特攻隊を彷彿させるその命名も併せて考えると、そこには、戦時中の軍部への梅崎春生の怒りや嫌悪感も、当然含まれていると見てよかろう。「つむじ風」における戦争批判の裏付けとして加えておく。

三―（1）　文壇諷刺

やや考察の本題から逸れるが、「つむじ風」には、連載当時の文学界を意識した表現、いわば文壇諷刺も認められることに触れておきたい。

まず小説家の加納明治。作中には、彼の日記が度々引用され、例えば次の通りである。

『天気快晴。朝食。果汁、半熟卵、とーすとぱん、まーまれーど。午前中仕事。
昼食。野菜入りイタメウドン（粉ちーずカケ）野菜どれっしんぐ。果物盛合（おれんじ他）。昼食後仕事。
夕食。ぽたーじゅすーぷ、こーるみーと（牛肉、はむ）とまと、キューリ、ふるーつさらだ、強化ぱん、よーぐると。
夕食後ニ、タマニハ和風ノ食事ヲトリタシト、塙女史ニ申シ込ム。夕食後仕事』
（中略）
『夜、視察ノタメ新宿ニオモムク。行人雑然タリ。ういすきい、洋煙草、菓子ナドヲ買イ求メ戻ル。価安カラザレドモ、致シ方ナシ。コレラノ禁制品ナクシテハ、予ノ精神ハヤガテ窒息スルニ至ラン（後略）』

秘書として雇った塙女史による理想主義的な改革により、加納明治は酒、煙草を制限され、食事も味より栄養重視の洋食「ハウザー流」に改められてしまう。困惑し、改革に反発したい加納明治の心境が日記には表されている。しかしそれだけでなく、この加納明治の日記は、後に「断腸亭日乗」[8]として纏められた、永井荷風の日記を明らかになぞらえている。例えば「つむじ風」連載より約二年前に刊行された永井荷風の小説・随想集『裸体』（昭和二十九年二月、中央公論社）にも、「荷風戦後日歴」と題する日記が収録されており、その一節を挙げれば次のようである。

（注、昭和二十一年）三月初九。晴。（中略）町を歩みて人参を買ふ。一束五六本にて拾円なり。新円発行後物価依然として低落の兆なし。
（中略）
五月廿八日。陰。独活を煮て昼餉を食す。余老来好んで菜蔬を食す。蚕豆、萊豌豆、独活、慈姑のごときもの。散歩の際これを路傍の露店又は農家について購ふことを得べし。東京の人に比すれば幸多しと云ふべし。飯後出で、鬼越の田間を歩す。梨畠多し。

文語体にて、日々の天候や食事、購入品などを詳述した体裁において、加納明治の日記は、右の永井荷風の日記を如何にも彷彿させよう。その加納明治の日記は、語り手から「もっと齢をとって小説が書けなくなれば、こんな日記を新聞雑誌に切り売りをして生活しようとの算段なのだから、いい気なものである」とコメントされている。永井荷風の創作活動に対する梅崎春生の皮肉が表されているのは、言うまでもない。加納明治は、永井荷風に代表される「明治生れ」作家を象徴し、彼ら文壇の重鎮たちへの皮肉が込められた人物と見ることもできよう。言い換えれば、加納明治とその日記は、文壇諷刺という形を取りながら、梅崎の「明治生れ」批判の一翼を担っているのである。(9)

次いで泉竜之助。彼は毎朝、「ボディビル」にいそしむ人物として描かれている。しかも語り手の視点から、「竜之助は自分のボディビルを『自分の美意識を自分の肉体に還元しようとするゲイジュツ的造形のひとつの実践』だなどと吹聴していたが、なに、その実は、自分のひょろひょろ姿が恥かしくて、幾分なりともこれで胸囲を拡げようという、可憐な努力の実践なのであった」と記されている。

よく知られているように、「つむじ風」連載の前年あたりから、三島由紀夫がボディビルに取り組み始めていた。しかも、その三島由紀夫のボディビルは、石原慎太郎から、「氏の美意識を自らの肉体へ還元せんとする一種の文学的造形の試みなのだ」と評されていたのである（「文明批判の強靭な鑿―三島由紀夫氏の文体―」、昭和三十一年八月『文学界』）。泉竜之助のボディビル、それに対する語り手のコメントが、三島由紀夫へ向けた梅崎春生の皮肉であることは明らかである。

ただし、この竜之助のボディビルに対するコメントは、「つむじ風」連載第七十六回（昭和三十一年六月七日『東京新聞』）に見られ、右の石原慎太郎の評論を梅崎春生が直接参照したことにはならない。しかし、いくつかの語句の一致と発表時期の近さから、両者が無関係であるとも考え難い。三島由紀夫自身が当時、ボディビルに取り組む理由について、このコメントや石原評に近い内容の発言をしていたのかもしれない。そうした発言を、石原も、梅崎も目にしており、三島に対して前者は好意的に、後者は皮肉を込めて表したと推察できよう。

また「つむじ風」末尾に記された物語の後日譚を見ると、泉竜之助は「ボディビル」に「いそしみ過ぎ」たために「若干胸を悪くして、只今は清瀬の療養所に入っている」。対して三島由紀夫は、「つむじ風」連載開始より約三ケ月前に発表したエッセイ「忘年記」（昭和三十年十二月十八日『毎日新聞』）で、自身に関して次のごとく記していた。

年忘れのつもりでボディ・ビルディングに精出してゐるうちに、風邪を引いて一週間ほど寝込みました。これがロクマクででもあれば皆さんが大喜びで、年越しのお酒がうまくなるでせうが、あいにくただの風邪で、もうすつかり良くなりました。

後日譚における泉竜之助にも、三島由紀夫のボディビルに対する梅崎春生の皮肉が、やはり込められていたのである。三島由紀夫が本当に「ロクマク」だったらよかったのに、と言わんばかりである。

梅崎春生は「桜島」（昭和二十一年九月『素直』）による文壇デビュー直前、自分より約十歳年下でありながら、少し先んじて文壇に登場した三島由紀夫に対して[10]、当時勤務していた赤坂書店の編集者の立場から接した経験があった[11]。その所為もあって、梅崎春生の胸中には、三島に対する少なからぬライバル意識と反発の感情が秘められていたのではあるまいか。三島由紀夫に対する、これらの表現は、梅崎春生のそうした個人的な感情とも結びついていよう。「明治生れ」批判と関わる永井荷風への諷刺と違って、こちらは、あくまで余談として加えられた文壇諷刺に留まるかもしれない。

しかし、いずれにしても、これら加納明治、泉竜之助を通した表現より、「つむじ風」には、同時代の文壇諷刺というべき一面も持たされていることが確かめられたであろう。

三―（2）「太陽族」批判への批判

「つむじ風」における「明治生れ」批判は、実はこのような文壇諷刺の側面と併せて捉え直す必要がある。正確に言えば、当時の文学界から強く影響を受けた、ある社会現象に対する梅崎春生の見解が、そこには多分に反映されているのである。

そのことを理解する手掛りとして、次の一節に注目したい。これまた泉竜之助が関わり、しかし直接本人でなく、父・恵之助が息子の部屋について感想を呟く場面である。

「それにこの部屋の乱雑なこと。すこしは片付けたらどうだ。（中略）障子までが穴だらけじゃねえか。まさか『太陽の季節』の影響じゃあるまいな？」

ゲイジュツには無縁の恵之助老ですらも、この高名な小説にだけは目を通しているのだから、大したものである。

「太陽の季節」とは、「つむじ風」連載の前年にあたる昭和三十年七月、第一回『文学界』新人賞受賞作として同誌に掲載され、同年下半期芥川賞も得た、石原慎太郎の文壇デビュー作である。発表以来、賛否両論、さまざまな評判を呼びながら、大ベストセラーとなったことは、今更説明の必要もあるまい。

「つむじ風」では、別の場所で、登場人物の一人が「近頃、わりと上流階級の若い人が小説を書いて、よく売れているようでございますね」と呟く一節もあり、これまた石原慎太郎と「太陽の季節」を匂わせている。梅崎春生が「太陽の季節」を意識しながら「つむじ風」を書き進めたことは、これらの表現から窺われよう。

特に右の引用で加えられた語り手のコメントには、「太陽の季節」が、「ゲイジュツには無縁」な人々にまで知れ渡った、いわば非文学的な流行小説に過ぎないという、梅崎の皮肉も表れており、作品それ自体の評価としては、同作に否定的であったことが確認できる。

しかし重要であるのは、「太陽の季節」に対する梅崎春生の評価ではない。

右の引用に改めて目を向けると、恵之助が「『太陽の季節』の影響」と呟いたのは、竜之助の部屋の「穴だらけ」の「障子」を見たからであった。「太陽の季節」には、主人公竜哉が「勃起した陰茎を」「障子に突き立て」、「障子は乾いた音をたてて破れ」る場面がある。竜之助がこの「太陽の季節」の主人公と同じ行動をしたかと、恵之助は不安を抱いたわけである。

しかも竜之助は、恋人一子から「竜ちゃん」と呼ばれており、「太陽の季節」の主人公も、恋人英子から、やはり「竜ちゃん」と呼ばれている。それぞれ「りゅうちゃん」と読むのか、「たっちゃん」と読むのか、ルビがないために正確なところは不明であるが、いずれにしても、恋人による竜之助の愛称は、漢字表記上、つまり視覚の上では、「太陽の季節」のそれと同じである。このことも含めて、竜之助には、ボディビルによる三島由紀夫への皮肉と別に、「太陽の季節」の主人公を読者に想起させる役割も認められるのである。

「太陽の季節」が文壇内外の注目を集め、大ベストセラーになった大きな理由として、主人公竜哉を初めとする若者たちの行動のあり方、特に快楽に身を任せるごとき、彼らの反倫理性が挙げられる。そのような「太陽の季節」における若者像は、同時代の若者たちに大きな影響を与え、竜哉たちのごとき若者を称した「太陽族」なる流行語が登場し、さらには「太陽族」を描いた「太陽族映画」まで次々と創られる状況に至った。

一方、年長者たちの多くは、この「太陽族」、「太陽族映画」の流行に対して、当然のごとく眉を顰めた。それらを排斥するべく、年長者を中心とする「太陽族」批判の渦が巻き起こったのである。(12)「つむじ風」の連載は、前年から始まった、この「太陽族」ブーム、年長者による「太陽族」批判のピークとも言える時期と重なっていたのである。

「つむじ風」に登場する泉竜之助、猿沢一子、陣内陣太郎、西尾真知子らは、当時の言い方をすれば、まさにこの「太陽族」世代と重なる。梅崎春生は、竜之助を初めとする、彼ら若者たちを「太陽族世代」として意識させようとしており、実際、多くの読者が、彼らを「太陽族世代」として捉えたのは間違いない。

しかし梅崎春生は、彼ら「太陽族世代」である若者たちを年長者たちによる非難の対象にさせるのでなく、逆に若者たちを「明治生れ」の人間たちによる被害者として表した。〈若者たちによる年長者批判〉を描いて見せたのである。ここに梅崎春生の重要な創意が認められよう。

すなわち「つむじ風」は、若者たちの立場から「明治生れ」を批判し、「近頃の大人の気持は判らない」と主張させることで、当時の社会に渦を巻いていた「太陽族」批判への異論を、皮肉な笑いに包んで提示しているのである。

おわりに

かくのごとく「つむじ風」は、「明治生れ」の人間たちが、つまらぬ「意地」と「面子問題」から、若者たちに多大な迷惑をかけ、またやはり「明治生れ」の人間たちが、これまた若者たちから手玉に取られる様を描いている。「明治生れ」の愚かさに対し、若者たちの賢明さ、したたかさが強調されている。その作者のモチーフの背景には、連載の前年に発表された石原慎太郎「太陽の季節」の影響により、若い世代を否定的に捉えた「太陽族」批判が、いわば日本の社会現象として存在していた。

何時の時代でも、年長者は「近頃の若い者云々」と嘆き、若者を批判する。「つむじ風」連載当時、梅崎春生自身も「太陽族」と呼ばれた若者たちに対して、実際は必ずしも好意的でなく、批判的な心情も持ち合わせていたであろう。しかし、それより十年以前、「明治生れ」の人間が「天皇には盲目的服従」し、愚かな政策を推し進めたからこそ、日本は戦争の道を突き進み、多くの若い命が不幸にも喪われてしまった。その「明治生れ」の多くが自らの愚かさを反省せず、今また国家の枢要の地位にあって、若い世代を「太陽族」と称して批判している。おかしな話ではないか。本当に批判さるべきは、若者たちでなく、かつて日本を不幸に陥れた、「明治生れ」ではないか。

「つむじ風」は表面上ユーモアに覆われつつも、このような梅崎春生の痛烈な批判を一つの側面として隠し持っている。自らの従軍体験を素材にした「桜島」で文壇デビューし、〈第一次戦後派〉と称されたこの作家が、社会的な視野を拡げつつ、一貫して持ち続けてきた戦争批判を暗々裡に表し、梅崎春生文学のモチーフと方法の深化を示した貴重な一作と見做せるのである。

注

（1）日沼倫太郎は「書評・梅崎春生著『つむじ風』」（昭和三十二年六月『新日本文学』）で、「わらいの効果というものを、めんみつに計算し」「読者をたのしませてくれる」「たいへん、オモシロイ小説」と評した。

（2）和田勉『梅崎春生の文学』（昭和六十一年十一月、桜楓社）第二章第五節「『砂時計』『つむじ風』『狂い凧』論」。日沼倫太郎も、注（1）に挙げた書評で、「権威や因襲のかげにかくれた現代人のウジウジした生活を嘲笑し」た「諷刺小説」と書いている。

（3）猿沢三吉には、十六歳の次女・二美、小学生である三女・三根、四女・五月も存在する。彼女らも広くは若者たちと言えようが、二十代の四名とは世代がやや異なり、年長者たちへの対し方も同じではないため、考察の対象から外した。

（4）小松伸六「解説」（新潮社版『梅崎春生全集第五巻』昭和四十二年三月）、戸塚麻子『戦後派作家　梅崎春生』（平成二十一年七月、論創社）参照。

（5）梅崎春生は、大正四年二月十五日生。

（6）昭和史研究会編『昭和史事典』（昭和五十九年三月、講談社）「1958（昭和33）年『この年』」参照。

（7）梅崎春生はエッセイ「道と人権」（初出不詳、昭和三十七年〈推定〉）で、「とにかくあの神風タクシーというやつは、スピードを出し過ぎる。（中略）こういうのが、とかく人をはね飛ばし、ひき殺す。／道における人権を回復せよ！」と批判している。また梅崎の短編「炎天」（昭和三十二年一月『群像』）には、主人公らが乗った小型タクシーが、「乱暴」な運転で「非常なスピードで走り」、「子犬を一匹はね飛ば」す様子が描かれている。

（8）大正六年九月十六日から昭和三十四年四月二十九日に至る永井荷風の日記。「戦災日録」（昭和二十一年三月～六月『新生』）以来、逐次発表、刊行された。

（9）永井荷風は明治十二年十二月三日生。

（10）三島由紀夫は大正十四年一月十四日生。

（11）梅崎春生は昭和二十一年三月、赤坂書店入社。「赤坂書店の頃は（中略）自分より年下の三島由紀夫に先生と言わねばならん、などとぼやいてもいた」（和田勉『梅崎春生の文学』「梅崎春生年譜」）。また梅崎と同時期に赤坂書店に勤務した吉田時善によれば、喫茶店で編集者と三島由紀夫が歓談中、話題が「新宿の闇市のことに及」び、梅崎春生が「一度三島さんを、あの闇市に案内したいですね」と語りかけたところ、三島由紀夫から「ぼくは、あんなところは、関心ありませんね。近くを通っても、のぞいてみたいとも思いません」と冷たく返されたこともあったらしい（吉田時善「地の塩の人」、昭和五十七年三月『新潮』）。

（12）「つむじ風」の連載中、例えば『週刊朝日』昭和三十一年七月十五日号に、「『もういい、慎太郎』―〝太陽族映画〟をたたく―」との記事が見られ、同年七月二十三日『朝日新聞』にも、「〝太陽族映画〟と〝男女共学〟」との見出しの下で、「太陽族映画」の賛否を語り合った「母親の座談会」が掲載されている。

第三節　戦後社会と精神世界

Ⅰ　「凡人凡語」における二つのモチーフ
——遺作「幻化」への導入として——

はじめに

昭和三十七年六月『新潮』に掲載された梅崎春生の短編「凡人凡語」は、発表直後から今日まで、庶民の「日常」を描いた、梅崎文学における、いわゆる「市井もの」として論じられてきた。(1)例えば近年では、菅野昭正がこの小説について、「ある庶民的な界隈の日々の生活がどんなふうに流れているか、その様相をたいへん分りやすく浮かびあがらせてくれる」と指摘し、かつ「日常性のなかにも苛烈な障害がある」ことを主張していると論じた。(2)「凡人凡語」は、一人暮らしの画家「ぼく」を語り手として、タバコ店の主人森甚五およびその息子平和《ひらかず》、そして赤木医院の院長赤木医師など、「町内の人々」と「ぼく」との関わりを描いている。なるほど表面上は、庶民の「日常」を描いた「市井もの」と言う雰囲気があり、これら先行評は、大まかな方向において適切と言えよう。

しかし、これらは主に文芸時評や文庫解説で、「凡人凡語」を正面から取り上げた論考と言えず、考察の具体性には欠いている。例えば菅野論においても、「日常性」の中でどのような「苛烈な障害」が、なぜ生ずるのか、詳しい解説は為されていない。「凡人凡語」には、より踏み込んだ考察が必要と言える。結論を少し記すと、「凡人凡語」は、庶民の「日常」を描きつつ、その中に戦後社会の「平和」を象徴させている。一見「平和」な戦後社会において、そこに生きる人々の人間関係が、さらには精神世界が、実際はどのようであるかを追求しているのである。そして、それらのモチーフを表すことにおいて、「凡人凡語」は梅崎文学の中でも重要な位置を占める一作と言える。以下に考察を進めたい。

一―(1)「ぼく」の生活信条

向うから犯されることなく、こちらからも邪魔することなく、一方交通的に、そこはかとなくつながっている。そんな人間関係を、人間同士の乾いたつながりを、ぼくは嘉しとするんですがねえ。（中略）だからぼくは日頃から、自分に言い聞かせている。自分から動くな。働きかけるな。身を乗り出すな。これが三十何年かかってぼくが身につけた、趣味と言いますか、処世法と言うか、まあそう言ったものですな。

語り手「ぼく」の生活信条である。実際、「ぼく」は、その通りに生活している。しかし、森タバコ店の息子、森平和《ひらかず》から嫌われ、憎まれているらしい。「ぼく」が「母屋で飼っている犬を連れて散歩に出かけ、中学校の傍を歩いていい」た際、「野球のボールが飛んで来」て「バク（注、犬の名）の鼻柱に命中した」。ボールを投げたのは「この中学校の生徒」でもあった森平和。「それ球にしては勢いが強過ぎ」で、「ぼくに当てるつもりでコントロールが狂って、バクに命中してしまった」。「ぼく」は、そのように「仮説」を立てたのである。

この「ぼく」の「仮説」が正しいかどうか、不明である。しかし、基本的には、それを正しいものと受け取ってよかろう。「ぼく」が右の「仮説」を立てる以前、以下のような経緯が描かれているからである。

平和の父であり、タバコ店主の森甚五。彼は妻フクが「浮気でもしてるかと、疑って」おり、別の理由から、森タバコ店の常連の一人、大久保を「引っか」くという事件も起こした。(3) フクも「放っては置け」ず、甚五は精神病院の大部屋へ「公費患者」として入院させられる。ところが甚五は、入院後間もなく、病院を抜け出し、森タバコ店へ戻ってくると、妻へ「男はどこに隠した?」「男を出せ!」と怒鳴りつけ、さらには妻が隠した「男」として、「ぼく」の名前を「大声でわめいて」「ひとあばれした」。甚五は、フクの浮気相手として「ぼく」を捉えているのであるが、これはもちろん、甚五の「妄想」に過ぎない。「ぼく」の「身に覚えはな」く、フクも「あんな蟹みたいな男と浮気するほど、あたしは落ちぶれてやしないよ」と甚五へ言い返している。

にも拘わらず「ぼく」が甚五の「嫉妬妄想」の対象とされたのは、「ぼく」も森タバコ店の常連の一人であったことに直接の原因を求められよう。森タバコ店は、ヤミ商売として、「おでん」「二級酒」を販売しており、大久保や「ぼく」はそれをしばしば利用していたのである。さらに注意すべきなのは、その常連である「ぼく」の姿を、平和が「タバコ売場の方」で「勉強し」ながら確実に目にしていたことであり、父・甚五が病院から抜け出して来て、わめき、暴れた際にも、やはり平和は「石のように顔を硬直させて」その場に居合わせていたことである。「ぼく」は、ただ常連客であったという、そのことだけで、甚五から妻との浮気を「妄想」された。さらには、その甚五の姿を見た息子・平和から、母との浮気相手であり、父を精神病院に追い込んだ元凶だと思い込まれ、憎まれるに至った。そのように解釈できよう。

右のごとく「ぼく」は、不本意にもトラブルに巻き込まれており、その点に注目することで、「凡人凡語」は、菅野昭正が指摘するごとく、「日常性」の中に「苛烈な障害」を描いた小説だと、なるほど言えなくはない。

しかし、こういった分析では、この小説の表面を捉えたに過ぎまい。なぜ「ぼく」は常連客であっただけで、甚五から「嫉妬妄想」されねばならないのか。それも同じ常連客の大久保でなく、「ぼく」である理由はどこにあるのか。さらに言えば、「ぼく」はなぜ「町内の人々」に対して、自分から「働きかけ」ようとしないのか。そこまで踏み込んで考える必要がある。これらについて考察することで、「凡人凡語」の一つのモチーフが、より深いところから見えてこよう。

一―(2)「隣組」のごとき人間関係

例えば「ぼく」は、町内の惣菜屋や八百屋へ買い物に行った際、店の人たちが「菜っ葉や肉を押しつけがましくおまけして呉れたりする」ことについて、「先ずはオセッカイと言うべきでしょう」と考えている。

また甚五の入院に当たって、大久保は「せっせと骨を折り、公費患者の手続きを取ってやったりした」。そのことについて、「ぼく」は、「(注、大久保が)役所勤めなのでその方面の伝手が多いのでしょう」と推測しつつも、次のようにコメントしている。

しかしいくら伝手があると言っても、身内でもない赤の他人の世話を焼くなんて、その情熱は一体どこから来るのでしょうか。人に親切にするのは悪いことじゃないが、それにかかりきるということは、生き方として間違っているような気がします。

「ぼく」は他人から必要以上に親切にされることを好まない上に、人が誰かに、やはり必要以上に親切にしたり、世話を焼いたりするのを見るのも好まない人物と言える。「ぼく」は「人間同士の乾いたつながり」を「嘉しとする」とも語っているように、人と人とが、べたべた結びつくこと、いわば〈濃密なつながり〉によって関わり合うことに嫌悪感を抱いているのである。

甚五の妻フクへ、大久保が、甚五の神経科受診を勧める場面に目を向けると、その場に居合わせた「ぼく」は、大久保の言動に対して、やはり「余計なお世話」だと思っている。加えて大久保やフクを含めた「町内の人々」の人間関係について、「ここらは向う三軒両隣的人情でつながっている」との感想を抱く。この「ぼく」の感想に含まれた、「向う三軒両隣」は、一見、如何にも庶民的な言葉で、これまでこの小説に庶民の「日常」が描かれているという指摘が繰り返されてきた一因であろう。しかし、戦時中、この「向う三軒両隣」こそ、いわゆる「『隣組』の別名」(4)であった。

「隣組」とは、「国家総動員法（一九三八年法律第五五号）のもとで、住民をその生活の末端において捕捉・管理するとともに、戦争への『住民参加』の意識と儀式と形式を確立するための『装置』として、国家により目的意識的に創出された」。例えば同じ時期、「東京市の『町会整備運動』でも、一丁目ごとに一町会を作るとともに、『向こう三軒両隣』で隣組をつくることに重点が置かれた」(5)。水島朝穂は「住民管理の細胞『隣組』」（「防空法制下の庶民生活」③④、平成八年三月・六月『三省堂ぶっくれっと』一一八・一一九号）の中で、次のように書いている。

隣組は、地域の隅々まで、無数の細胞のように伝播し、上から命令を下さなくても、「自発的」に互いを牽制・監視しあう仕組みを完成させていった。（中略）家族の悩みから「今日の夕飯」まですべてを知り合う関係とは「おせっかいの制度化」にとどまらない。「向こう三軒両隣」という最も近接した関係が、相互の親密な「助け合い」を生み出すのと裏腹に、「異質なもの」を素早くキャッチする感知器の役割を果したわけである。

こうした「隣組」は、昭和二十二年五月、ポツダム政令第十五条による「町内会」禁止とともに消滅した。しかし「町内会」自体は、「防犯協会」「防火協会」と言った名目で事実上存続し、二十七年十月、対日講和条約発効に伴うポツダム政令失効により、公的な復活を遂げた。[6] 梅崎春生はその直後に発表したエッセイ「蟻と蟻地獄」（昭和二十八年七月『新潮』）の中で、「昨年（昭和二十七年）だか私の住んでいる町に、防火防犯協会というのが出来て、私の知らない間に私の家もそれに加入していた」が、しかし「協会なるものの正体」は「旧隣組復活の第一歩」だと「はっきり知れているので」、その「防火防犯協会」を「脱会」したと記し、またその協会の「組長」は「隣組組長的タイプ」で、彼ら「組長族の表情」は「感覚的に嫌い」だとも書いている。梅崎春生が「戦時中の隣組」を嫌悪し、その復活を警戒していたことは、このエッセイから明らかである。

「凡人凡語」における「向う三軒両隣的人情」は、小説発表時と同じ昭和三十年代半ば、つまり終戦から十七年目とおぼしき時代背景の中に描かれている。[7] それがそのまま「戦時中の隣組」に重なるとは必ずしも言えまい。しかし〈濃密なつながり〉を持って描かれる、この「町内の人々」の関係には、「戦時中の隣組」から受け継がれている要素が少なからず確認できる。例えば「町内の人々」が「オセッカイ」の上に「噂」好きらしく、特に大久保の場合は「詮索好き」であるところなど、「隣組」における「自発的」な相互牽制・監視、「おせっかいの制度化」を、彼らが自覚せずとも無意識のまま継承していると言えよう。

しかも「ぼく」は、森平和について、「終戦後に生れたのに違いありません。何が何でも勝ち抜くその時代に、自分の子供に平和なんて名がつけられる筈はないですからねえ」と語っている。「こんな世代が大きくなると、案外この町の両隣的性格も消滅してしまうかも知れませんねえ」とも述べている。

平和《ひらかず》は、その名前に明らかなように、戦後生まれであり、「平和《へいわ》」な日本社会を背景とした人物と言えよう。例えば平和が、友達の亀田君と「ちッ、けッ、たッ！」とのかけ声でじゃんけんする場面などは、如何にも「平和」な世のごとき趣がある。この小説に描かれている庶民の「日常」は、実は戦後社会の「平和」を象徴していることが、この平和の存在から読み取れるのである。もっとも「ぼく」にとって平和は、自分のことを憎み、嫌っているであろう相手でもあるから、「ぼく」の視点によるこの小説の中で、平和は決して好意的に描かれてはいない。しかし、そのような「ぼく」の感情にも拘わらず、ここでは、平和のごとき戦後生まれが、「この町の両隣的性格」を「消滅」させる世代として描かれていることに注目したい。つまり「向う三軒両隣的人情」は、「平和」な戦後社会の中で、これから失われていくべきことが期待され、やはり「隣組」に通ずる戦前的な人間関係として表されているのである。

「ぼく」は「三十七歳」であり、終戦時は二十歳であった計算になる。当然、「戦時中の隣組」について、身をもって体験した世代である。その「ぼく」が「町内の人々」の、その〈濃密なつながり〉に嫌悪感を抱いているのは、彼らの関係の中に、「戦時中の隣組」のごとき気配を感じ取っているからに違いあるまい。特に「ぼく」は、「町内の人々」から話しかけられても、「原則として返事」をせず、「（注、返事を）すれば事がけばだつ」と考えている。必要以上の会話を略することで、「隣組」的な人間関係の中でありがちな、「牽制・監視」「詮索」を避けたいのであろう。だからこそ「ぼく」は、「町内の人々」に対して、自分から「働きかけ」ず、いわば一歩身を引いて、距離を取りながら接しているのである。

しかし「ぼく」は、そのような態度を取るが故に、「町内の人々」の中では、「変人ということになっているらしい」。「隣組」のごとき濃密な人間関係の中では、そこに深く入らず、積極的な関わりを持とうとしない人物は、周囲から「異質なもの」として、差別的視線を向けられてしまうことに注意されたい。

このことと関連して、「ぼく」と大久保の間で交わしたやり取りに目を向けてみよう。大久保は先に触れたごとく、甚五の入院について世話を焼くなど、森夫妻の間に「ずいぶん立ち入ってい」た。その大久保でなく、特に「何もしてない」「ぼく」が甚五の「嫉妬妄想」の対象とされてしまった。「ぼく」は大久保へ、「どうして君が疑われず、ぼくが疑われるんだろう」と質問するも、大久保は「ぼく」へ、「何もしてないから、疑われるんじゃないかよ」と返しているのである。

この大久保の返答は、「どんな意味か判らない」と「ぼく」も述べているように、何を言わんとしているか、いま一つ捉えにくい。あくまで皮肉を込めたユーモアに留まるかとも思える。しかし、より深く踏み込んで捉えれば、人間関係の中で、特に「隣組」のごとき〈濃密なつながり〉の中で、どのような人物が妄想、疑いの対象とされ、さらには憎しみや嫌悪を受けていくのか、一つの示唆を与えているとも言い得る。

人間関係の中で、〈濃密なつながり〉を持ち、互いのことをよく知り合った他者と、常に距離を取って、「乾いたつながり」しか持たない他者とでは、何か事が起こった時、疑いの目を向けやすいのは、後者と言えよう。互いによく知る関係でも、常時疑わしい行動をしている人物であれば、話しは別であるが、そうでない限り、日ごろ深く接している相手に対して、疑いの気持ちを持つことには申し訳なさが伴う。対して距離感のある他者であれば、申し訳なく思う必要はなく、相手のことをよく知らない分、疑いの念も「妄想」のごとく膨らみやすい。まして「隣組」のごとき関係の中であれば、そこに深く入らず、距離を取り続ける人間は、「異質なもの」と見做されるのであるから、疑いの目を向けられるのも自然な成り行きと言えよう。

ともに森タバコ店の常連客でありながら、大久保は森夫妻と〈濃密なつながり〉を持っていたのに対し、「ぼく」は距離を取りながら接していた。だからこそ甚五は、大久保でなく、「ぼく」へ「嫉妬妄想」を向けたのである。加えて、「町内の人々」の中に、深く入ろうとしない故に、「ぼく」は「変人」と見做されていたことも、甚五の「妄想」をより大きく膨らませた原因と言えよう。さらに、そのような形で膨らんだ父・甚五の「嫉妬妄想」を間近で目にしたことで、平和は「ぼく」に対する憎しみ、嫌悪を抱くに至った。だとすれば、「ぼく」が平和からボールを投げつけられるという、危うい目に遭わなければならなかったのも、間接的な意味において、「乾いたつながり」を嘉しとする、「ぼく」の生活信条が、逆に災いした結果と捉えられるのである。よって「日常」に潜んだ「苛烈な障害」というよりも、それを招いた〈他者とのつながり〉の問題こそ、「凡人凡語」から読み取るべき主要モチーフと言えよう。

昭和二十六年十月、朝日新聞社が実施した全国世論調査を見ると、「町内会や隣組、部落会は現在、つくってはいけないと禁止されていますが、最近この禁止を解こうという意見が出ています。あなたはこの意見に賛成ですか、反対ですか」との質問に対して、「賛成六五％、反対一八％、わからない一七％」という回答結果が出ている。賛成理由としては、「部落の協調がはかれるから、復活させるべき」「遠くの親類より近くの他人」「近所の人と相談できる」などが見られた(8)。過半数を大きく上回る賛成であり、これら賛成理由を見ても、戦後社会の中で、日本人の多くは、「隣組」的な〈濃密なつながり〉を決して否定しておらず、むしろ肯定派優勢であったことが確認できる。そのためもあってか、この世論調査の一年後、「町内会」が公的に復活したのは、先に触れた通りである。しかも昭和三十年代に入ると、東京都では、多くの区で町内会を束ねた「連合町会」まで作られる状況に至った(9)。梅崎には戦後日本人の大半を占めていたそのような考え、人間関係のあり方が、戦前に通ずるものとして、好ましからず思えたに違いあるまい。

すなわち終戦から十七年を経て、如何にも「平和」な日本社会であるが、「町内の人々」つまり共同体内には、未だ「戦時中の隣組」のごとき濃密な関係が残されている。その中で、他者と適切なつながりを持つことの難しさ、乾いた人間関係を構築する困難さが、一つの主要モチーフとして、この小説には表されているのである。

二―（1）「欝」と「妄想」

次に「凡人凡語」について、その主要登場人物に注目し、特に彼らの精神状態を少し詳しく分析してみたい。彼らの精神状態には、ある共通した傾向が表されている。この小説のいま一つの側面、もう一つのモチーフが、そこから見えてくるのである。

何より注目すべきは森甚五。既に触れたごとく、甚五は、精神病院に入院している。甚五は「戦後のタバコ不足の時代」に「大いに威張って」販売していたばかりに、「タバコがたくさん出廻るようになると」、周囲から「白い眼で見られる」ようになった。そこで甚五はやむなく、タバコ売場は妻に任せ、「自分は外廻りの仕事を始め」た。以来、外を歩く彼の姿は「うつむき勝ち」で、「暗い影を引きずっているよう」であった。おそらく、その頃から精神を病み始めていたのであろう。赤木医師によれば、甚五には「アル中の気もあるようだし、欝状態が歴然とあらわれてい」る。そこに「嫉妬妄想」が加わる。「ぼく」は甚五について、「元来が小心で意志の弱い男なのです。それに更年期という条件が加わり、やり切れなさを酒でごまかしている中に、ついにアルコールの捕虜になってしまったのでしょう」と語っている。〈アルコール精神病性障害〉や、〈更年期うつ病〉には、「妄想」の傾向が見られるとのことで(10)、甚五の「嫉妬妄想」も、そのような症状と言えそうである。

このような「欝状態」は、実は森甚五だけに限ったことではない。この小説を詳しく分析していくと、「ぼく」や赤木医師においても、そうした症状を持ち合わせているのが見えてくるのである。

例えば赤木医師の場合、「一年に一度ぐらい、変にな」って、精神病院である「M病院」に入院している。一方、「ぼく」においては、その赤木医師から「関心」を寄せられ、「病気」だと決めつけられている。「欝屈しちゃいかん」「甚五みたいになるよ」と叱責もされている。しかも物語の結末近くには、この二人の「病気」について、次のごとく記されているのである。

――春の今頃の時節の、日曜日の昼下りというのは、へんにむしむしして、気分が欝するものですねえ。赤木医師も毎年今頃の気候が、一番体や頭に悪いと、いつか問わず語りに話していました。その赤木老先生もこの二週間ばかりさっぱりここに姿をあらわしません。おそらく彼もむしむしとしているのでしょう。

「気分が欝する」との語句により、「病気」と言われる「ぼく」が「欝状態」らしく、「一年に一度」入院する赤木医師も、ほぼ同じ状態であろうことが匂わされている。ちなみに梅崎春生は短編「空の下」（昭和二十六年八月『新潮』）において、「ふだんは無口なごくおとなしい」「飛松トリさん」が、「毎年今ごろの時節」、すなわち「春」の「若葉どき」になると、「所業も少々正常でなくな」り、「だってムシムシするんだよ」と言いながら、古畳や長火鉢を燃やしてしまう様子を描いている。この「飛松トリさん」の場合、「欝」ではないようだが、梅崎文学において、「春」の「むしむし」は、精神に異常を来す気候であることは確実と言えよう。

「ぼく」と赤木医師の場合、右の一節より、「欝状態」の中でも、毎年特定の季節になると発病する〈季節性うつ病〉と捉えられる。〈季節性うつ病〉は、「日照時間が短くなる」「秋から冬にかけて」発病する患者が大多数であるものの、「春や梅雨時に、決まってうつ状態が見られるケースもある」(11)。二人はこの後者に当てはまるものと言えよう。

彼ら二人が「欝状態」にある詳しい理由は記されていない。あえて言えば、赤木医師の場合、彼の狷介な態度もあって、医院に来る「患者の数もごくすくない」とあり、その影響があるのかもしれない。「ぼく」の場合は、後に改めて検討するが、決して自分からは「働きかけ」ない、その生活信条から生じた可能性をひとまず指摘しておきたい。

このように森甚五に、赤木医師と「ぼく」を加えた、「凡人凡語」の主要登場人物三名は、程度の強弱があるものの、いずれも「欝」の症状を露わにしているのである。

ここで「ぼく」と森平和の関係について、改めて目を向けてみたい。

「ぼく」は、森平和の投げたボールがバクの鼻柱に命中した直後、例の「仮説」をその場で思い描きつつも、その「仮説」を表に出すことは踏みとどまった。「もしその仮説にしたがってわめけば、ぼくも甚五並みということになる」からであった。「ぼく」は、自分の考えが、他人から「妄想」と捉えられるのを恐れている。実際、「ぼく」の「仮説」が本当に正しいのか、真相は不明である。万一、それが間違っていたとすれば、「妄想」とまで言えなくとも、その入口にある心理状態とも言い得る。

対して森平和に目を向けると、「ぼく」の「仮説」が「妄想」でなく、正しかった場合、今度は平和が「妄想」の入り口に立っていることになる。それと言うのも、平和が「ぼく」を憎み、嫌っている理由、つまり父・甚五の精神病院入院の元凶を「ぼく」に求めるその考えが、結局は平和の思い込みに過ぎないからである。

従って「凡人凡語」には、森甚五ら三名の「欝状態」と併せて、やはり甚五を中心に据えながら、そこに「ぼく」または平和が必ず加わる形で、大小それぞれの「妄想」を抱いた人物関係が認められるのである。

梅崎春生はエッセイ「憂鬱な青春」（昭和三十四年十二月『群像』）の中で、「学生生活を振り返ると、いつも私にはじめじめした感じがつきまとう。青春期にあり勝ちな憂鬱症、それがずっと私には続いていたような気がする」と記していた。特に東京帝国大学在学中については、次のように書いている。

それにあの鬱状態が、私には周期的にやって来た。鬱状態の時には、被害妄想も伴った。下宿の廊下の曲り角に女中たちがあつまって、私の悪口を言っている。下宿人たちも私の悪口を言っている。夜中に私は女中を呼んで、そんなにおればかりをいじめないで呉れと、涙ながらに頼んだこともある。またその妄想で腹を立て、下宿の雇い婆さんを殴って怪我をさせ、四泊五日の留置場入りをしたこともあった。

精神科医の廣瀬勝世は、学生時代の梅崎春生について、「かなり長い『うつ状態』にあったものと推定」し、特に右の「妄想」においては、「うつ状態から逃避又は脱出しようとして、酩酊に身をゆだねた結果の酒精幻覚症によるものであろう(12)」と分析している。

さらに梅崎春生は、「桜島」（昭和二十一年九月『素直』）による文壇デビューからおよそ十二年目、つまり昭和三十三年秋頃から心身の不調を訴え、「凡人凡語」発表の約三年前にあたる三十四年五月二十一日から七月十日にかけて、近喰病院神経科病室に入院し、「持続睡眠療法」を受けている(13)。先に名前を挙げた廣瀬勝世がこの入院時の主治医であった。廣瀬勝世は梅崎の病名が「うつ状態─不安神経症状」で、「アルコール中毒」の傾向も見られたことを明らかにしている(14)。

要するに森甚五を初めとする「凡人凡語」の主要登場人物には、長年にわたる梅崎春生自身の精神状態が多分に反映されている。特に甚五の症状については、先に挙げた赤木医師の診断に見るごとく、入院時における梅崎のそれが重ねられているのである。

「ぼく」は、入院中の甚五について、次のように想像している。

大部屋の片隅にじっと坐り込んで、毎日毎日女房のことを考えている。どこかに男がいるに違いない。その時ふっとぼくの顔が浮び上る。ワラでも摑むようにそれにすがりつき、その妄想を屈折させながら、やがて確信にまで持って行く。その努力とそれに伴う疲労の量は、たいへんなものだろうなあ。

甚五の「嫉妬妄想」が膨らむ過程を緻密に記し、またその疲労の大きさにも言及することで、真に迫った、説得力ある表現と言える。ここに直ちに梅崎春生自身の経験が表れていると捉えるのは安易に過ぎよう。しかし、たとえ自分の体験そのままを記さずとも、「妄想」の苦しみを直接に知る梅崎だからこそ、右のごとく、リアルな描写が可能であったのは言うまでもない。

以上より、「凡人凡語」には、梅崎春生自身の精神状態、入院体験が反映され、「欝」「妄想」という、人間の精神世界に迫った側面も認められるのである。

二―（2）戦後社会における精神の病

「凡人凡語」における「欝」「妄想」について、いま少し詳しく確かめてみたい。梅崎春生は、自ら「欝」「妄想」に苦しんできた作家であるだけに、「凡人凡語」より十年以前から、精神の病や精神病院への関心を小説の中に表していた。例えば「囚日」（昭和二十四年四月『風雪』別冊）「黄色い日日」（昭和二十四年五月『新潮』）の短編二作で、早くも主人公らが精神病院を訪問する場面を描いている。[15] 恵津夫人によれば、梅崎春生は「アル中患者のことや精神病のことなどは殊に興味をもち、医学書でくわしくしらべたり、専門医に尋ねたりしていた」[16] そうである。梅崎春生自身も、エッセイ風短編「不思議な男」（昭和三十二年十月『オール読物』）の中で、根本茂男なる嘘つき男を理解する手掛かりとして、旧知の間柄である松沢病院の廣瀬貞雄医師（廣瀬勝世の夫）を訪ね、〈パラノイア〉〈パラフレニイ〉という、ともに「妄想」を症状とする精神の病について「説明して貰つた」[17] ことを記している。[18]

「凡人凡語」には、こういった梅崎春生がかねてから抱いていた関心に加えて、同作以前の梅崎の小説と較べると、精神の病や精神病院に対する明らかな意識の変化が見られることに注目したい。

例えば文壇デビューから約三年後に梅崎が著した「囚日」においては、「内包している」世界が「歪んでき」た人間が入る場所として、「脳病院」と「刑務所」が同列に扱われている。同じく「黄色い日日」では「気違いになるよりは、刑務所へ行った方がいい」と記し、精神病院を「刑務所」以下の場所として表している。精神病院入院患者はもちろん、通院するだけの患者までもが、周囲から嫌悪され、差別的な視線を向けられていたことは、同時代の他作家の小説からも確認できる。[19]梅崎もこれらの小説を著した時点において、そうした一般的な日本人の認識の範囲内にあったと言わざるをえない。

対して「凡人凡語」では、例えば甚五の入院先として、赤木医師から、精神病院として有名な「M病院」を勧められた際、妻フクが「いくら何でもM病院じゃねえ。まるでほんとの気違いみたいじゃないの。見っともなくて、人にも言えないわ」とこぼす。そのフクに際して、「ぼく」は次のように考えるのである。

> M病院入りがなぜ見っともないのか。病気なら仕方がないじゃないか。通念によりかかってばかりいるのは、ばかげた話だと思う（後略）

また赤木医師は例のごとく、年一度、「自分の変調」に気づくと「M病院におもむき、入院してしまう」。そのことについて「町内の人々」は「困ったわねえ、あの先生も」などと噂している。一方、「ぼく」は、「自ら進んで入院するなんて、かえって健全な証拠じゃないでしょうか。町の連中の考え方は、どうも逆のような気がします」と語っているのである。

さらにその赤木医師が、しばしば「ぼくの画室に遊びに来る」ことで、「町内の人々」から「ぼく」も赤木医師の「部類に近い」、つまり「キジルシだなどと」思われてしまう。ところが「ぼく」の感想は以下の通りである。

　そう思われても、ぼくは別段痛痒は感じません。人間、誰だって、その要素はあるのですから。

このように「ぼく」は、精神病患者に差別的な視線を向ける「町内の人々」とは異なる認識を持つ。精神病を恥ずべきことでなく、決して特別でも異常でもない、誰もが抱え得る要素と捉えているのである。

もう一点、次のような本文が見られる。森甚五の入院先に関する「ぼく」の感想である。

　その病院の名を、仮にQとしましょう。赤木医師の話によると、インチキ病院のひとつで、精神病院というのは経営次第によっては、なかなか儲かるものだそうですな。相手が気違いだから、何を食わせても文句は言わないし、大部屋にごしごし詰め込んでも差支えない。保護者も世間体を考えて、抗議しない。結核患者だと、待遇が悪いと団結して反抗するが、気違いには団結力がない。つまりどんな待遇をしてもいいと言うわけです。うっかりノイローゼにもなれませんねえ。公費患者は入院費が月額一万五千円、薬代が三千円で、合計一万八千円になります。大部屋に押し込み、粗悪なものを食わせて、それで一万八千円とは、経営者は笑いがとまらないでしょう。可哀そうに甚五はとうとうその一万八千円組の一人となりました。

今日から見れば、「気違い」など不適切な表現であるが、当時としてはやむを得ず、梅崎春生に差別的な意図があったのではない。むしろ入院費用や院内での処遇等について、皮肉を込めながらも患者の立ち場を理解し、批判的な説明が為されていると言うべきである。「凡人凡語」が発表された昭和三十年代、「一部の病院では、患者をとじこめておけばよいと、2倍ちかくつめこんで、利益だけ追求している」現実が確かに存在した。[20]

実は梅崎春生が「凡人凡語」を著すにあたって、その背景には、以下のような、戦後日本の社会状況が存していた。昭和二十五年五月一日に「精神衛生法」が施行されて以来、「凡人凡語」が発表される昭和三十七年に至るまで、全国各地で精神病院が急激に増加しつつあったことである。[21] 全国に設置された単科精神病院数を挙げれば、昭和二十六年には一四八であった。それが三十年には二六〇、三十五年には五〇六まで伸びているのである。

かくのごとき精神病院のいわば乱立から当時、多くの日本人は、精神病院および精神病患者に対して、差別的な意識を依然として残しつつも、それらが決して縁遠い存在ではないことを思い知らされたと言えよう。実際、昭和三十年代の文学界においても、島尾敏雄の短編集『死の棘』（昭和三十五年十月、講談社）や安岡章太郎「海辺の光景」（昭和三十四年十一、十二月『群像』）など、各作家の代表作と言い得る作品の中に、精神病院、精神の病を取り上げた小説が目につく。[22] 梅崎春生も予てから抱いていた精神の病への関心を、より一層高めさせられたに違いない。しかも梅崎には「凡人凡語」の執筆を前にして、自身の神経科病室への入院が加わった。梅崎が入院したのは開放病棟であったものの、彼の中で精神病院内部を特別な空間と捉える認識が変化し、いわゆる精神病患者へ歩み寄り、寄り添うごとき意識が生まれたと見てよい。「凡人凡語」においては、精神病院・精神病患者への差別的な意識が消え、それどころか、精神病院内部の腐敗を批判する姿勢さえ見られるのは、そのためである。梅崎春生にとって、精神の病と精神病院は、自身の問題であり、同時に極めて身近で現代的な社会問題に思えたのである。

すなわち「凡人凡語」には、作家自身の精神状態が、そのまま戦後社会の問題として反映され、いま一つのモチーフとして表されている。「欝」と「妄想」が、誰にも起こり得る、身近で同時代的な病として提示されているのである。

おわりに

以上のごとく、「凡人凡語」は、一見「平和」な戦後社会においても、実は戦時中のごとき人間関係が残存する故、他者と適切なつながりを持つことの難しさを表している。加えて、同じ戦後社会の中、「欝」と「妄想」を身近で同時代的な病として表現している。これら二つのモチーフは、ともに戦後社会が舞台であるものの、右の考察で触れられなかったように、その結びつきは必ずしも明確でない。それぞれが、別々に、独立した形で提出されている趣もある。

しかし二つのモチーフどちらも、一見「平和」な戦後社会における生き難さの追求と言い得る。また作中にはっきり認められずとも、「ぼく」については、それら二つが以下のごとく連動していると推察されよう。「ぼく」は戦後社会の中で、適切なつながりが見出せない故に他者と距離を取り、引き籠りにも似た生活を続け、「欝状態」を招いていく。さらに「欝」であることから、「ぼく」と他者との距離はますます開いていく。そのように考察できるのである。いわば戦後社会における人間関係構築の難しさによって生ぜしめられた「欝状態」である。また「凡人凡語」において、甚五はタバコ店の客と、赤木医師は医院の患者と、ともに良好な関係を築けておらず、彼ら二人の「欝状態」についても、「ぼく」と同じでないものの、やはり〈他者とのつながり〉のあり方に触れていよう。

「凡人凡語」からおよそ三年後、梅崎春生は長編「幻化」（昭和四十年六、八月『新潮』）を発表、直後に肝硬変にて逝去した。その遺作小説「幻化」の主人公五郎は戦時中、海軍の仲間たちに対して、「同行者としての連帯感」を抱いていた。だが終戦後、歳月を経ていく中で、この「同行者としての連帯感」、つまり戦時下での他者とのつながり、人間関係が「だんだん信じられなくなって来た。酒を飲んでも、勝負ごとにふけってもだめだった」。「他の人と何か関係があると思い込む。そこから誤解が始まる」とも思っている。やがて「悲しいような憂欝な感じ」「漠然とした不安感」に襲われ、「精神科病室」に入って治療を受けた。しかし五郎は「二十年前には確かにあったもの」「つながりを確めたい」と考え、病院を抜け出し九州へと向かい、兵隊生活や学生時代の思い出の地を巡り歩く。

右のごとく「幻化」には、海軍仲間との連帯感に対する疑念という形で、「凡人凡語」から連なるモチーフが認められる。「隣組」のごとき人間関係への批判を幾分変形させながら、同じ戦時中に関わる〈他者とのつながり〉が問われているのである。しかも、その〈つながり〉への疑念から生じた主人公の「欝状態」も、そこには描かれている。つまり「凡人凡語」における二つのモチーフが、ともに「幻化」へと継承され、それらは密接に関わり合いながら表されているのである。「凡人凡語」以来、作者の中では結びつき、連動していた二つのモチーフが、ここに来て、より明確化されたと言えよう。「幻化」の物語は、五郎が入院先の「精神科病室」を抜け出すところから始まっているが、「凡人凡語」の「ぼく」は、この五郎の入院以前の姿を描いていると見ることもできる。かくて「凡人凡語」は、〈他者とのつながり〉および人間の精神世界を表しつつ、戦後社会の生き難さを追求することで、遺作「幻化」への導入と言うべき役割も果たしており、梅崎文学の中でも重要な位置を占める一作と見做せるのである。

注

（1）　例えば平野謙は「今月の小説（下）」（昭和三十七年六月二日『毎日新聞（夕刊）』）の中で、「凡人凡語」を「日常生活のニュアンスに即し」た小説として取り上げた。また和田勉は『梅崎春生の文学』（昭和六十一年十一月、桜楓社）第二章第六節「短編小説」の中で、「凡人凡語」について「軽妙洒脱なエッセイ風リアリズム小説」と捉え、「市井もの」に分類した。

（2）「解説　日常の小説家」（『ボロ家の春秋』平成十二年一月、講談社文芸文庫）

（3）「甚五が偽証罪で誰かを訴えたのに、不起訴と判決が下った」。甚五へ送られるはずの、その通知ハガキが「間違って大久保のところに配達されて来た」。大久保はハガキを持って森タバコ店へ行き、甚五に事件の説明を求めたところ、「甚五から引っかかれ」たのであった。いわゆる〈メーデー事件裁判〉にて、検察側証人の渡辺政雄警視が「偽証罪」にて告発されたものの、昭和三十四年十二月二十三日、「不起訴」と決定した事件があった（『メーデー事件裁判闘争史』昭和五十七年十一月、白石書店）。梅崎春生はエッセイ「被告は職業ではない」（昭和三十五年五月十五日『週刊現代』）の中で、同事件について批判的に言及している。「凡人凡語」のこのエピソードも、メーデー事件における「偽証罪・不起訴」への皮肉が含まれていよう。

（4）森武麿『日本の歴史⑳アジア・太平洋戦争』（平成五年一月、集英社）

（5）水島朝穂「住民管理の細胞『隣組』」（『防空法制下の庶民生活』③④、平成八年三月・六月『三省堂ぶっくれっと』一一八・一一九号）。なお梅崎春生「凡人凡語」では、「向う三軒両隣」であるが、水島朝穂「住民管理の細胞『隣組』」では、「向こう三軒両隣」と表記されている。引用は、それぞれの表記に従っている。

（6）高木鉦作「東京都・区政と町会連合会―行政補助団体の圧力団体化―」（日本政治学会編『日本の圧力団体　年報政治学一九六〇』昭和三十五年五月、岩波書店）参照。

（7）森平和は「中学校の生徒」であり、後述するように、「終戦後に生れたのに違いありません」とある。従って、この小説は昭和三十年代半ば、おそらくは小説発表時の昭和三十七年頃の設定と思われる。

（8）「どう思う？　隣組や町内会の解禁―本社世論調査―」との見出しで、昭和二十六年十月二十八日『朝日新聞』に掲載された。

（9）注（6）に同じ。梅崎春生が在住する練馬区では、昭和三十一年に「連合町会」が結成。三十四年三月十六日には、「東京都町会連合会」結成大会が開催されている。

（10）岩井寛・北西憲二編著『精神医学入門　うつ病』（昭和五十七年六月、日本文化科学社）、風祭元監修、南光進一郎・張賢徳・津川律子・萱間真実編『精神医学・心理学・精神看護学辞典』（平成二十四年七月、照林社）参照。

（11）岡田尊司『うつと気分障害』（平成二十二年九月、幻冬舎新書）参照。

(12)『人生　幻化ニ似タリ―梅崎春生のこと―』〈平成七年十一月、成瀬書房〉

(13)梅崎春生のエッセイ「二塁の曲り角で」〈昭和三十四年六月『新潮』〉「神経科病室にて」〈昭和三十四年十月『新潮』〉「私のノイローゼ闘病記」〈昭和三十八年六月『主婦の友』〉および「年譜」〈新潮社版『梅崎春生全集第七巻』昭和四十二年十一月〉参照。

(14)注(12)に同じ。

(15)木村功も「囚日」「黄色い日日」の二作について、梅崎春生の「精神病院・患者」への関心が表れた最初期の作品として取り上げている〈「メランコリーの光学―梅崎春生における鬱病の病理とその言語表象―」〈初出平成十六年八月『叙説Ⅱ』08〉、『病の言語表象』〈平成二十八年三月、和泉書院〉収録〉。木村はこれら二作に始まる梅崎のモチーフとして、「正気(こちら側)と狂気(あちら側)」の「連続性」を指摘している。ただし、「凡人凡語」以降の作品に見られる精神病・精神病院に対する梅崎の意識の変化について、木村は論じていない。

(16)「幻化の人」〈初出昭和四十二年三月『新潮』、『幻化の人・梅崎春生』〈昭和五十年八月、東邦出版社〉収録〉

(17)梅崎春生の長編「つむじ風」〈昭和三十一年三月二十三日～十一月十八日『東京新聞』〉の主人公陣内陣太郎のモデル。「不思議な男」の他、エッセイ「ふしぎな人物―根本茂男君のこと―」〈昭和三十二年七月六日『東京新聞』〉参照。

(18)廣瀬勝世『人生　幻化ニ似タリ―梅崎春生のこと―』にも、同様のエピソードが記されている。

(19)例えば遠藤周作の短編「松葉杖の男」〈昭和三十三年五月『文学界』〉では、神経科に通う加藤なる人物が登場し、その加藤の妻が主治医の菅に対して、「先生、父ちゃんはもう神経科に通うのがイヤだと言いまして」、「神経科に通うのは父ちゃんが気が変なためじゃないかと、陰口をきかれるもんですから」と語っている。

(20)岡田靖雄編『精神医療―精神病はなおせる―』〈昭和三十九年七月、勁草書房〉

(21)「精神衛生法」とは、掻い摘んで記せば、それまで大多数の精神病患者が座敷牢に閉じ込められ、社会から隔離されていた状況を鑑み、彼らへ正当な医療保護が為されるべく、各都道府県に精神病院設置を義務付けた法令である。実際、同法の施行により、精神病院が多数建設され、多くの精神病患者が座敷牢から病院へと移され、収容されていった。また同法も今日から見れば不十分な部分が存する中、精神病院がいわば乱立していったことで一部の精神病院に見られる腐敗を招く結果ともなった。岡田靖雄編『精神医療―精神病はなおせる―』、矢野徹・仙波恒雄『精神病院＊その医療の現状と限界』（昭和五十二年三月、星和書店）参照。単科精神病院数データは後者に拠った。

（22）島尾敏雄の短編集『死の棘』には主人公の妻の、安岡章太郎の「海辺の光景」には主人公の母の、ともに精神の病と精神病院入院が描かれている。どちらも作者自身の経験をモデルにした私小説風作品として知られている。前者は芸術選奨文部大臣賞を、後者は同じ芸術選奨および野間文芸賞を得た。

Ⅱ 「幻化」論

――久住五郎の精神世界――

はじめに

梅崎春生の「幻化」（昭和四十年六、八月『新潮』）は、「精神科病室」を抜け出した主人公・久住五郎が九州を旅する長編小説である。五郎は桜島の見える鹿児島空港に降り立ち、二十年前兵隊として滞在した枕崎、坊津へ向かう。吹上浜を歩いて湯之浦温泉に泊まり、学生時代の思い出の地、熊本を訪れる。最終場面は阿蘇で迎える。

この「幻化」は、梅崎春生が死の間際に書き上げた遺作小説として知られ、それだけに作者が発表してきた作品との関連性から主に論じられてきた。

例えば、梅崎春生は「幻化」を書き上げることで「文壇的処女作『桜島』に回帰し、そのことによって我知らず作家の生涯を完結させている」との見方が繰り返し為されている。(1)

また梅崎春生には、いわゆる「戦争もの」と、いわゆる「市井もの」（「市井事もの」）の二つの系列が見られることを念頭に置き、「幻化」においては「戦争ものと市井事ものとが、より高められた形で綜合されている」との指摘も多く認められる。(2)

これらの見方は、遺作小説として「幻化」が持つ枠組みを大まかに捉えた、いわば通説として肯定できよう。「幻化」には作者の軍隊時代が顧みられている点において、「文壇的処女作」であり、「戦争もの」を代表する「桜島」と確かに重なる部分がある。また思い出の地で「つながりを確めたい」という五郎の台詞は、いわゆる「市井もの」のモチーフ、例えば「凡人凡語」（昭和三十七年六月『新潮』）における〈他者とのつながり〉の追求にも通じる。これら通説を否定する必要性は認められない。

しかし「幻化」という小説には、こうした通説だけでは捉えられない、今ひとつの重要な設定、五郎を精神の病の持主として描いている側面がある。本論では、その五郎の人物設定に注目して考察を進めることとしたい。五郎の精神の病について、精神科医の立場から「病跡学」として分析した文章はいくつか見られるもの(3)の、文学表現としての考察となると、十分為されてきたとは言い難いからである。

結論を一部記せば、本論では「幻化」について、主人公・五郎の一人称的視点によって、精神を病んだ人物の内面世界を表出した小説と捉える。これも「凡人凡語」において、既に提示されていたモチーフが、より深く、徹底して追求されているのである。従って、梅崎春生が「幻化」を通して「社会と、社会の外部に配置される精神病とその患者との間の連続性を指摘し」「病というフラジリティを刻んだ者の視点に拠ることで、生きることの苦痛・恐怖・悲哀と生き続けることへの意志を表出した」と論ずる木村功の見解(4)と、本論は一部重なっている。だが本論では、そのような考察に加えて、五郎の人物設定を梅崎自身の問題と関わらせつつ、かつ同時代の社会と文学の中に置いて捉え直していくことに主眼を置く。梅崎春生が当時の読者に向けて何を訴えようとしたのか、「幻化」における作者のモチーフと社会状況との関わりを追究することで、この遺作小説の新たな側面を明らかにできると考えたが故である。以下に考察を進めたい。

一　久住五郎の一人称的視点

「幻化」の物語は、五郎の目に映った次のような光景を描いて始まる。

　五郎は視線を右のエンジンに移した。

〈まだ這っているな〉

　と思う。

それが這っているのを見つけたのは、大分空港を発って、やがてであった。豆粒のような楕円形のものが、エンジンから翼の方に、すこしずつ動いていた。眺めているとパッと見えなくなり、またすこし離れたところに同じ形のものがあらわれ、じりじりと動き出す。さっきのと同じ虫（?）なのか、別のものなのか、よく判らない。幻覚なのかも知れないという懸念もあった。

　五郎は四十五歳。「悲しいような憂欝な感じ」「漠然とした不安感」に襲われ「精神科病室」に入院、「持続睡眠療法」を受けていた。しかし病院を抜け出し、九州へ向かう。途中、飛行機の窓を通して眺めたのが右の光景である。ここで五郎の目に映ったのは、実は飛行機の潤滑油であって、五郎の幻覚では結局なかった。入院前、五郎は「白い壁に蟻が這っている」ような幻覚をしばしば経験していたため、実際に自分の目に見えている光景を幻覚と区別しきれなかったのである。

　物語の中盤に入ると、吹上浜を歩く五郎を描いた次のような場面がある。

　追われて五郎は砂浜を歩いていた。追う者の正体は判らず、姿も見えなかった。しかし追われていることだけは、確かであった。その実感が五郎の全身にみなぎり、彼を足早にさせていた。

五郎は出会った漁家の中年女から乱暴に扱われ、「はん、はん、はん」という「はやし言葉のような」「大勢の歌声」が耳に聞こえてくる。しかし、この場面は五郎の実際の体験を描いているのではない。「秋の強い日に照らされて」「眩暈」を感じた中で、五郎が目にし、耳にした幻覚なのであった。

このように精神を病んだ人物である五郎は、現実の光景に対して幻覚ではないかと不安を抱き、また実際に多くの幻覚に捕われている。他にも五郎は入院前「玄関のブザーが鳴る」幻覚にしばしば襲われ、坊津で出会った女性と関係を結んだ後には「恥知らず！」という幻聴を耳にする。「自分が自分でない男に間違えられ」「透明人間になったような気分」で居た熊本では、「化けおおせたことが、そんなに嬉しいのか」という「声にならない声を聞い」ているのである。

こうした五郎の幻覚に関わる描写について、一つ考慮に入れておくべきことは、「五郎」という三人称で記されつつも、語り手は五郎に寄り添い、五郎の内部から、いわば五郎の一人称的視点によって表していることである。五郎の幻覚がいわゆる三人称、つまり五郎の外部から第三者的な視点によって描かれているならば、幻覚はあくまで幻覚として、現実とは区別される。五郎の精神の病を強調する表現として読者に受け止められるであろう。しかし「幻化」では、五郎の内部から、一人称的な視点によって表現されていく。五郎の幻覚・幻聴は全て、半ば実際にいま生じている出来事であるかのような感触を持って読者に伝わるのである。読者は五郎が精神を病んだ人物であることを理解しつつも、五郎と一体化して物語を読み進めていくために、五郎の幻覚を必ずしも異常（あるいは狂気）という範疇に収まらぬ出来事として捉えるのである。「幻化」に「現実とも非現実ともつかぬ」世界が表されていることは、同時代評(5)において既に指摘されているが、実際は精神を病んだ主人公の幻覚、幻聴が多く表されているのであって、それを「現実とも非現実ともつかぬ」ように感じさせるのは、五郎の一人称的視点による。

梅崎はこの表現方法を通して、五郎の精神世界を読者に追体験させているのである。

いま少し細かく「幻化」の表現について確かめてみよう。物語冒頭から間もなく、病院から抜け出す五郎の様子が次のように記されている。


こっそりと背広に着換え、入院費に予定した金を内ポケットに入れ、マスクをかけて病院を出た。（中略）煙草を買い、喫茶店に入り、濃いコーヒーを飲んだ。久しぶりのコーヒーは彼の眠ったような情緒を刺戟し、亢奮させた。

〈そうだ。あそこに行こう〉


五郎は行き先を強く意識して病院から脱出したのではない。彼を九州へ向かわせた直接のきっかけは、喫茶店で飲んだ「濃いコーヒー」にあった。病院で「持続睡眠療法」を受けていた五郎は、コーヒーに含まれるカフェインによって覚醒され、意識の奥に眠っていた自分の考えに気づかされたと言えよう。

また五郎は鹿児島から枕崎に向かう際、飛行機内で隣り合わせた映画のセールスマン、丹尾章次が付いてくることにやや警戒心を持っていた。しかし丹尾と同乗したタクシー内においては、「さっき飲んだ焼酎が、車体の振動につれて、体のすみずみまで廻って来」たことにより、五郎は「しゃべり過ぎると思いながら」も丹尾と「しゃべっていた」。吹上浜を歩く五郎を描いた次のような場面もある。


約二キロ歩いた。

砂浜に上って、腰をおろす。（中略）疲れて来たのだ。

食道を伝って胃に降りて行くのが判る。
むしろ蒼然と輪郭をはっきりして来る。

「すこし飲むか」
（中略）五郎は栓を抜き、一口含んだ。甘ったるく強烈なものが、食道を伝って胃に降りて行くのが判る。
五郎はポケットから、貝殻をざくざくつかみ出して、そこに並べる。ついでにもう一口飲んだ。
風景が急に活き活きと、立体感を持ち始めて来た。ぼんやりと明るい風光が、むしろ蒼然と輪郭をはっきりして来る。

酒を飲むことで五郎は口数が多くなり、目に映る風景にも活き活きとした変化を感じている。アルコール摂取による心境の変化が、五郎の内部から表されていると言えよう。「幻化」には、カフェインやアルコールの作用を例に取りながら、人間の意識の変化のあり方を具体的に浮かび上がらせた表現も多く認められるのである。

さらに九州を旅する中で、五郎はさまざまな思い出の地に足を踏み入れる。その際の五郎の内面を描いた場面にも目を向けてみよう。

例えば五郎は終戦直後に歩いた枕崎から坊津に至る道を二十年ぶりに歩き、その風景から「甘美な衝撃と感動」を受けている。五郎は数年前、信州旅行で出会った風景に対して、子供の頃に見た風景から受けた感動を思い出したつもりでいたが、そうではなく、その「感動」はこの二十年前に歩いた道で受けた感動であることに思い当ったのである。そして五郎は終戦時の「体が無限にふくれ上って行くような解放」を思い出しながら、「感動と恍惚のこの原型」が「いつの間にか意識の底に沈んでしまった」こと、自分は「今朝コーヒーを飲んだ時、突如として坊津行きを思い立ったのではな」く、以前から「意識の底のもの」が自分を「そそのかしていたのだ」と考えるのである。

また五郎が熊本、つまり旧制高等学校時代の思い出の地を訪れた場面においては、街を歩く五郎の感慨が以下のである。

ように記されている。

ここを離れて、五郎は時々この土地のことを思い出し、また夢にまで見た。それはいつも青春の楽しさや愚行につながっていた。楽しさや愚行に都合のいいように、街の相は彼の頭の中で、修正されているかも知れない。その修正と、現実の街の変貌が一致しない。

心の中にある風景と事実との相違、そこに加えられた修正、あるいはその風景の念頭への浮沈。〈記憶〉の不正確さを表しながら、意識の一端としての〈記憶〉の作用を浮かび上がらせているのである。先の吹上浜での五郎の幻覚の場面では、「いつの時か、どこの場所かも定かでない」が「追われていた」と思う五郎の意識について、「何かのきっかけで生じた贋の記憶なのか」とも記している。

以上のごとく「幻化」には、久住五郎の一人称的な視点を通して、幻覚や意識の変化、〈記憶〉の作用などが如何にもリアルに表されている。精神を病む人物の内面世界をその深層に迫りながら表現し、読者には自分自身が体験している出来事であるかのように感じさせる小説。それが「幻化」だとまずは言うことができる。

二―(1)　梅崎春生の神経科入院

梅崎春生はこのような「幻化」をなぜ著したのか。先に作家自身の問題から確かめてみたい。

梅崎春生は「幻化」から約六年と半年前、昭和三十三年十月頃から心身の不調に襲われ、やがて「うつ状態―不安神経症状」と診断されている。そして三十四年五月二十一日より七月十日にかけて近喰病院神経科に入院し、持続睡眠療法を受けている。[6] その梅崎の症状と受けた治療は、「幻化」の五郎と重なる。この梅崎の入院体験が「幻化」の主人公像に反映されていることは間違いない。例えばアルコールによる五郎の意識変化などは、多量の飲酒によりアルコール中毒の傾向も見られた[7]梅崎春生だからこそ描けた表現とも言えよう。また梅崎が持続睡眠療法による〈半眠半覚〉の状態、つまり記憶のあやふやな状態で約二ケ月間を過ごしたことは、「幻化」において〈記憶〉の不正確さを表す基盤を創り上げたと見ることもできる。例えば梅崎の入院と「幻化」発表の間に位置する短編「記憶」（昭和三十七年七月『群像』）にも、同じ〈記憶〉の不正確さが表されており、その点からも持続睡眠療法体験の影響の大きさは裏付けられよう。

もっとも梅崎春生の精神を病んだ人々への関心は、入院体験以前から表れていた。木村功も指摘しているように[8]、梅崎春生は「囚日」（昭和二十四年四月『風雪』別冊）「黄色い日日」（昭和二十四年五月『新潮』）の短編二作において、早くも主人公らが精神病院を訪問する場面を描いている。以降、長編「逆転息子」（昭和三十二年五月～三十三年五月『週刊東京』）、短編「凡人凡語」（昭和三十七年六月『新潮』）、短編「仮象」（昭和三十八年十二月『群像』）といった作品で精神病院、または精神を病む人々を取り上げている。「幻化」に至るまで一貫して関心を抱き続けていたと言うべきなのである。

ただし、これらの小説を通読していくと、梅崎春生の入院体験を境にして、以前と以後とでは、精神病院・精神を病む人々に対する捉え方に明らかな変化が認められる。例えば「囚日」においては、「内包している」世界が「歪んでき」た人間が入る場所として、「脳病院」と「刑務所」が同列に扱われており、「黄色い日日」では「気違いになるよりは、刑務所へ行った方がいい」と記し、精神病院を「刑務所」以下の場所として表している。精神病院・精神を病む人々に対する幾分かの嫌悪感、差別意識が認められ、梅崎も当時の人々の一般的な認識の範囲内にあったと言わざるを得ない。

対して入院体験以降に書かれた「凡人凡語」では、精神病院入りを「見っともない」と考える知人に対して、主人公「ぼく」が「なぜ見っともないのか。病気なら仕方がないじゃないか。通念によりかかってばかりいるのは、ばかげた話だと思う」とコメントし、自分が精神病者の「部類に近いと判断」されることについても「ぼくは別段痛痒は感じません」と述べている。精神の病を恥ずべきこととは捉えず、患者の側に立った表現が為されているのである。世俗的な認識から梅崎は抜け出していると言えよう。

すなわち梅崎春生はかねてから精神の病に関心を抱いていた上に、「うつ状態」によって自ら入院した体験が加わったことで、精神を病む人々の世界に対して、いわば自分自身の問題として歩み寄り、理解を深めたと言える。「幻化」の久住五郎像を形成した梅崎春生の内的要因である。

二―（2）　精神病院ブーム

次いで「幻化」執筆にあたって、梅崎春生が同時代の社会状況から受けた影響について検証してみよう。

昭和二十五年五月一日に「精神衛生法」が施行された[9]。以降、「幻化」が発表された昭和四十年に至るまで、全国各地で急激な精神病院建設ラッシュが続き、その状況を指して〈精神病院ブーム〉とまで言われていた事実に注目したい。全国に設置された単科精神病院数を挙げれば、昭和二十六年においては一四八であった。それが三十年には二六〇、三十五年には五〇六、四十年には七二五まで伸び、約十五年間で五倍増となったのである。

「精神衛生法」以前、精神を病んだ人々に対しては、公安上の観点から各家庭の監護責任が義務付けられていた。その結果、大多数の精神病患者たちが座敷牢に閉じ込められ、社会から隔離された状態にあった[10]。このような人権無視の状況を鑑み、精神病患者たちの医療保護が正当に為されるよう、各都道府県に精神病院の設置を義務付けたのが「精神衛生法」だったのである。同法も今日から見れば不十分な部分が認められるものの、そのことについてここでは触れない。ともかく同法の施行により、精神病院が実際に多数建設され、それまで座敷牢に閉じ込められていた精神病患者の多くが治療を受けるべく病院へ収容された。このことは、精神病患者以外の人々から見れば、精神病院・精神病患者が目に見えて意識に上りやすい、多少なりとも身近な場所へ移動してきたことを意味しよう。

そうした精神病院に関わる社会状況の変化は、文学界にも少なからぬ影響を与えたと見ることができる。特に昭和三十年代を代表する小説の中には、精神病院や精神の病を扱った作品が多く認められるからである。例えば芸術選奨文部大臣賞を得た島尾敏雄の短編集『死の棘』(12)（昭和三十五年十月、講談社）であり、同じ芸術選奨と野間文芸賞も受けた安岡章太郎の「海辺の光景」（昭和三十四年十一、十二月『群像』）である。島尾の短編集には主人公の妻の、安岡の小説には主人公の母の、ともに精神の病と精神病院入院が扱われている。両作家とも〈精神病院ブーム〉をどれだけ意識したか定かでないが、どちらも私小説的作風であり、それぞれ小説のモデルとして扱われた事実それじたいに、当時の社会状況が深く関わっている。また北杜夫の芥川賞作「夜と霧の隅で」（昭和三十五年五月『新潮』）、毎日出版文化賞作『楡家の人びと』（昭和三十九年四月、新潮社）の二作も精神病院を舞台としている。前者は精神科医たちを主人公に、ナチス政権下ドイツの精神病院内を描き、後者は作者の一族斎藤家をモデルにした楡脳病院の年代記である。どちらも歴史的な時代設定であり、島尾や安岡の小説と同列には語れない。とは言え、精神科医でもある北杜夫が〈精神病院ブーム〉に無関心であったとは考え難く、これら二作の執筆にあたって、そのような時代の空気を意識した部分は当然あったと言うべきだろう。

いずれにしても上記の小説は全て、同時代の読者から見て、精神病院急増期の社会状況を想起させる作品であった。そして梅崎春生の「幻化」についても、読者にとっては、これらの作品と同様、時代を少なからず意識させる一作だったと思われるのである。

もっとも「幻化」の五郎が入院したのは、「精神科病室」の中でも開放病室であった。対して島尾や安岡の小説には閉鎖病棟が描かれている。精神の病と言っても、表された症状は決して一様でない。しかし、そうではあっても、「幻化」が社会状況と関連する作品の一つとして、つまりある種の精神病者小説として、当時の読者から受けとめられたことは確実と言える。実際、「幻化」発表から間もない平野謙の評[14]を見ても、五郎は「精神病院の入院患者」である「半狂人」と捉えられているのである。

先に述べたように、梅崎春生は「精神衛生法」施行の前年に発表した「囚日」「黄色い日日」で既に精神病院を取り上げている。その関心は〈精神病院ブーム〉の影響を受けて始まったことではない。しかし精神病院建設ラッシュが始まってから書かれた「逆転息子」を見ると、後に自分も受けることになる「持続睡眠療法」を扱い、その治療中の患者の言動を面白おかしく、興味本位に描いている[15]。この小説などは読者の興味を引き出す狙いから〈精神病院ブーム〉を意識し、そのような設定を選んだのは明らかであろう。また「幻化」から一年半前に発表された「仮象」では、主人公「彼」が「子供の時」には「神経科の病院はなかった」と言い、かつ「彼」が見舞いに訪れた神経科病院がかつて産婦人科だったことについて、「映画がテレビに押され」たように「産科じゃはやらなくなったんで、身売りして神経科になった」との説明が見られる。遠回しな言い方ではあるが、これらも精神病院に関わる社会状況の変化を捉えた表現と言えよう。

このように梅崎春生も〈精神病院ブーム〉を意識していた形跡が認められる中で、「幻化」が発表される前年、社会の注目を大きく集める一つの事件が発生した。昭和三十九年三月二十四日、アメリカのライシャワー大使が十九歳の精神病患者に刺傷された事件である。この事件をきっかけに、「新聞は、精神病患者が事件をおこすたび、それを社会面にぶちぬきで大々的に報じた。見出しに、『またも野放しの精神病者！』と書いた[16]」のである。世間には〈精神病者は危険な存在〉との偏見が広まったことは言うまでもない。

この事件、と言うよりもこの事件に関わる一連の報道は、梅崎春生の「幻化」執筆に少なからぬ影響を及ぼしたと見ることができる。「幻化」の主人公・久住五郎は「精神科病室」を無断で抜け出し九州の旅へと出かける。当時の読者にとって、五郎は、新聞報道で言う「野放しの精神病者」そのものに見えたことであろう。そのような主人公を梅崎があえて設定したのは、〈精神病院ブーム〉が続き、ただでさえ精神を病む人々に注目が集まりやすい社会状況の中、ライシャワー大使刺傷事件をきっかけに始まった新聞報道のあり方に対して、強く反発を感じるところがあったからに違いあるまい。自ら入院体験を持つ梅崎春生は、精神病者に寄り添う形で、一つの異論となる表現を提示したいと考えたのではあるまいか。その意味で「幻化」を〈精神病院ブーム〉との関わりから捉えた当時の読者は、必ずしも作者の意図から外れていなかったとも言えよう。

「幻化」に先行する島尾敏雄の短編集『死の棘』、安岡章太郎の「海辺の光景」、北杜夫の「夜と霧の隅で」『楡家の人びと』は、それぞれ夫、息子、医師の視点から精神病患者を描いていた。対して梅崎春生の「幻化」は、作者自身の経験を反映させることで、精神を病む主人公自身による一人称的視点を設定した。精神病者に対する偏見が渦巻く当時の日本社会へ向けて、精神を病む人々の内面世界が実際に如何なるものであるか、目に見えるごとく表現してみせた小説。「幻化」はそのように捉え直せるのである。

三　精神病——誰もが内に秘める身近な病——

以上のような考察を踏まえて、五郎の内面世界がどのように表されているか、改めて検討したい。

例えば五郎は自分がなぜ「精神科病室」を抜け出したのか、その理由に思いを巡らしながら、「正常人が異常心理になるのを恐怖するように、異常心理者は正常に戻るのをおそれるんじゃないか?」「正常と異常は、紙一重の差に過ぎないだろう」と考えている。また医師から診察を受けた際、「重いもの」（抑圧）が「頭にかぶさっ」た状態、いわば兜をかぶったような症状であると説明され、次のような感慨を抱いている。

　兜をかぶっているのが常人で、今のおれの場合は兜を脱ぎ捨てた状態じゃないのか。頭がむき出しになっているから、普通人が持たない感覚を持ち、感じないものを感じているのではないか。生きているつらさが、直接肌身に迫って来るのではないか。その点おれが正常人の筈だ。

五郎は「これがおれの正体じゃないか。今まで不安を忘れたり、避けたりして、ごまかして来たんじゃないか。おれだけじゃなく、みんな」とも考えている。つまり五郎は正常と異常の差を紙一重と考える上に、医師とは真逆の見方でその二つを捉えようとしている。言い換えれば、正常と異常、正気と狂気は区分できず、時に入れ替わりさえするとの考えである。

　こうした「幻化」に見る梅崎春生の考えは、木村功も指摘しているように[17]、「囚日」「黄色い日日」の二作において、既に萌芽を見ることができる。とは言うものの、先にも検討したごとく、これら二作の時点では、精神を病む人々に対する嫌悪感、差別的な意識も表れていた。梅崎春生の入院体験がやはり重要であり、それ以上にライシャワー大使刺傷事件後の社会に反発する梅崎のメッセージがこれら五郎の言葉には含まれていると言えよう。すなわち「野放しの精神病者」との偏見に満ちた報道が広く流れる当時の日本社会に向けて、正常と異常、正気と狂気が実はボーダレスであることを訴えている。精神を病む人々に差別的な視線を向け、自分は正気だと思い込んでいる当時の多くの日本人に向けて、人は誰でも狂気を内に秘めていること、精神病者の世界が決して特異なそれでなく、万人の身近な場所にあることを主張しているのである。一人称的視点により、五郎の内面世界に読者を同化させながら提出されるその主張は、自然に受け止められ、読者を説得させる効果十分と言えよう。

さらに「幻化」の最終場面は次のようである。阿蘇へ至った五郎は、枕崎まで同行した映画のセールスマン丹尾章次と再会する。阿蘇山頂の火口を訪れた二人は、そこで二万円ずつ出した賭けをする。丹尾が火口一周に出かけ、途中で火口に飛び込めば丹尾の勝ち、飛び込まず戻ってくれば五郎の勝ち、という丹尾の命がかかった賭けである。丹尾が火口一周に向かうと、五郎はその姿を有料望遠鏡で追う。丹尾が「よろよろと」「つまずいた」りしながら歩いているのが目に入ると、五郎は「丹尾を見ているのか、自分を見ているのか、自分でも判らないような状態」になる。「しっかり歩け。元気出して歩け！」という五郎の「胸の中」の「叫」びを記しつつ、物語は結ばれる。

この最終場面において見逃してならないのは、丹尾から賭けの話を聞かされた際、五郎がこの物語で初めて「笑ってる」ことである。しかも五郎は「声を立てて笑」い、彼の中から「笑いは次々湧いて」きているのである。

五郎が笑ったのは、直接には丹尾が自らの命に関わる賭けを申し出たことに対してであり、どこがおかしかったのか、いま一つはっきりしない。だが理由はともかく、笑えるということは、五郎の精神状態が「悲しいような憂鬱な感じ」「漠然とした不安感」を克服し、健全さを取り戻していることを表す。「精神科病室」を抜け出し、枕崎、坊津や熊本など、思い出の地を経巡って阿蘇山火口に辿り着いた五郎は、自らの過去を見つめ直すことで、健全な精神を取り戻すことができたのであろう。

そのように考えると、五郎が火口を一周する丹尾に向けて、激励の言葉を発しているのも、五郎が笑える状態を取り戻したからこそできたことと言える。そしてこの五郎による激励の言葉は、丹尾に対してでありつつも、同時に五郎自身へも向けられていることは一読して明らかであろう。丹尾は妻子に先立たれて以来、酒浸りの生活に陥っており、五郎と同じ「悲しいような憂鬱な感じ」に捕われている人物と言える。丹尾は五郎の分身と指摘される所以である(18)。つまり「元気出して歩け！」というその言葉は、丹尾を激励すると同時に、五郎が自らの病の回復を確認した意味を持とう。そしてその言葉の奥には、五郎や丹尾と同じ病に苦しむ人々へ向けた、作者による激励が隠されているのである。

おわりに

かくて梅崎春生の「幻化」は、主人公・久住五郎の一人称的な視点により、幻覚や意識の変化、記憶の作用など、精神を病む人物の内面世界を詳細に表している。その表現を通して、精神の病が実は身近な場所にあることを訴えつつ、一つの病からの回復過程を例示した小説なのである。そのモチーフは、自らも入院体験を持つ梅崎春生だからこそ表し得た、同時代の日本社会へ向けたメッセージでもあった。梅崎春生の内なるモチーフの成長と社会に対する関心の高さを裏付ける「幻化」は、やはり作者の最期を飾る遺作小説に相応しい一作であったと言えよう。

注

（1）平野謙「今月の小説（上）」（昭和四十年七月二十二日『毎日新聞（夕刊）』）、江藤淳「文芸時評（上）」（昭和四十年七月二十六日『朝日新聞（夕刊）』）など。引用は前者に拠る。

（2）本多秋五「解説」（新潮社版『梅崎春生全集第一巻』昭和四十一年十月）、森川達也「解説」（『幻化』昭和四十九年二月、新潮文庫）など。引用は前者に拠る。

（3）伊東高麗夫「梅崎春生」（宮本忠雄編『診断・日本人』昭和四十九年七月、日本評論社）、林美朗「梅崎春生試論―病いと戦後をめぐる病跡学的一考察―」（『表現の精神病理学―病跡学の世界―』平成十七年九月、青山社）など。

（4）「メランコリーの光学―梅崎春生における鬱病の病理とその言語表象―」（初出平成十六年八月『敍説Ⅱ』08、『病の言語表象』〈平成二十八年三月、和泉書院〉収録）

（5）平野謙「今月の小説（上）」

（6）「年譜」（新潮社版『梅崎春生全集第七巻』昭和四十二年十一月）、梅崎春生のエッセイ「二塁の曲り角で」（昭和三十四年六月『新潮』）「神経科病室にて」（昭和三十四年十月『新潮』）「私のノイローゼ闘病記」（昭和三十八年六月『主婦の友』）、廣瀬勝世（注、梅崎春生の主治医）『人生　幻化ニ似タリ―梅崎春生のこと―』（平成七年十一月、成瀬書房）参照。

（7）廣瀬勝世『人生　幻化ニ似タリ―梅崎春生のこと―』参照。

（8）注（4）に同じ。

（9）以下の精神病院を巡る社会状況についての考察は、岡田靖雄編『精神医療―精神病はなおせる―』（昭和三十九年七月、勁草書房）、矢野徹・仙波恒雄『精神病院＊その医療の現状と限界』（昭和五十二年三月、星和書店）参照。単科精神病院数データは後者に拠った。また前者には次のように記されている。「最近俗ないい方であるが、〝結核のつぎが精神病の時代だ〟といわれているのは、この増加状態をさしている。実際に最近2～3年の精神科病床の増加ぶりは年間1万から15000床という急増ぶりであるが、これは1950年から1955年にかけて、結核病床が年間に2万から3万床も増加した当時の勢いに似ている。そしてこの状態はいましばらく続くものと思われるが、これはまさに精神病院ブームと呼ばれるのにふさわしいものである」。

（10）明治三十三年に成立した「精神病者監護法」は、「家族に精神病患者監護の責任を義務づける一方で、それ以外の者が精神病者を監禁するのを禁止し」た法律であったが、「もっぱら公安上の観点から、私宅監置をみとめ、精神障害者の社会隔離をめざしていた点に問題があった」。この法律の下で「座敷牢に精神病患者」が「放置」される状況が「精神衛生法」成立まで続いた（岡田靖雄編『精神医療―精神病はなおせる―』に拠る）。

（11）「精神衛生法」は「戦後のデモクラシーの影響をうけ、患者の治療、人権をうたう部分が配慮されている」ものの、実際は「精神衛生鑑定による強制入院」を中心に運営されていた。「私宅監置制度」を廃止した点では大きな前進であったが、たとえ病院収容であっても、「精神障害者を社会から隔離する」発想においては「精神病者監護法」に通ずる側面が残されていた（岡田靖雄編『精神医療―精神病はなおせる―』、矢野徹・仙波恒雄『精神病院＊その医療の現状と限界』に拠る）。

（12）「家の中」（昭和三十四年十一月『文学界』）「離脱」（昭和三十五年四月『群像』）「死の棘」（昭和三十五年九月『群像』）「治療」（昭和三十二年一月『群像』）「ねむりなき睡眠」（昭和三十二年十月『群像』）「家の外で」（昭和三十四年十二月『新日本文学』）の六短編を収録。このうち「離脱」「死の棘」二作は、その後不定期に書き継いだ作品と併せて長編『死の棘』（昭和五十二年九月、新潮社）として刊行された。

（13）島尾敏雄の妻ミホは、「心因性反応」により昭和三十年一月から十月にかけて、慶応大学病院神経科、国立国府台病院精神科に入院。島尾敏雄は一連のいきさつを『死の棘日記』（平成十七年三月、新潮社）に記している。また安岡章太郎の母・恒は昭和三十二年七月、高知市郊外の精神病院精華園で逝去した（阿部昭「安岡章太郎」〈『日本近代文学大事典第三巻』昭和五十二年十一月、講談社〉、鳥居邦朗編著『鑑賞日本現代文学28安岡章太郎・吉行淳之介』〈昭和五十八年四月、角川書店〉参照）。

（14）注（1）に同じ。

（15）失業者の白壁長門は、アルコール中毒患者の老人・桜丸十兵衛から秘書として雇われる。入院し持続睡眠療法を受ける十兵衛は、半眠半覚状態でさまざまなことを口走り、長門に大金を渡す。真に受ける長門は大金を各方面に投資する。しかし弟・桜丸大吉郎が現れ、十兵衛が無断で持ち出した金であることが判明。長門は大吉郎から返金を迫られる。この「逆転息子」を書くにあたって、梅崎が持続睡眠療法に興味を持ち、「実際に医師の教えを乞い、医書をひもとき、病院を参観したりし」たことは、エッセイ「神経科病室にて」で触れられている。

（16）岡田靖雄編『精神医療―精神病はなおせる―』、石川信義『心病める人たちへ―開かれた精神医療へ―』（平成二年五月、岩波新書）参照。引用は後者に拠る。

（17）注（4）に同じ。

（18）和田勉「『幻化』論」（『梅崎春生の文学』〈昭和六十一年十一月、桜楓社〉第二章第七節）、渡邉正彦「梅崎春生の分身小説」（『近代文学の分身像』平成十一年二月、角川書店）など。

結に代えて

梅崎春生の文学について、習作期「微生」（昭和十六年六月『炎』）から遺作「幻化」（昭和四十年六、八月『新潮』）に至るまで、小説発表時の日本社会を背景に据えつつ、一作ごとにモチーフ分析を試みてみた。梅崎文学のあくまで一つの側面を考察したに過ぎないが、梅崎の小説から確実に読み取れるその一側面について、より具体的かつ実証的に明るみに出すべく、あえて考察の方向を絞らせてもらった。いま一度、考察の概要を記し、その要点をまとめてみたい。

梅崎文学における創作方法とモチーフの原点は、戦前習作期に発表した「微生」に求められる。梅崎春生はこの「微生」において、「紀元二千六百年」を祝う戦時下の国家体制を皮肉り、当時の為政者と国民を「偽者」と批判している。後年の戦争批判、社会諷刺、「偽」（「贋」）のモチーフの萌芽が、ここにはっきり認められる。

従軍体験を経て、梅崎春生は「桜島」（昭和二十一年九月『素直』）を発表、文壇デビューを果たす。自らの経験も踏まえたこの小説は、自然の風景を如何にも美しく描写している。だが、その自然美は戦争の醜さと対置され、戦争批判の役割を持つ。梅崎はその後も「戦争」を「贋の季節」（昭和二十二年十一月『日本小説』）と形容し、「眼鏡の話」（昭和三十年十二月『文芸春秋』）では、戦後十年目の時点から、美化されがちであった学徒兵に対する異論を提示した。そして晩年の長編「狂い凧」（昭和三十八年一月〜五月『群像』）においては、戦時下における日本の社会秩序として、「家父長制」およびその背後にある「天皇制」を批判的に追及している。これらの小説から、梅崎春生が終生、戦争批判の姿勢を貫いたことは明らかと言えよう。また「蜆」（昭和二十二年十二月『文学会議』）では、終戦直後の日本社会を舞台に、人間の動物性を強調し、「良識や教養」を「偽物」と見做している。梅崎の「偽」のモチーフは、「戦争」および「戦争」による社会の荒廃と密接に結びついていることが確かめられる。

昭和二十年代半ば以降、梅崎春生は「ボロ家の春秋」（昭和二十九年八月『新潮』）、「侵入者」（昭和三十一年二月『新潮』）など、一般に「市井もの」と評され、浅くのみ捉えれば、非社会的にも思える小説を書き始めた。しかしこれらも、その奥底には東西冷戦下の国際情勢、米軍基地問題等に対する鋭い諷刺が隠されている。戦争批判の姿勢を貫きつつ、そのモチーフを直接的でなく、より文学的な表現へ高めているのである。ユーモア・エンターテイメント小説として書かれた長編「つむじ風」（昭和三十一年三月二十三日〜十一月十八日『東京新聞』）の場合も、その根底には、やはり戦後の〈男女平等〉と絡めた日米関係への諷刺が存する上に、「太陽族」批判が渦巻く当時の日本社会への異論として、かつて「戦争」を推し進めた「明治生れ」の愚かさを難じている。さらに長編「砂時計」（昭和二十九年八月〜三十年七月『群像』）においては、当時の社会問題を重層的に諷刺した。「市井もの」と呼ばれた右の二短編と、これら二つの長編から、梅崎春生の戦争批判と社会への関心が、表現上の工夫も含めて、より発展的に拡がっていく様子を確認できよう。

昭和三十四年五月二十一日より七月十日まで、梅崎春生は「うつ状態—不安神経症状」で近喰病院神経科に入院、持続睡眠療法を受けた。退院後に発表された短編「凡人凡語」（昭和三十七年六月『新潮』）は、一見「平和」な戦後社会においても、実は戦時中のごとき人間関係が残存する故、他者と適切なつながりを持つのは困難だと主張している。同時に「欝」と「妄想」を身近で同時代的な病として表現している。遺作となった長編「幻化」においても、思い出の地で「つながりを確め」、「悲しいような憂欝な感じ」「漠然とした不安感」から回復していく、主人公の内面世界を描き出している。これら二作は、作者自身の入院体験の反映であり、しかもその背景には、精神病院急増期の日本社会が存していた。ともに人間の精神世界を社会状況との関わりから表現した稀有な小説と言える。ここに梅崎春生文学の一つの到達点を見ることができよう。

かくのごとく梅崎春生は、絶えず同時代の事実や事件と向かい合い、小説の中で社会を捉え続けた作家であった。「戦争」という「偽物」を批判し、戦後社会を様々に諷刺した梅崎春生の小説は、「微生」から「幻化」まで、およそ二十五年に亘る日本社会の一断面を、この作家一流の皮肉な視点で表している。その同時代性、社会性は、作家の逝去から五十年経ち、時代の変化もあって、やや見えにくくなっている部分もある。しかし日米関係や米軍基地問題、社会状況と関連する精神の病（うつ状態）など、梅崎春生が小説に取り上げた材料の多くは、二十一世紀に入って十数年を経た現在においてなお、解決すべき重要な課題として日本社会に残されている。梅崎春生文学が持つ社会性、ことにその社会諷刺は、戦後文学の中でも、とりわけ独自性を持ち、むしろ今日的な表現とさえ言い得るのである。二十一世紀の現代だからこそ梅崎作品を再読し、精読すべきことを最後に強調したい。

しかし梅崎春生における社会性は、この作家が持つ確実な一側面であっても、決して全容ではない。ユーモアやストーリー・テリング、ある種の通俗性など、梅崎には、他にもまだ様々な側面が認められる。本書では、これらについて、ほとんど触れられなかった。梅崎春生の文学に対して、今後もさらなる考察の機会を持つことを期して、本研究の結びとする。

初出一覧

＊本書収録に当たって、加筆修正し、題目も一部改めた。

序　（書き下ろし）

第一章　梅崎春生文学の出発

「微生」論―「偽」のモチーフ、国家批判と「紀元二千六百年」―
（平成二十年九月『日本文学』第五十七巻第九号　日本文学協会）

第二章　梅崎春生における戦争

第一節　「桜島」論―戦争批判と自然美―
（古閑章編『新薩摩学7鹿児島の近代文学・散文編』平成二十一年十月　南方新社）

第二節　「眼鏡の話」論―『きけわだつみのこえ』を一方に置いて―
（平成二十三年十一月『近代文学論集』第三十七号　日本近代文学会九州支部）

第三節　「狂い凧」論―「戦争」「家父長制」そして「天皇制」―
（平成二十五年六月『国文学攷』第二一八号　広島大学国語国文学会）

第三章　梅崎春生における「偽」

第一節　「贋の季節」とは何か―「偽者」たちによる戦争―
（平成十八年六月『社会文学』第二十四号　日本社会文学会）

第二節　「蜆」論―「偽者」から「生物」へ―
（平成十九年十一月『近代文学論集』第三十三号　日本近代文学会九州支部）

第四章　梅崎春生が描く戦後社会

第一節　戦後社会と国際情勢

Ⅰ　「侵入者」論―戦後日本と米軍基地―

（平成十五年十一月『近代文学論集』第二十九号　日本近代文学会九州支部）

Ⅱ　「ボロ家の春秋」論―東西冷戦、朝鮮戦争を背景に―　（平成十六年六月『社会文学』第二十号　日本社会文学会）

Ⅲ　「つむじ風」における三組の男女―戦後の〈男女平等〉そして日米関係―

（平成二十六年十二月『別府大学国語国文学』第五十六号　別府大学国語国文学会）

第二節　戦後社会の構造

Ⅰ　「砂時計」論―重層表現による社会諷刺―　（平成二十四年三月『国文学攷』第二一三号　広島大学国語国文学会）

Ⅱ　「つむじ風」における「明治生れ」批判―「太陽族」批判を背景として―

（平成二十七年八月『社会文学』第四十二号　日本社会文学会）

第三節　戦後社会と精神世界

Ⅰ　「凡人凡語」における二つのモチーフ―遺作「幻化」への導入として―

（平成二十七年六月『国文学攷』第二二六号　広島大学国語国文学会）

Ⅱ　「幻化」論―久住五郎の精神世界―　（平成二十四年十二月『近代文学試論』第五十号　広島大学近代文学研究会）

結に代えて　（書き下ろし）

あとがき

梅崎春生の小説との出会いを思い返せば、まず大学一年次における「幻化」であり、次いで大学三年次での「ボロ家の春秋」であった。両作とも、それまで自分が親しんできた小説とは異なる独特の読後感があった。ともに忘れ難い思い出である。しかし、その中でも、私を梅崎春生研究へ導いた出会いとして、特に後者について触れておきたい。

私が「ボロ家の春秋」を繙いたのは、実は翌年の卒業論文へ向けた演習の中で、同級生の一人が同作を取り上げたからであった。その同級生がどのような発表をしたか、今となっては全く覚えていない。しかし演習に臨んで、「ボロ家の春秋」から受けた印象は、鮮明に記憶に残っている。その作品世界は、まさに東西冷戦下の国際情勢、ことに朝鮮戦争の諷刺に思えたのである。本研究の遠い出発点がここにあった。

その後、私は卒業論文のテーマに井上靖「猟銃」（昭和二十四年十月『文学界』）を選び、大学院においても、恩師槙林滉二先生の下で、「井上靖研究」をテーマに修士論文、博士論文を執筆した。頭の片隅に、気になる作家として梅崎春生は存在し続けたが、その小説を本格的に考察する機会は訪れないまま、十年近い歳月が過ぎていった。

博士課程修了後、私は鹿児島市にあるラ・サール中学校・高等学校の教壇に立った。その日が何時であったか、もう記憶は定かでないが、おそらくラ・サール学園に奉職して間もない頃であったろう。私は鹿児島市内の書店で講談社文芸文庫版・短編集『ボロ家の春秋』（平成十二年一月）を見つけ購入した。同短編集の表題作を久しぶりに読み、同作以外の梅崎春生の小説にも、初めて深く触れる機会を持った。

博士論文をまとめてまだ間もなかった当時の私は、そろそろ研究テーマを拡げたいと漠然と考えていた。博士課程在籍中は、とにかく期限内に学位論文を仕上げねばならないとの焦りから、他の作家を論ずる余裕は持ち合わせていなかった。ひたすら井上靖の文学だけを追っていたのである。しかし、そのような自分の研究姿勢は視野を狭め、井上靖それ自体に対する理解さえ深まりを欠く原因になっているようにも思えていた。どうにか博士論文をまとめることはできたが、この先は、もっと広い視野を持ちたかった。そうした私の前に、再び梅崎春生の「ボロ家の春秋」が現れたのである。

私はかつて「ボロ家の春秋」に感じた、東西冷戦、朝鮮戦争の諷刺を確かめたく、また自分の研究テーマを拡げる絶好の機会として、同作を論じようと決意した。しかし「ボロ家の春秋」だけでなく、梅崎春生の文学全体を把握すべく、新潮社版『梅崎春生全集』全七巻も購入した。今日へと至る梅崎春生研究の本格的スタートである。特に意識したわけではなかったが、梅崎春生と縁の深い、鹿児島市に在住していたことも、自分を梅崎研究へ向かわせた一因であったかもしれない。

その結果、「ボロ家の春秋」に対する自らの仮説の裏付けともなった「侵入者」論が先に完成し、次いで「ボロ家の春秋」論も、間もなく書き上げることができた。三本目の「贋の季節」論がやや難産であったものの、以降は毎年一本以上、梅崎春生に関わる論文を書き続けることになった。研究テーマ拡大のきっかけどころか、梅崎春生研究へ深入りしてしまった格好である。

ラ・サール学園には結局、八年間勤めた。梅崎と縁ある鹿児島市とは言え、とりわけ研究資料に恵まれていたわけではない。それでも桜島の通信基地跡や坊津、枕崎、吹上浜など、小説の舞台を直接目にすることができたのは、いい刺激になった。ラ・サール高校二年生の国語現代文の授業で、「蜆」を教材として取り上げた思い出もある。

鹿児島時代には、同じ県内の鹿児島純心女子大学教授・古閑章氏との貴重な出会いもあった。梅崎研究の先達である古閑氏から、拙論が出る度に感想を貰い、激励して頂いた。

平成二十一年四月、私は別府大学に着任した。以来、梅崎研究により多くの時間を割くことが可能となり、講義でもほぼ毎年、梅崎の小説を扱っている。学生たちは、梅崎作品の強い個性に触れ、初めはどのように理解してよいのか、戸惑いの表情を見せる。しかし、その内容を深く理解していくに従い、戸惑いは消えていく。軽く読み流せる小説とは違った、梅崎文学独特の魅力を感じ取っているのが、こちらに伝わってくる。梅崎春生が、今日においてなお、読むに値する作家であることを、学生たちから確認させてもらっている。

思えば大学の同級生に始まり、鹿児島の風土、研究の先達、生徒、学生、職場の同僚など、あらゆる場所、人々から多くのヒントやお力添えを頂戴してきた。

学部時代には、中村青史先生から研究の基礎を学び、大学院へ踏み出す土台を築いて頂いた。

出版に際しては、和泉書院の廣橋研三氏に大変お世話になった。

別府大学より平成二十九年度特別強化事業費助成金（別府大学ＧＰ・研究支援事業Ｅ）の交付を受けた。お陰様で本研究をまとめることができた。この場を借りて、皆々様にお礼申し上げたい。

＊　　＊　　＊

最後に恩師槇林滉二先生、私の妻と二人の息子たちへ、感謝の気持ちを伝えたい。

槇林滉二先生との出会いは、私の人生最大の幸運である。文学研究はもちろん、人間のあるべき姿まで、あらゆる面でお導き頂いた。槇林先生との出会いがなければ、私は研究者どころか、真っ当な人間として生きることさえできなかったろう。ささやかなお礼として本書を捧げたい。ただひたすら感謝申し上げる。

私の梅崎研究第一論文となった「侵入者」論は、長男滉伸の誕生前後に執筆した。滉伸の新しい生命から力を貰って書き上げた論文である。別府大学に着任して最初の三年間は、毎朝の通勤時、別府大学附属幼稚園へ通う次男博伸と同じ時間を過ごさせてもらった。お蔭で毎日心をリフレッシュしてから研究、教育に励むことができた。そして何より、妻由美子へ感謝したい。いつも様々な形で支えてもらい、だからこそ自分の日々の生活があり、研究にも打ち込めている。三人とも本当にありがとう。

＊　＊　＊

本書は到達点でなく、あくまで通過点、途中経過の報告である。自らに銘じておきたい。今後もさらなる梅崎春生研究、日本近現代文学研究を進めていく所存である。

平成二十九年七月十九日

高木伸幸

■著者略歴

高木 伸幸（たかぎ のぶゆき）

昭和41年12月17日、埼玉県生。
平成12年3月、広島大学大学院文学研究科博士課程後期修了。ラ・サール中学校・高等学校教諭を経て、平成21年4月、別府大学准教授。平成26年4月、別府大学教授（現職）。博士（文学）。
単著
『井上靖研究序説―材料の意匠化の方法―』（平成14年7月 武蔵野書房）
共著
『日本現代小説大事典』（平成16年7月 明治書院）、『新薩摩学7鹿児島の近代文学・散文編』（平成21年10月 南方新社）、『広島県現代文学事典』（平成22年12月 勉誠出版）、『円地文子事典』（平成23年4月 鼎書房）ほか
主要論文
「井伏鱒二における中間小説―『お島の存念書』試論―」（平成14年12月『近代文学試論』第40号 広島大学近代文学研究会）、「太宰治『政治家と家庭』考―長兄への『お願ひ』、〈作家と家庭〉―」（平成26年6月『太宰治研究』第22輯 和泉書院）ほか

近代文学研究叢刊 64

梅崎春生研究
―戦争・偽者・戦後社会―

二〇一八年一月二五日初版第一刷発行
（検印省略）

著者 高木伸幸
発行者 廣橋研三
印刷・製本 太洋社
発行所 有限会社 和泉書院
大阪市天王寺区上之宮町七－六
〒五四三－〇〇三七
電話 〇六－六七七一－一四六七
振替 〇〇九七〇－八－一五〇四三

装訂 井上二三夫

ISBN978-4-7576-0861-0 C3395

近代文学研究叢刊

作品より長い作品論　名作鑑賞の試み　細江　光著　41　一五〇〇〇円
芥川作品の方法　紫檀の机から　奥野久美子著　42　七五〇〇円
石川淳後期作品解読　畦地芳弘著　43　一四〇〇〇円
樋口一葉　豊饒なる世界へ　山本欣司著　44　七〇〇〇円
賢治考証　工藤哲夫著　45　九〇〇〇円
日野啓三　意識と身体の作家　相馬庸郎著　46　八〇〇〇円
太宰治の表現空間　相馬明文著　47　四〇〇〇円
文学・一九三〇年前後　〈私〉の行方　梅本宣之著　48　七〇〇〇円
安部公房文学の研究　田中裕之著　49　六五〇〇円
大江健三郎・志賀直哉・ノンフィクション　虚実の往還　一條孝夫著　50　六〇〇〇円

（価格は税別）